講談社文庫

影の守護者

警視庁犯罪被害者支援課5

堂場瞬一

講談社

目次

影の守護者

警視庁犯罪被害者支援課5

第一部　身内

1

警視庁総務部犯罪被害者支援課の仕事は、文字通り被害者やその家族をサポートすることである——サポートが必要ならば、だ。その原則に従うなら、ここへ来る必要はなかったかもしれない、と私は後悔した。

被害者の妻とは先ほど会った——涙はあった。嗚咽もあった。しかし決して取り乱してはいなかった。殺伐とした現場に、静かに時が流れるだけだった。

被害者は、警視庁北多摩署地域課勤務の益田護警部補、五十八歳。署からほど近い北多摩団地交番の「箱チョウ」で、定年まであと二年だった。外勤警察官一筋、基本的に交番勤務が長い警察官人生だった。すなわち、一般市民がイメージするところの「街のおまわりさん」である。

警察にとっては最悪の事件だ。益田は、自らの「城」である交番で殺されているのが発見されたのだ。所轄も捜査一課も色めき立ち、それ故犯罪被害者支援課にも出動要請がかかったのだろうが、自分たちはやはり必要なかったのでは、と私は考え始めた。

「村野警部補」

支援課長の本橋怜治に呼ばれ、私は殺害現場の交番から出た。それで少しだけほっとする。今朝見つかった遺体はとうに運び出され、血の匂いなどが残っていたわけでもないのだが、それでも犯行現場にいると息苦しい。

本橋は濃紺のウールのコートを着こみ、首元もマフラーで固めていた。それでも寒さが身に染みるようで、コートのポケットに手を突っこみ、背中を丸めている。

「我々は、もう引き上げてもいいかもしれませんね」本橋が遠慮がちに言った。

「ご家族はどうしますか？」私は訊ねた。益田の妻、朝美は現場を見た後、北多摩署で事情を聴かれている。

「先ほど様子を見た限りでは、心配なさそうでしたけどね」

「確かに、ここにいる意味はあまりないですね」撤収の提案は魅力的だった。寒さは身に染みるし、何より家族のフォローをする必要がなさそうなのだから。

しかし、せっかくここまで来てしまったのだから、もう少し粘ろうか……何しろ現場の北多摩団地交番は、都心から遠いのだ。私たちは車を使って来たのだが、警視庁から二時間近くかかった。これだけの時間をかけて来たのだから、すぐに帰ったらもったいない、とも思う。まだ、ここでやることもあるのではないか。

「やっぱり、もう少しご家族につき合います」私は言った。

「そうですか」

「課長は、このまま引き上げられても大丈夫だと思いますが……」

「そうしましょうか」今日の本橋は何だか弱気だな、と私は不思議に思った。普段は、他の部署との軋轢を無視して、事件に首を突っこむよう指示することも多いのに。

「車を使って下さい」

「いや、それは必要ない」本橋が首を横に振った。「むしろ、現場で必要になるかもしれないでしょう？　私は電車で帰りますよ。別にここは、地の果てではないんだから」

「そうですか？」

「ええ」本橋がうなずく。「それでは、後はよろしく頼みますよ」

本橋が踵を返して、あっさり去って行った。こんな風に熱が入らないのは本当に珍しい……結局現場には、私と支援課最年少の安藤梓だけが残された。

「課長、元気なかったな」

「そうですね……寒いからじゃないですか」梓も首をすくめている。実際、今日の東京の最低気温は一度……都心部よりもかなり気温が低い多摩地区では、氷点下だったかもしれない。私は幸い、富山で起きた旅客機墜落事件で現地に入った時に入手したダウンジャケットを着ていたから、それほど寒さに悩まされることはなかったが。

もう一度現場の交番を覗いてみる。かなり古びた建物で、壁は元々の白がくすんで灰色に近くなっていた。そこに一筋の赤い血痕――益田は至近距離から頭を撃たれた。その時に飛び散った血痕は、くすんだ交番の中で唯一新しく鮮明な色である。中では鑑識の作業が進んでいた。現場では銃弾が二発回収された、と私は聞いていた。一発は壁を直撃。もう一発は被害者の頭を撃ち抜き、床に落ちていた。しかし他には、犯人につながる材料は今のところ見つかっていない。

自分たちの仕事には関係ないかもしれないが、これは事件としてはA級、いやS級だと改めて意識する。交番に詰めていた警察官が襲われ、銃で撃たれて死亡――治安の象徴たる警察官が犠牲者になったら、市民の不安はいや増す。まさか、地域の「守護神」である交番が襲われるなんて――北多摩団地に住む人たちも、もうこの事件を嗅ぎつけて、息を潜めているだろう。

一報が入ってきたのは、今朝早くだった。午前五時、交番に詰めている益田と連絡が取れないのが心配になった本署の当直員たちが現場へ急行、デスク脇に倒れて死亡している益田を発見した。益田は午前〇時から一人で交番に詰めており、犯行は、それから五時間ほどの間と見られている。

犯行時刻はもっと正確に特定できるはずだ、と私は読んでいた。今、警視庁管内の全ての交番には防犯カメラが設置されており、中の出来事は全て記録される。しかし犯人は、その辺の事情を知っていたのか、防犯カメラを壊したようだ。午前二時三十五分以降の記録は残っていない。その時刻には、益田は映像に映っていない——トイレにでも行っていたのだろう。犯人は、交番が一時的に無人だったのを見て侵入、防犯カメラを壊した上で益田を襲った、と推測されている。

今のところ、犯人につながる手がかりはまったくない。

「銃はどうしたんでしょうね」梓がぽつりと言った。

「犯人が持ちこんだんだろうな」

益田の銃はホルスターに残っており、抜かれた形跡はなかった。

「銃を奪われて撃たれた、という事件は過去にあったと思いますけど……」梓が顎を拳で軽く叩いた。

「ああ」私はうなずいた。例えば五年前。世田谷西署の交番が襲撃されたこの事件では、警官が拳銃を奪われ、その場で撃たれて死んだ。今も未解決のままで、警視庁全体に暗い影を落としている。

「銃を狙って交番を襲うならともかく、銃を持って交番を襲うなんて……狙いは何だったんでしょうね」

「分からない」返事しながら、私は少しだけ嬉しくなっていた。去年、所轄から支援課に異動してきた梓は、経験を積んで急速に成長している。いっぱしの刑事のような考え方を身につけ始めており、将来が楽しみだった。

「謎が多いですよね」

「そうだけど、事件そのものについては、我々が首を突っこむべきじゃないからな。今回はあまり出番がない……被害者家族も毅然としていたし」

「そうですね……でも私は、必死で耐えているだけだと思います。フォローは絶対に必要でしょう」

「取り敢えず、署に行こうか。向こうでも様子を確認しないと」

運転を梓に任せ、私は自分の手帳を見直した。現段階で分かっている情報……益田は妻と一人息子の三人家族である。自宅はこの近く――自転車で十分ほどの場所だろうか。「息子も警察官」という少し気になる情報もあった。しかもよりによって、捜査一課の刑事。この事件の捜査を担当してもおかしくはないのだが、さすがに上司は配慮して捜査から外すだろう。身内が――父親が殺されたのだから、冷静に捜査できるわけがない。そして冷静さを失えば、誰でも能力は半減する。

その息子にはまだ会っていないが、妻の朝美とは現場で既に顔を合わせていた。私の記憶にある限り、これほど冷静な被害者家族はいなかった。悲みを押し殺しながら、警察署の同僚たちに「すみません」と頭を下げている——仕事を増やしてしまった、これから迷惑をかけると、本当に申し訳なく思っている様子だった。

梓が言う通り、必死で耐えているだけなのだろうか。先ほどは挨拶を交わしただけで、他の警察官たちとのやり取りを観察するにとどめたのだが、一度しっかりと話しておくべきかもしれない。相手が大丈夫そうなら余計な手出しをしないのが被害者支援の基本なのだが、実際に大丈夫かどうかは、きちんと話してみないと分からない。

北多摩署は、想像していた以上の混雑ぶりだった。捜査は初動が肝心——所轄の刑事だけでなく、捜査一課、機動捜査隊、近隣の所轄からも応援が集まっているのだ。警察官射殺ということで、一階には報道陣も詰めかけている。

私は一階の人ごみをかき分けるようにして、副署長席に近づいた。所轄で仕事をする時には、署長、ないし副署長にきちんと挨拶しておくのが基本なのだが、今日はそれすらできそうにない。副署長は、説明を求める記者たちに囲まれているし、署長室のドアは閉ざされたまま——重大事件なので、幹部連中が集まって鳩首会談しているかもしれない。とても、捜査の部外者である私たちが首を突っこめる状況ではなかった。

「どうします？」梓が小声で訊ねる。

「とにかく、益田警部補の奥さんにもう一度会おう。できればちょっと話をして……

二階かな」北多摩署は、四階建てのコンパクトな庁舎だ。この手の庁舎の場合、刑事課は二階にあることが多い。おそらく益田の妻は、刑事課か、その近くの会議室で事情を聴かれているだろう。捜査の邪魔をするわけにはいかないが、今回の事件はあまりにも重大なので、どんな様子で事情聴取が行われているかは見ておきたかった。あまりにも強引に進めているようなら、ブレーキをかける必要もある。犯罪被害者やその家族を警察からも守るのが、支援課の仕事なのだ。

刑事課に顔を出したが、若い刑事が一人で電話番をしているだけだった。他の刑事たちは特捜本部に回っているのか……確認すると、四階の大会議室が特捜本部に使われているのが分かった。梓を連れ、階段でそちらへ向かう。三階の踊り場を過ぎたところで、上から駆け下りてきた男とぶつかりかけた。慌てて身を翻した私は、膝に鈍い痛みを感じた。この古傷は、急な動きには未だに対応できない。

「失礼……おっと、秋生じゃねえか」

「倉本」私はうなずいた。同期で、今は捜査一課にいる刑事。この事件の特捜本部に投入されたのだろう。

「すまん、足、大丈夫か？」

「もちろん」かすかな痛みをこらえながら私は笑みを浮かべて見せた。「この特捜か？」

「ああ。えらい事件だぜ」

「そうだな」

「お前は？」

「被害者の奥さんの様子を見に来た」

「気丈なもんだよ」倉本がうなずく。「さすが、警察官の奥さんだ」

「それでも一応……念のためだ」

「そっちも大変だな」倉本が同情の籠った目で私を見る。こういう男——捜査一課の刑事にしては、支援課の仕事に理解がある。逆に言えば、ちょっと優し過ぎるのが弱点でもあるが。

「じゃあ、また……今度、ゆっくり飯でも食おうぜ」倉本がさっと手を上げたが、表情は渋い。「いや、飯はしばらく無理か」

「さっさと終わらせて本部に戻って来いよ。早く解決したら、俺が飯と美味い酒を奢ってやるから」

「おう、楽しみにしてるぜ」

にやりと笑って、倉本が階段を駆け下りて行く。あのスピードは自分には無理だな、と私は情けなく思った。思っただけで、最近はジムでのリハビリもサボりがちなのだが。

「誰ですか？」梓が答える。

「同期だ。今回は一課のメンツがかかってるから大変だと思う」

「そうですよね」

「さて、こっちはこっちの仕事をしようか」梓にうなずきかけ、階段を上がり始める。どうしても膝を庇う歩き方になってしまう……これならエレベーターを使った方が早いぐらいなのだが、膝を動かすのはリハビリでもあった。

ざわつく特捜本部に顔を出し、朝美の居場所を確認する。エレベーター脇にある小会議室で事情聴取を受けているというので、私と梓はすぐにそちらへ向かった。

まずい……ドアが閉まっている。開いていれば入りやすいのだが、事情聴取の最中にドアを開けると、担当している刑事の集中力を削いでしまう。それでも、終わるのをここで待っているわけにはいかない。私は思い切ってドアをノックした。すぐ、怒ったような「はい」という声が返ってくる。気を利かせたのか、梓が率先してドアを開けた。私が顔を出すと相手を怒らせてしまうかもしれないが、自分は女性だから大丈夫——という計算だろう。幸い、怒鳴りつけられることはなかった。

「被害者支援課です」私は名乗り、ドアの隙間から中に身を滑りこませた。場所は悪くない……素っ気ない会議室だが、大きな窓から冬の陽光がたっぷり入りこんで、明るい雰囲気になっている。什器類も全て白。この部屋にいて圧迫感を覚える人はいないだろう。

　折り畳み式の細長いテーブルが二つ、くっつけて置いてある。椅子（いす）は計八脚。ドアに近い方に朝美が座り、その向かいに中年の男と若い女性の二人組が座っていた。刑事のコンビとしては悪くない。男の方は優しげな顔だし、女性の方は少しふっくらしていて、二人とも相手に警戒心を与えないタイプだ。

「同席させていただきますが……よろしいですか？」私は遠慮がちに切り出した。基本的に捜査一課側には、支援課の同席を断る権利はない。全ての事件で被害者の事情聴取に同席するわけではないのだが、こちらが「一緒に話をしたい」と申し出た時には、受け入れるしかない決まりだ。これを、支援課による「監視」と受け止めて露骨に嫌な顔をする刑事もいるのだが、この二人は平然としている。余計な口出しをしなければ問題ない、ぐらいに考えているのだろう。

　梓は朝美と同じ側に少し離れて座り、私は向かいの席に腰を下ろした。斜（なな）め前から見る格好になるが、朝美の様子ははっきり確認できる。

　さすがに、げっそり疲れていた。悲報を聞かされてから数時間。遺体を確認し、現場を見た後も事情を聴かれ続け、すっかりくたくたになっているだろう。今は一刻も早く遺体に寄り添いたいはず……しかし背筋はピンと伸びており、何とか気持ちを奮（ふる）い立たせようとしているのが分かった。こういう毅然とした態度は、なかなか取れるものではない。

　ここでの事情聴取は、最終盤に入っているようだ。重要な質問はもう出尽くしたらしく、行き交う言葉は途切れ途切れになっている。実際この件では、妻に聴いても分かることは少ないだろう。あくまで通りで仕事中の事件なのだし。

「——それでは、昨日も今まで通りで特に変わったことはなかったんですね？」

「いつも通りでした」朝美の声は弱々しかったが、かすれることはなかった。

「最後に話されたのは……」

「昨日の午後です。仕事に行く前に」

沈黙。どうもこの刑事は、話の転がし方が下手なようだ、と私は首を捻った。饒舌になれとは言わないが、もっとスムーズに話せないものだろうか。

「それでは、長時間申し訳ありませんでした」刑事が頭を下げる。「お疲れのところ、ご協力ありがとうございました」

「いえ……」釣られたように朝美が一礼する。髪がぱらりと垂れ、額にかかった。顔色が悪いのは、ショックのせいばかりでなく、化粧している暇もなかったからだと分かる。

「もう少しお待ちいただけますか？　いろいろとご相談したいこともありますので」

　刑事が立ち上がって一礼し、同席していた女性刑事に目配せして出て行った。私もすぐに立ち上がり、彼を追った。会議室のドアを閉めるとすぐに、「ちょっといいですか?」と声をかける。刑事が立ち止まり、首を巡らせて私を見た。かすかに迷惑そうな表情が浮かんでいる。

「支援課の村野です」改めて名乗る。「事情聴取の最中、どんな具合でした?」

「落ち着いてましたよ。最初は泣かれましたけど、すぐに持ち直して……大したものです」

褒めることではないと思いながら、私はうなずいた。警察的には、ありがたい限りだろう。すぐにでも話を聴きたいのに、パニックに陥ってまったく会話が成立しない相手もいる。ただし今回は、朝美が重要な証人というわけではないのだが。

「だったら、こっちの出番はなさそうだな」私は薄く笑みを浮かべた。

「支援課さんが気を揉むような状況じゃないですよ」刑事が軽い調子で言った。

「そのようですね」

「被害者が内輪の人ですから……こっちも十分、気を遣いますので」

一礼して刑事が去って行く。丁寧にやってくれるのはありがたい限りだが、「内輪の人だから」というのはどういうものか。どんな立場の人間が相手でも、慎重に、親身に接するのが基本なのに。

「さて」一言発して肩を上下させ、私は会議室に入った。

朝美の前にはペットボトルの水……梓が用意したものに違いない。彼女は常に大きなトートバッグを持ち、水かお茶を入れている。動転する被害者を落ち着かせるためには、一口の水が大事なのだ。しかし北多摩署の連中は、被害者の妻に飲み物さえ用意していなかった……と少し腹が立つ。こういうことは、支援研修で散々言っているのだが。

手出しする必要はないと判断したものの、「任せておけない」という気持ちが急に膨れ上がってくる。私は彼女の正面に座り、「お疲れ様でした」と一言声をかけた。

「いえ」朝美は顔を上げようとしない。見ると、ペットボトルの中身はまったく減っていなかった。

「水をどうぞ」私は手を差し伸べた。「少し水分を補給しておいた方がいいですよ」

「ええ……でも、寒いので」

水を飲む気にはなれないか……梓がすかさず立ち上がり、ドアの近くまで行って部屋の空調を調整した。頭上を流れる風が少しだけ暖かくなる。さりげなく細かい気遣いが、梓の持ち味だ。私はそれを見抜いて支援課に引っ張ってきたのだが、こういうのは訓練で簡単に身につくわけではなく、どうやら「世話焼き」は彼女の生来の性格らしい。こういう人と結婚する男は幸せ者だな、とふと思った。今のところ、男の影はまったく見えないのだが。

「何も食べてないんじゃないですか？」私は訊ねた。

「ええ」

「何か食べておきませんか？　今日はまだ長くなると思います」

「いえ……大丈夫です」

そこで私は話を打ち切った。「大丈夫」と主張する人に「本当に？」としつこく確認すべきではない。相手の出方によってはさっさと引くのが、被害者支援の基本だ。自分たちは、スリープ状態でいいのだと思う。普段はまったく口出しせず、相手に呼ばれたらさっと立ち上がる。

私は名刺を取り出し、テーブルに置いた。すっと前に押し出したが、朝美はちらりと見ただけで、手に取ろうとはしない。

「私たちは、犯罪被害者やご家族が困っている時に相談に乗る仕事をしています。もしも何か困ったことがあったら、連絡していただけますか？　いつでも構いません」

「……ありがとうございます」朝美の声は消え入りそうだった。

今のところ、パニックに陥る様子はなく、落ち着いていると言っていい。しかしいつどうなるか分からないので、しばらく注視しておく必要はある。内輪の被害者……朝美は遺族としての悲しみに呪縛されると同時に、「迷惑をかけて申し訳ない」という気持ちを抱いている。迷惑だなどと思う必要はまったくないのだが、警察官の家族はそういう風に考えがちだ。

「益田警部補は、ここは何ヵ所目の勤務先だったんですか？」

「七ヵ所目です」

「全部所轄ですか？」

「一時——結婚した直後に本部の地域課にいたことはありましたけど、それ以外は全部所轄で仕事をさせていただきました」

「だったら、引っ越しも多かったでしょうね」

「そうですね」

会話が順調に転がっていることに私は驚いた。世間話のようなものだが、益田の人生に触れる話ではある。仕事の内容についても聞こうかと思ったのだが、梓が突然、首を横に振った。素早く小さな動きだが、険しい表情——話をやめろということだけは分かったが、意味は不明だ。しかし梓の必死な様子を見ると、何も言えなくなる。

私は口を閉ざした。

先ほどの刑事が戻って来た。何だか足取りが軽くなっている。間もなく一番辛い仕事——被害者家族への事情聴取——が終わると考えて、ほっとしているのだろう。考えていることがそのまま態度に出るようじゃ駄目なんだけどな、と私は眉をひそめた。

「益田さん、一度お帰りいただいて結構です。家までお送りします」

「はい」朝美が立ち上がった。こういう時、すぐには動けない人も多い——体の力が抜けてしまうのだ——のだが、朝美は平然としている。少なくとも、平然としているように見える。

「支援課さんもお疲れ様でした」

私は彼に向かってうなずき、立ち上がった。何も仕事ができなかったが、せめて見送るぐらいはしないと。

エレベーターで下に降りる朝美たちを見送り、私と梓は階段で降りた。膝の古傷を考えると、階段の上り下りは避けたいところだったが、朝美がいないところで話しておかねばならないこともある。

「どうします？　今のところ、私たちは必要ないような感じがしますけど」

「俺は、もう少しこっちにいようかと思う」

「何かやること、あるんですか？」

「ないけど、ここは警視庁から遠いからな。車で片道二時間ぐらい……二時間あったら、状況がすっかり変わってしまう可能性もある。また来るのも大変だから、念のためにここで警戒しておくよ」

「そうですね……でも、やることもないでしょう」梓が疑義を呈した。

「いや、まだもう一人の被害者家族と会っていない」

「ああ……息子さんですね」

「何してるんだろうな」私は首を捻った。

「捜査一課の刑事ですよね？　捜査してるんじゃないですか？」

「それはないだろう」私は即座に否定した。「身内が被害者になった場合、捜査からは外すはずだよ」

「ああ……そうですね」梓がうなずく。「普通に仕事できないですよね」

「どんな状態か、後で会ってみよう」ここにはいないのではないか、と私は想像した。所轄に顔を出せば、どうしても自ら動きたくなるだろう。それで、上層部や同僚と揉めるのは目に見えている。もしかしたら、自宅待機を言い渡されているかもしれない。あるいは誰かがつき添っているか。

階段を下りきって、裏に回る。朝美を見て被害者家族だと分かる記者もいないだろうが、念のために裏の駐車場から帰すことは分かっていた。ちょうど朝美は車に乗りこむところで、私と梓は彼女に向かってさっと一礼した。深々と頭を下げるのはかえって不自然なので、知り合いを見送る時の気さくな感じ——これで相手がどう思うかは分からないのだが。被害者家族の気持ちの持ちよう、反応はそれぞれまったく違う。マニュアルが作りにくい仕事なのだ。

「飯にしようか」私は腕時計を見た。十一時半……少し早い昼食を摂って、これから先の計画を考えよう。

「いいですね」梓がにこりと笑った。

しかし、昼食の計画は頓挫した。一台の車が猛スピードで駐車場に入ってきて、タイヤを鳴らして乱暴に停車すると、倉本が蒼い顔で飛び出して来た。凍えるほどの寒さなのにコートを着ていない——助手席に放り出してあったのを手に取る暇もなかったのだろう。

「倉本!」

あまりの勢いに驚き、思わず声をかけてしまう。倉本は立ち止まってくれた。

「ああ、秋生、まだいたのか」

「お前、あんな無茶な運転すると事故を起こすぞ」

「それどころじゃねえんだよ」倉本の表情は真剣だった。

「まさか、犯人が分かったのか?」

「違う。ある意味、もっととんでもない話だ。ついさっき分かって、こっちにも連絡が入ってきたんだよ」

倉本が小声で、そして早口でまくしたてた。

「とんでもない」という形容詞は決して大げさではないと、私もうなずかざるを得なかった。

2

倉本からこの情報を聞いた後、私と梓は階段の踊り場で声を潜めて話をした。一階には記者たちがうようよしているので、大声は出せない。いずれは報道陣にも発表されるだろうが、この時点で情報が漏れたらまずい。

銃が使われた犯行の場合、鑑識も科捜研も最優先で調査する。今回は、現場に残っていた二つの銃弾のライフルマークが、五年前に奪われた銃のものと一致したのだ。

銃には特有の「指紋」とも言える「ライフルマーク」がある。銃弾を安定して撃ち出すために、銃身内には必ず螺旋状の溝が刻みこまれており、それは銃によって一つ一つ違うのだ。それ故、銃弾に刻まれたライフルマークを分析することによって、どの銃から放たれたものか分かる。特に警察官が持つ銃は全てライフルマークが登録されているので、今回は事件発生から間もなく、使われた銃が特定されていた。

どう解釈していいのか、私にはさっぱり分からない。五年前の交番襲撃事件で奪われた拳銃が今回使われたのは間違いないのだが、同一犯による犯行なのだろうか？

「五年前……私、まだ警察学校にいました」梓が言った。

「あれは、とんでもない事件だった。庁内が騒然としたよ」

「そうなりますよね……今回と同じような事件じゃないですか？」

「交番が襲撃されて拳銃が奪われたという意味では、今回よりも悪質かつ重要だ。だけど、その時奪われた拳銃が今回の事件で使われたというのは……」

「警察官を襲って拳銃を奪うっていうのは――いったいどういう動機なんですかね」

梓が首を捻った。

「何かの犯罪に使うために拳銃が必要だった、とか。でも、リスクが大き過ぎるよな」

「ですよね。銃が欲しければ、他にも手に入れる手段はあるはずです」

暴力団と通じていれば、それほど難しくはないだろう。もちろん、只で手に入るわけもなく、その費用を惜しんだ犯人が、手近にある拳銃――警察官が持っている銃を狙ったとも考えられる。例えば誰かを殺すため、あるいは強盗などの目的で……しかし事件から五年、奪われた拳銃が使われた形跡は一度もなかった。

それが今回、益田襲撃事件で突然浮上したのである。意味が分からない。犯人側が拳銃で武装しているとしても、銃を持った警察官がいる交番を襲う勇気が出たのが意外だった。

もしかしたら、益田に対する個人的な恨みなのか？　五年前の事件の犯人が、何らかの形で益田と絡んでいた？　訳が分からなかったが、捜査する連中にとっては大きな手がかりになるかもしれない。益田の仕事、交友関係を探っていけば、犯人にたどり着く可能性が出てきたのだから。

まあ、自分たちが気にしても仕方がない。支援課の仕事は、犯人を見つけることではないのだ。捜査に関しては、外から野次馬的に見ていればいい――そう考えても、気楽にはなれない。

ざわめきを感じて、私は梓の顔を見た。梓も気づいたようで、階段を降り始めたところで急に身を翻し、壁に体をくっつけた。

「離せ！」

「落ち着け！」

「俺がやるんだ！」

「命令違反だぞ」

「うるせえ！」

怒鳴り合い……警察関係者だとすぐに分かった。内輪揉めしている場合じゃないだろうと思いながら、私も梓に合わせてすぐに身を引いた。三人の男が、絡み合うようにして階段を駆け上がって来る。ラグビー選手たちが、ルーズボールめがけて一斉に殺到するような様子だった。

異様な様子に、私は警戒した。事件を抱えた警察署がざわつくのは当然だが、今ここには記者たちが多数詰めかけている。内輪の揉め事がばれたら、まずいことになりかねない。

「何ですかね、今の」梓が小声で訊ねる。

「さあ……あの柄の悪さは、捜査一課の刑事たちに特有だけど」

捜査の方針、指示を巡って、若い刑事が不満を漏らすことはよくある。とはいえ最近は、怒鳴り合いになるようなことはないはずだ……しかし「命令違反」という言葉が私の脳裏に残っていた。いかにも、若い刑事が上の命令に逆らって、周りに諌められているような感じだった。先頭にいた男が、その若い刑事だろうか。小柄で目つきが鋭く、いかにも俊敏な感じであった。

「ちょっと探りに行こうか」

「巻きこまれたら面倒ですよ」梓はおよび腰だった。「どう考えても、私たちには関係なさそうですし」

「それでも一応、さ」

特捜本部に顔を出すと、怒鳴り合いが続いているのが分かった。開け放たれたドアから、怒声が漏れ出てきている……ここなら報道陣に聞かれる心配はあるまいが、非常時に変わりはない。特捜本部に足を踏み入れた瞬間、私は一触即発の雰囲気を肌で感じた。

どうやら「一対複数」の対立構図になっているようだった。先ほど先頭で階段を駆け上がって行った若い刑事が、両腕を他の刑事に抱えられている。上司に突っかかって行こうとするのを止められている感じだった。若い刑事と対峙して——責められている男には見覚えがある。捜査一課の重森管理官だ。私が捜査一課にいた頃の、強行班係長。その後所轄の刑事課長を経て、二年ほど前に本部に戻ってきたはずである。私の記憶にあるよりも少しだけ太って、貫禄がついていた。特徴的な太い眉はそのままだったが。

「いい加減にしろ！」重森が低い声で怒鳴りつける。

「納得できません！　うちの係の事件じゃないですか。俺が捜査するのは当然だと思います！」

「駄目だ」重森は引かなかった。「お前は完全に冷静さを失ってる。そんな人間に捜査を担当させるわけにはいかん」

「俺がやります！」

「今は、家族と一緒にいてやれ。お母さんは家に帰ったぞ。今は一人のはずだ。息子のお前が一緒にいてやらなくてどうする」

「クソ」男が吐き捨てる。

そういうことか……この男が益田の息子で、捜査一課の刑事、智樹（ともき）だろう。おそらく間の悪いことに、彼の係がこの事件の担当になったのだ。しかし上司としては、父親が殺された事件の捜査を息子に担当させるわけにもいかず……本部での待機を命じたのだろう。智樹はそれを無視して、所轄まで駆けつけて来たに違いない。

気持ちは分かるが、これは無理だ。被害者に対する強い思いを持つのは刑事として大事なことだが、智樹の場合、あまりにも被害者と近過ぎる。私が上司でも、彼を担当から外すだろう。

出番だ——捜査一課の中での揉め事ではあるが、智樹は被害者の家族でもあるのだ。落ち着かせるのは支援課の仕事である。

「いいから帰れ！　本部で待機だ」重森は一歩も引かなかった。がっしりした体格——腹は出ているが——の重量級なので、流石（さすが）に迫力がある。

しかし智樹は、さらに重森に詰め寄った。体がくっつきそうになり、両腕を抱えていた刑事が二人がかりで何とか引き離す。

一転して、重森が優しげな声を出した。

「親父さんの無念を晴らしたいのは分かる。だが今は、一歩引いておけ。おふくろさんのことを考えるんだ。大事な家族なんだぞ」

その言葉で、智樹の体から力が抜けた。うなだれ、膝がゆるく曲がってしまう。二人の刑事に支えられて、辛うじて立っている感じになった。

「実家へ送ってやれ」重森が命じた。

「しかし……」体からは力が抜けていたものの、智樹はまだ抵抗を諦めなかった。なかなかの気の強さである。

「いい加減にしろ！」重森が怒鳴りつける。「これは命令だ」

智樹が重森を睨みつけたが、抵抗はそこまでだった。二人の刑事に引っ張られるように下がらされ、特捜本部の隅の椅子に腰かける。私はそのタイミングを利用して、重森に近づいた。重森は腰に両手を当て、深呼吸している。

「重森さん」

「おお、村野」重森の表情が一瞬緩んだ。「何してるんだ？　今回は、お前たちの出番はないと思うぞ」

「念のために来たんですが……本当に出番はないですか？」私は智樹の方にちらりと目をやった。

「ああ……いや、大丈夫だとは思うが」重森の言葉が揺らぐ。

「少し話しておきましょうか？　俺たちの存在を頭の片隅に置いておいてもらうだけでもいい」

「そうだな」重森がうなずく。「しかし、こういうことでお前たちを使うのは勿体無いような感じがするが」

「誰が被害者でも同じですよ」

「あまり刺激するなよ」重森が小声で忠告した。「あいつは、今時珍しい熱血漢だ。頭に血が昇ると、何をしでかすか分からない」

「頼もしい限りじゃないですか」私は笑みを浮かべて見せた。「冷静沈着、いつでも落ち着いて態度が変わらない人間が、必ずしもいい刑事ってわけじゃないでしょう」

「そりゃそうだが、時と場合による。今の奴は完全に冷静さを失っているからな。怪我するなよ」

「逃げ方はよく知ってますよ」

私は梓にうなずきかけ、智樹に近づいた。梓がトートバッグからペットボトルを取り出し、先に声をかける。

「どうぞ」

肩を上下させていた智樹――ノックアウトされ、ダグアウトで自分に対する怒りを募らせているピッチャーのようだった――が顔を上げ、奪うようにペットボトルを摑み取った。乱暴にキャップを捻りとると、一口で半分ほど一気に飲んでしまう。口元を濡らした水を手の甲で拭い、「あんたは?」と梓に訊ねる。

「犯罪被害者支援課の安藤です」

「支援課に用事はない」

「益田巡査部長は被害者家族ですから――」

「俺は被害者じゃなくて刑事だ！」智樹が強い言葉を叩きつける。「これは俺の事件なんだ！」

「お気持ちは分かりますけど……」先ほどとまったく変わらない智樹の強い口調に、梓が戸惑った。

「ちょっと話をしないか？」私は智樹に声をかけた。

「あんたも支援課の人ですか？」

「そう――村野です」

「放っておいてくれないかな。俺には被害者支援なんか必要ない」

「分かりました」これは、話をするどころではない。私はすぐに引いた。「話がしたくなったら、いつでも連絡して下さい。うちは二十四時間、三百六十五日連絡が取れるようになっています」

「連絡しません」智樹が、頑なな口調で繰り返した。「俺は被害者じゃない……刑事なんだ」

うなずき、一歩引いた。頭を回らして重森を見ると、彼は苦笑しながら首を横に振っている。だから言わんこっちゃない、とでも言いたげだった。梓に目配せし、後ろに下がる。智樹は前屈(まえかが)みになり、ペットボトルをきつく握り締めていた。そこに怒りの全てを押しこめようとでもいうように……やがて手が震え、水が溢(あふ)れ始める。後で床掃除をしないとな、と私はぼんやりと考えた。そういう後始末も、支援課の仕事かもしれない。


智樹に対するアプローチは、一度諦めることにした。所轄の刑事たちに送られて実家へ帰る彼を見送った後、昼食を済ませておくことにする。食べ終えた頃には、本橋も本部に戻って落ち着いているはずだから、状況を説明して今後の方針を決めよう。

「それにしてもこの辺、食べるところがありませんね」梓がこぼした。

「確かに……」

「署の食堂で食べた方がよくないですか？」私たちは既に所轄を出て歩き始めていたのだが、梓が振り返って建物を見る。

「いや、特捜ができると、食堂も弁当の準備やら何やらで忙しいから。とにかく、何か探そう」

北多摩署は新青梅(しんおうめ)街道沿いにあるのだが、こういう街道沿いにはよくあるファミレスやファストフード店の類も見当たらないので、仕方なく駅の方へ歩き出す。店の情報を調べようと、梓がスマートフォンを取り出した。歩きスマホは褒められたものではないが、この際仕方がない。周りの状況は私が見ておこう。

「本当に何もないですね」梓が顔を上げて、溜息(ためいき)を漏らす。「回転寿司はどうですか？」

「寿司ねえ……」何となく、生物を食べる気にはならない。

「あとはマクドナルドぐらいしかないですね」

「そこで妥協しようか」

「私は構いませんよ」

マクドナルドは、新青梅街道と芋窪(いもくぼ)街道が交わる角にあった。モノレールの上北台(かみきただい)駅はすぐそこ——ここが終点なのだが、今にも軌道の延伸工事が始まりそうな感じになっている。そう言えば、ゆりかもめの豊洲(とよす)駅もこんな感じだ……鉄道と違って、モノレールの場合は延伸の条件も緩いのだろうか。多摩モノレールに北方への延伸計画があるかどうか、私は知らなかったが。

昼時で、マクドナルドは子ども連れの母親たちでほぼ満席だった。先輩の忠告を思い出し、子どもたちの健康が一瞬心配になったが……まあ、私が心配しても何にもならない。それに実際、駅前には他に食事ができそうな店は見つからなかったのだ。

梓はビッグマックとサラダのセットにした。いきなりビッグマックか……彼女は小柄な割によく食べるのだが、ちょっとした衝撃だった。考えてみると、女性がビッグマックを食べる場面を見たこともない。

「それ、食べ切れるのか？」ベーコンレタスバーガーとフライドポテトのセットを頼んだ私は、彼女の巨大なビッグマックを見ながら訊ねた。

「サラダでバランスを取ってるから大丈夫です。村野さんこそ、フライドポテトなんか食べていいんですか？」

「何が？」

「ハンバーガーは普通の食べ物です。むしろ、栄養バランスはいいんですよ。こういうところで体に悪いのは、フライドポテトの油だって言いますけど……」

「替えてもらおうかな」いきなり食欲をなくすようなことを……しかし私は、結局まずポテトを口に運んだ。子どもの頃から馴染(なじ)んだ味。栄養的に問題があるにしても、強い塩気はやはり舌を喜ばせる。

食事は淡々と進んだ。梓は巨大なビッグマックを潰(つぶ)すようにして、上手に食べている。ベーコンレタスバーガーを食べ進めながら、私はあれこれ考えた。この一件に、支援課としてどう取り組むべきか……今のところ、特捜から邪魔者扱いはされていない。被害者や被害者家族に対して強引な事情聴取が行われる時に私たちが介入すると、軋轢が生まれるのだが、取り敢えずそんな風にはなっていなかった。やはり被害者家族が特殊——悲しみとショックを呑(の)みこみ、特捜に協力しようとしているから、トラブルが起きそうな気配はないのだ。智樹の怒りは心配だったが、それも程なく落ち着くだろう。あの様子では、仮に特捜本部に投入されても冷静に仕事ができるはずもない。そのことは本人も分かっているのではないだろうか。

捜査の行方は……気にならないと言ったら嘘になる。元々私は捜査一課でキャリアを積んでいたわけで、事件に興味がないわけではない。むしろ、つい引きこまれ、邪魔者扱いされるのを覚悟で首を突っこんでしまうことも少なくなかった。今回の事件は特に、捜査しがいがあるはずだ。五年前と現在、二つの交番襲撃事件がどうつながるのだろう。

「村野さん、食べないんですか？」

「あ？　いや」指摘され、ベーコンレタスバーガーを手にしたまま固まっていたことに気づいた。慌てて一口齧り取り、ゆっくり咀嚼して呑み下す。このベーコンの味は今ひとつだな……。

「何か気になります？」

「事件そのものがね。変な話だけど、これは面白い事件だ」

「さすがにそれ、不謹慎じゃないですか？」梓が渋い表情を浮かべる。

「分かってるけど、興味は惹かれるよ」

「そうかもしれませんけど……」既にビッグマックを食べ終えていた梓が、不満そうに口を尖らせる。「それで、どうします?」

「取り敢えず課長に報告するけど、こっちの本来の仕事はちゃんと果たさないと。念のために、益田さんの家へ行ってみようか」

「そう言えば、今は誰か一緒にいるんですかね」

「いや、重森さんはご家族だけだって言ってたな」私は首を横に振った。「だから行く必要があるんだよ。大丈夫だとは思うけど……」

「親戚の人とか、来てないんでしょうか」

「それも分からない。行ってみて、必要なら俺たちが連絡しよう」

考えてみれば、分からないことだらけだ。朝美が比較的しっかりしていたから、自分たちがついていなくても大丈夫だろうと判断したのだが、この読みは少し甘かったかもしれない。普段なら、きちんと確認していることである。

食事を終えて署に戻り、すぐに車に乗りこむ。梓が道順を調べている間に、私は本橋に電話を入れ、事情を説明した。

「五年前の事件とリンク?」

本橋が眉をひそめる様子が容易に想像できた。しかし嫌そうな表情を浮かべていても、内心では興味を惹かれているだろう。彼も事件は嫌いではないのだ。

「どうもよく分からない事件です」私は認めた。

「興味を惹かれるのは分かりますが、くれぐれも、首を突っこまないように」本橋が釘を刺した。「我々の本分はそこじゃないですからね」

「分かってます」

一言言いたくなるのは当然――私は事件にのめりこんで、捜査担当部署を怒らせてしまったことが何度もある。しかし本橋自身が、私をけしかけたことも少なくない。この上司にしてこの部下、ではないか。

通話を終えた時には、梓はもう車を出していた。新青梅街道を西へ向かい、最初の信号を左折――その近くに牛丼屋やラーメン屋があるのに気づいた。食事をするなら駅の近くだろうと勝手に思いこんでいたのだが、どうやらこの辺りは、街の造りを駅に依存していないらしい。モノレールができたのは十数年前。そのはるか以前に巨大な団地が完成していたが、ずっと陸の孤島だったわけで……しばらく走ると、団地の近くに商店街があるのが分かった。「すずらん通り」と大きく書かれたアーケードが目に入る。どうやらこの辺りで、生活に必要な買い物は一通り済ませられそうだ。通り過ぎながら観察したが、えらく古い――昭和三十年代、四十年代をイメージさせる商店街だったが、考えてみればそれも不思議ではない。左側に広がる巨大な団地そのものがかなり古いはずだ。整備されたのは、それこそ昭和四十年代とか……。

それにしてもこの団地は巨大だ。車で脇を通り過ぎるだけでもえらく時間がかかる。私は団地育ちではないので、まるで巨大迷路を見るような気分だった。ここに住んでいる子どもたちは、帰る時に自分の家を見失わないのだろうかと心配になる。そして、これだけ巨大な団地を担当する交番が一つだけで大丈夫なのか。そこに詰める益田は、日々の仕事に振り回されていたのではないだろうか……いや、考えてみれば本署もすぐ近くである。何かあればすぐに、そちらから応援が出るのだろう。だいたい、団地で事件——多数の警察官の緊急参集が必要な事件が起きることは少ないはずだ。普段からそれなりに治安が保たれているということだろうか。

「ここですね」

梓の声で現実に引き戻される。車は右折待ちで停まっていた。交差点の手前と向こう側にマンションが一棟ずつ——どちらだろう。

「手前か？　向こうか？」

「奥です」

交差点を右折すると、梓がすぐに道路の右側にあるガソリンスタンドに車を乗り入れた。この辺にはコイン式の駐車場が見当たらないし、道路も狭いから、車を置いておける場所がない。梓が車から飛び出し、ガソリンスタンドの店員と話し始めた。しばらく車を停めさせてくれと交渉するつもりだろう。すぐに梓が振り向き、親指と人差し指で「ＯＫ」のサインを作った。

車を降りて、すぐに益田のマンションに向かう。五階建ての小さな建物で、一階は調剤薬局だ。ということは近くに病院もあるはず――住むにはそこそこ便利な街なのかもしれない。

「ずいぶん小さいマンションですね」梓が率直な感想を漏らした。

「あくまで仮住まいじゃないかな」

交番勤務を繰り返す外勤警察官の場合、家を購入しにくい。警察官は昔も今も「さっさと結婚して早く家を購入すべし」と無言の圧力をかけられるものだが、外勤警察官の場合はその限りではない。何しろ転勤が多く、しかも勤務先である警察署の近くに住む必要があるので、自宅を購入しないまま賃貸住まいを続ける人がほとんどだ。家を買ってしまった場合は、単身赴任を繰り返すことになる。益田の場合は、夫婦揃って引っ越しを繰り返していたわけだから、おそらく家は購入していない。あるいは既に家はあって、息子の智樹が住んでいる可能性もあるが……本部詰めの刑事の場合、住む場所は特に決められていない。千葉の奥の方、あるいは茨城県内に家を買う警察官も少なくない。

三階の三〇一号室。エレベーターは点検中で、薬局の横に階段室があるだけ……舌打ちしてから、私は最初の一歩を踏み出した。冗談じゃない、こっちは二階へ上がるだけでも階段は避けたいぐらいなんだ……と唖然としたが、こんなことを考えているから、膝のリハビリが進まないのだ。人間は自分に甘い——特に怪我などで、その後のリハビリをきちんとこなせる人は少ない。だいたい、目の前にある痛みに耐えなければ、すぐに死んでしまうわけでもないのだ。ただしこの分だと、いずれ膝に人工関節を入れることになるだろう。リハビリを担当する医者は「それで絶対に楽になる」と言っているが、三十代で人工関節のお世話になるのは、さすがに気が進まなかった。

そうならないためには、きちんとリハビリして、関節の周囲の筋肉を鍛えるしかないのだが……怪我して以来、私は自分が基本的には怠慢な人間だと実感することになった。

「私が行きます」

部屋の前に立つと、梓が積極的にインタフォンに手を伸ばした。支援課に来て数ヵ月、最初はどこか不満かつ不安そうだったのだが、最近は積極性を見せる場面も多い。私としては、頼もしい限りだった。何というか……大リーグデビューしてすぐに特大ホームランを連発して度肝を抜くタイプではないが、セカンドやショートを守り、堅実な守備でいらぬ失点を防いで、結果的にチームに多くの勝利をもたらす。

インタフォンに、しばらく反応はなかった。梓が振り向き、心配そうな表情を浮かべる。家にいないのではないか……彼女は中の様子を確認しようと、ドアに顔を近づけた。耳をくっつけようとした矢先、乱暴にドアが開き、慌てて後ろに下がる。ぶつかっていたら怪我でもしかねない勢いだった。

智樹が顔を見せた。

3

智樹はドアハンドルを握ったままで、場合によってはすぐにドアを閉めようという勢いだった。先ほどと同じ格好——スーツにネクタイも締めていて、今にも仕事に出かけようという雰囲気だった。

「ちょっといいかな」私は梓の肩越しに声をかけた。

「支援課の人に話すことはないですよ」

いきなり拒絶——しかし、こちらが支援課の人間だということは覚えていてくれたわけだ。意外に冷静だな、と私はむしろ安心した。

「できれば、ちょっと時間をもらえないかな……話したいことがあるんだ」

「そうですか」

淡々と言って、智樹がドアを大きく開ける。梓がドアを押さえて、素早く中に入った。私もすぐ後に続く。

生活の匂いがある。綺麗に掃除された玄関。靴箱の上には一輪挿し（いちりんざ）があり、挿さっている花は元気がいい。反射的に触れてみると、造花ではなく本物の花だった。もしかしたら朝美は、ここに綺麗な花を欠かさないことを習慣にしていたのかもしれない。その横には小さな金属製の皿があり、鍵が置いてあった。鍵は一番分かりやすい玄関に置く——こういう風にしている人は多い。

短い廊下の先がLDKだった。広さは十畳ほど。夫婦二人なら十分な広さだろう。そこに朝美の姿はなかった。

「奥さん……お母さんは？」

「今、休んでます」智樹がぶっきらぼうな口調で言った。

「よかった……休めてるんだ」

「どういう意味ですか？」智樹が私を睨んだ。あまりにも攻撃的過ぎる……ショックを受けているのは分かるが、反応が極端過ぎた。

「こういう時は、眠れないで体調を崩すこともあるから」私はうなずいた。

「もう崩れてるでしょう」低い声——まるで呪いの台詞（せりふ）でも口にするような調子で智樹が言った。「まともな状態でいられるわけがないですよ」

「少し話したいんだけど、もしも起こしてしまうようなら外で——」

「大丈夫です。そっちが大きな声を出さなければ」

危ないのは智樹の方なのだが……私はうなずき、近くにあったダイニングテーブルに視線を向けた。

「とにかく座ろう。座って話をしよう」

言われるままに、智樹はいったん椅子に腰を下ろしたが、すぐに立ち上がって狭い部屋の中をうろうろし始めた。

「少し落ち着かないか？」

「支援課っていうのは、そんな風に無理を強いるんですか？」

「君は被害者家族じゃなくて刑事のつもりでいるんじゃないか？　それなら、少し冷静になろうよ……座ってくれ」

智樹がまた私を睨みつけた。しかし、こちらが言っていることが正論だと判断したのか、ようやく椅子に腰を落ち着ける。とはいっても浅く腰かけているだけで、何かあったらすぐに立ち上がりそうな気配を発していた。

「君は今、一人暮らしですか？」

「何の話ですか」智樹が目を見開く。

「家がどうなっているか、知りたいと思って。ここには当然、ご夫婦二人だったんだよね？」

「そうです。家は……ないですね。ずっと賃貸暮らしだったから」

「転勤が多かったから？」

「そういうことです」

「君は？」

「もうずっと一人暮らし……高校を出て、警察に入ってからずっとです」

「ということは、十年ぐらい？」

「もう十年以上です――それより、犯人の目処はついているんですか？」

「残念ながら、我々はそういう情報が手に入る立場じゃないんだ」本当は一つ、大きな手がかりがある――五年前の交番襲撃事件の犯人が、今回の犯行にも手を染めた可能性が高い。拳銃があちこちを動き、別の犯人の手に渡ったとは考えにくかった。

「支援課の仕事は面白いですか？」

「面白くないよ」

私は即答した。智樹が意外そうに目を見開く。次いで、馬鹿にしたように鼻を鳴らした。面白くない仕事に何の意味があるのか、とでも思っているのだろう。

「君も刑事なら、被害者や被害者家族と直接接することが多いだろう」

「それはもちろん……」

「そういう仕事は楽しいか？　本音では、できるだけ避けたい仕事じゃないかな。捜査には直接関係ないことも多いし。我々の仕事は、君たちが嫌がることだけを集めたようなものだよ」

　智樹が無言で私を睨みつける。おそらく彼の頭の中には、支援課の存在などなかったのだろう。あるいは、自分たちの仕事を邪魔する面倒な存在として認識していた可能性もある。彼が混乱しているのは想像に難くなかった。馬鹿にしていた存在が、一転して「あなたを助けよう」と近づいて来たのだから。

「まあ、とにかく」私は一つ咳払いした。「できることなら何でも手助けする」

「だったら、俺を特捜に入れて下さいよ。こんなところでじっとしていたら、頭がおかしくなっちまう」

「その権限は、我々にはないんだ」

「手助けしてくれるんじゃないんですか？　それとも口だけですか？」

「警察だからね」それで分かるだろうと、私はさらりと言った。案の定、智樹は口をつぐんでしまう。警察は典型的な縦割り社会で、他の部署の仕事に口出しすることは許されない——警察官になって十年も経てば、そういう暗黙の了解は身に沁みているはずだ。

「それより、必要なところに連絡はしたかな？」

「必要なところって？」

「親戚の人とか」

「ああ……」

智樹がスーツのポケットからスマートフォンを取り出した。画面を確認すると顔をしかめる。気づかぬうちに、着信が山のように溜まっていたのでは、と私は想像した。

「この事件はもう、ニュースになっている。益田さんの名前も出ているはずだ。心配して電話してきた人も多いはずだよ。だからこっちから――」

私の言葉を断ち切るように、部屋の電話が鳴った。智樹がびくりと身を震わせる。出ていいかどうか迷っている様子だったので、「俺が出ようか」と言って私は立ち上がりかけた。

「いや、いいです」

智樹が弾かれたように立ち上がり、キッチンとの境のカウンターに載った電話に向かった。受話器を引っ掴むと、「もしもし」と乱暴な口調で話しかける。しかしすぐに声のトーンは下がった。

「ああ、叔父さん……いや、出たり入ったりしてたので……そうです、今は家です。え？　これからですか？　そうですね……分かりました。待ってます」

電話を切り、溜息を漏らす。恐縮した様子を見ると、かなり激しい調子で何か言われたのが分かる。

「今のは？」私は訊ねた。

「叔父です」

「都内に住んでいる？」

「東雲(しののめ)です」

　ということは、駅はりんかい線の東雲だろうか……ここまではかなり遠い。東京の東と西の端(はし)という感じだ。

「こっちへ来てくれるんだろうか」

「そういう話でした」

「時間がかかりそうだな」

　私は壁の時計を見上げた。時針と分針しかないシンプルなかけ時計は、一時五分前を指している。少し反応が遅いのではないだろうか……この事件の第一報はいつ頃流れたのだろう。遺体が発見されたのは、午前五時頃。急いで発表すれば、ＮＨＫの午前七時のニュースに間に合ったはずだが、広報課がそこまで迅速(じんそく)に対応したとは思えない。警察官が殺された重大事件だから、それなりに時間をかけて、発表の態勢を整えたのではないだろうか。となると、昼までニュースを見逃していた可能性も高い。普通の人は、ＮＨＫの正時のニュースを一々チェックしないものだし、仕事中ならネットニュースも見ないだろう。

「叔父さんのお仕事は？」

「公務員です……江東区役所に勤めてます」

最寄駅は、東京メトロ東西線の東陽町駅か。東雲ほどアクセスが悪いわけではないが、やはりこちらへ来るには相当時間がかかるだろう。

「すぐ来ると思いますよ。もう立川まで来てるそうですから」

「昼のニュースを見て、すぐに出て来たんだろうな……他に連絡する人は？　ご家族とか」

「いや……祖父母はもう亡くなっているので」

「お母さん側のご両親は？」

「長野なんですけど、ちょっと無理かな……祖母が健在ですけど、確か八十五歳なので。最近、足腰が弱っているそうだから、ここへは来られないんじゃないかな」

「でも、連絡だけはしておかないと。やることはたくさんあるよ」

本当は、支援課はここまで面倒をみるべきではないのだが、今は智樹の目を捜査から逸らしておく必要がある。

智樹が座ったままだったので、私は少し強い口調でつけ足した。

「叔父さんが来てくれれば、いろいろ世話を焼いてくれると思うけど、それまでは君が踏ん張らないと。まず、自分の家族のことを最初に考えてくれ。警察官だからと言って、仕事が何よりも優先と決まってるわけじゃないんだ」
渋々とした様子で、智樹がスマートフォンを手に取る。耳に当てると、私たちに話を聞かれたくないのか、すぐに立ち上がって隣の部屋へ行き、ドアを閉めてしまった。

梓が困ったような表情を浮かべて私の顔を見る。私は静かに首を横に振った。何か言いたげだった梓が口を閉ざす。どんなに低い声で話していても、隣の部屋にいるから聞こえてしまうかもしれない……しかし、智樹は出てこない。もしかしたら、八十五歳になるという祖母と直接話しているのかもしれない。それなら、簡単には話が終わらないだろう。

少し困った状況に追いこまれた。このままずっと家にいて、葬儀の準備などにも手を貸すべきだろうか。支援課として、そこまで面倒を見ても、不自然ではない。ただし、精神的に不安定な智樹とつき合い続けるのはかなり難しそうだが。

智樹の低い声が、ドア越しに聞こえてくる。怒っているわけではないが、かなり早口で、焦（あせ）っているのは、声の調子を聞いているだけでも分かった。しばらく待つしかないか……と思ったところで、もう一つの部屋のドアが開く。私と梓は、同時にびくりと身を震わせた。

朝美が部屋から出て来た。寝巻き姿ではなく、先ほど署で見た時と同じ服。帰って来て、そのまま倒れるように寝てしまったに違いない。目は充血して顔には血の気がなく、今にもその場に倒れてしまいそうだった。

私たちを見ると「あ」と短く声を上げる。余所者が家にいるのがいかにも意外な様子で、戸惑いと疑いが目に浮かんでいた。両肩が上がっている。

私は慌てて立ち上がり、「息子さんに入れてもらいました」と早口で説明した。

「そうですか」途端に朝美の体から力が抜ける。

「休んでいて下さい」私はすかさず声をかけた。「お疲れでしょうから、今のうちに体を休めておいた方が……」

「大丈夫です。もう眠れそうにないですから」

「失礼しました」さっと頭を下げて謝罪する。

「お茶でもいかがですか?」朝美が唐突に言い出した。

「とんでもない」私は慌てて首を横に振った。「どうぞお構いなく」

「あの……私、手伝いますので、お茶を用意しませんか?」梓が横から割って入った。

何を言い出すんだと思ったが、梓は「任せておいて下さい」と言わんばかりに、私に向かって目配せした。手を動かし続けさせるということか、と私は納得した。ぼうっとして座っているだけでは、悲しみが降り積もるだけで、どんどん自分を内側に追いこんでしまう。こういう時は、とにかく何でもいいから動き続けるのも一つの方法だ。梓はそこに手を貸そうとしている。

二人がキッチンに立ったところで、電話を終えた智樹がリビングルームに戻って来た。湯を沸かす母親の姿を見て、目を見開く。

「お袋……」

誰も何も答えない。それで彼も言葉を失ってしまったようで、私の前に力なく腰を下ろした。

「叔父さんが来るから」

「保さんが？」朝美が振り返り、険しい表情で訊ねる。

「向こうから連絡があったんだよ」智樹がスマートフォンを振って見せた。「一応、他の親戚とも連絡がついたから」

「こんな時に来てもらっても……」

「こんな時だから、来てもらわないと困るんだよ」

反論せず、朝美は流しの方へ向き直ってしまった。手が止まっている。見ると、肩が震えていた。梓がその背中にそっと手を当てる。流しには、もしかしたら益田の食器があるのかもしれない。長年一緒に食事を続けてきた人の食器は、もう使われることはない……そこで初めて夫の死を実感した可能性もある。何か言うべきか——迷った末、私は口出ししないことにした。梓が横にいるから、彼女に任せるべきだろう。こういう時に一番まずいのが、多くの人が好き勝手に口出しすることで、そうなると相手は誰の話に耳を傾けるべきか迷って混乱してしまう。最悪、それがきっかけで人の話を拒絶してしまう恐れもあるのだ。

「クソ、いつまでこんな風に……」智樹が吐き捨てる。

「葬儀がきちんと終わるまでは、家族第一に考えて下さい」私は宥めた。

「そんなことより、俺は捜査がしたい」

「気持ちは分かるけど……」

「分かるわけないでしょう。被害者の気持ちなんか、誰にも分からない」

「そうだな」

あっさり認めたせいか、智樹が驚いたように目を見開く。

「支援課の人がそんなこと言っていいんですか？」

「そういうことが分かるなんて言うのは、傲慢だと思う。被害者は一人一人立場も考え方も違うし、すぐに分かるわけがない――でも、分かる努力を続けないと、支援課失格だから。それは捜査一課の刑事も同じじゃないかな」

「こういう時に説教ですか」

「失礼」私は咳払いした。この手の話になるとつい熱くなる――被害者支援のあり方を一線の刑事に説くのも、支援課の大事な仕事だと信じているから。こういうことをしているから鬱陶しがられると十分理解しているのだが。

ポットが甲高い音を立てた。お湯が沸いたようで、キッチンの方でがちゃがちゃと音がし始める。取り敢えず手は動かしているようだとほっとすると、智樹がまた攻撃を仕かけてきた。

「いつまでここにいるんですか」

「少なくとも叔父さん——江東区役所に勤めている叔父さんが来るまでは」

「別に、いてくれと頼んでるわけじゃないんですけど」

「ただのお節介だと思ってくれればいい」

本当は「必要ない」と言われたら黙って身を引くのが支援課の基本だ。一人に、あるいは家族だけになりたい時があるのも確かである。支援課は必要とされる時だけ側にいればいい——しかし今は、自分が緩衝材になれればと思った。智樹は怒りを爆発させる寸前でカリカリしている。私に怒りをぶつけて、それで少しでも緊張感が解けるならそれでいいではないか。

もっとも、そう簡単には行きそうになかった。父親を失った怒りと悲しみ、それに刑事としての焦りが入り混じった表情——私が今まで対峙したことのない被害者家族が、目の前にいる。

お茶が出てきた。

「俺が言うのも変だけど、少し水分補給しておいた方がいい」

「大きなお世話です」

「喉が渇いていると、気持ちが落ち着かないんだ」

智樹が鼻を鳴らし、お茶を一口飲んだ。乱暴に湯呑みをテーブルに置くと腕を組み、スマートフォンをいじり始める。ニュースをチェックしたいのだろうが……本当はまずい。できれば今は、ニュースからは遠ざけておきたいのだ。この時点では、まだ無責任な噂は流れていないだろうが、曖昧な報道でショックを受ける人も少なくない。しかし智樹は、すぐにスマートフォンをテーブルに置いてしまった。

しばらく無言の時間が続く。朝美は、自分で淹れたお茶を飲もうとしなかった。一方智樹は、早々と湯呑みを空にしてしまう。空になった湯呑みを持ち上げてしばらく眺めていたが、やがて立ち上がり、キッチンで湯呑みに水を入れると、乱暴に飲み干した。

そのタイミングでインタフォンが鳴る。朝美が不安そうに私を見たので、「出ます」と言って立ち上がった。

「はい」

「あの――」聞き覚えのない声だったせいか、インタフォンの向こうの人間には戸惑いがあった。

「警察の者です」

「ああ、はい──あの、益田の弟です」

「今出ます」

私は玄関で益田の弟を出迎えた。しかしすぐには家に入れない。中にいる家族には聞かれずに話がしたい……まず、押し出すようにして、玄関の外へ一緒に出た。肌が覚えているよりもはるかに寒く、コートを脱いでいるので震えがくるところだった。名刺を差し出すと、彼は不思議そうな表情を浮かべる。こんな非常時に名刺でもあるまいと思っているのだろうが……私は「名刺をいただけますか」と頼んだ。まず相手の名前をきちんと確認しておかないと、この後、話がスムーズに進まない。困ったような表情を浮かべたまま、名刺を差し出す。「大原保」と書かれた江東区役所の名刺だった。

「苗字が違うんですね」

「え？　ああ、はい。私、婿入りしたので」

「そうですか……奥さんは気丈にしていますが、息子さんがかなり苛々していますから、気をつけて下さい」

「あいつは気が短いからな……」大原が嫌そうな表情を浮かべる。以前、甥っ子の短気に、手を焼いたことがあるような様子だった。

「これから色々、面倒な手続きもあります。葬儀の準備もですが……」

「何とかします」

実際、何とかしてくれそうだった。区役所勤務の公務員だからというわけではないが、大原はいかにも実直で実務に長けている感じがする。

「奥さんの実家の方へは連絡済みです」

「葬儀の方は、どうなるんでしょうか」寒さのせいだけではなく大原の顔は蒼かった。「いろいろあるんですよね」

私は無言でうなずいた。解剖は今日か明日か……遺族に遺体が引き渡されるのは、もう少し先になるだろう。

「葬儀に関しては、所轄の方でお手伝いさせていただくことになると思います。本部の方でも人を出しますから、ご家族に負担がかかることはないと思います」

実際、遺族は何もすることがないだろう。葬儀屋との折衝、実際の通夜や告別式のしきり――遺族側が望めば、全て警察の方で引き受ける。警視庁には四万人もの職員がいるので、冠婚葬祭は日常茶飯事なのだ。現職の警察官が亡くなった時にどうするか、マニュアルもしっかりできている。実際今回の益田は、勤務中に事件に巻きこまれて亡くなったわけで、明らかな「労災」である。

「私が葬儀を取り仕切るわけではないのではっきりとは分かりませんが、公葬になる可能性が高いと思います」

「公葬ということは……警視庁葬のような感じですか？」

「ええ」私はうなずいた。「ご遺族が望めば、家族葬もできるでしょうが、益田さんは勤務中に亡くなっています。警察官は仲間意識が強いですから、お別れしたいと思う同僚も多いんです。できれば、希望に添わせてやって下さい」

「分かりました」大原がうなずきかえした。

「こういう場合、息子さんが中心になって動かないといけないのですが、とにかく今は頭に血が昇っている状況なので……できれば、大原さんに仕切っていただければと思います」

「できるだけのことはします──犯人はまだ分からないんですか？」

「今のところ、犯人の目処はついていないはずです」

　どうにももどかしい。支援課の仕事の大事さはよく分かっているが、自ら犯人を追えないのが悔しくもある。

　人は同時に二つの仕事をこなせない──そんなことは分かっているのだが。

4

事件から二日後に益田の通夜、三日後に告別式が行われた。予想した通り、警視庁としての公葬になり、二日間で延べ約五百人が参列した。

私は梓と一緒に、通夜にも告別式にも顔を出した。益田一家の世話をする必要はないようだったが、念のためである。あまりにも大規模な葬儀になったために、今度はそれによるプレッシャーに押し潰されているのではないかと不安だった。

しかし二日とも、北多摩署の警務課、地域課の職員が中心になって、守るように一家に寄り添い、何くれとなく世話を焼いていた。結局私と梓は、朝美と智樹に簡単に挨拶しただけで、後は一般の参列者として振る舞うことにした。あくまで、必要とされた時だけ出て行く——支援課の本来の考えに徹する。

告別式のピークは、警視総監の告別の辞だった。制服姿も堂々とした総監は、張りのある声で益田に対する惜別の辞を述べた。こういう時の挨拶は、通り一遍のものになりがちなのだが、今回の挨拶は本当に心が籠って聞こえた。益田のこれまでのキャリア、表彰などを紹介した後、突然、旧知の間柄であったかのように、遺影に語りかけるような調子に変わって続ける。

「益田警部、あなたと私は同い年です。同時代を生きていた仲間を失ったことは痛恨の極みであります。定年まであと二年、通常の勤務をこなしながら後輩に仕事のノウハウを伝授した後は、ご夫婦二人の穏やかな生活を望んでおられたと思います。あるいは自分のペースで、警察の仕事にまだ精進してくれていたかもしれない。それが叶わなかったことは残念でなりません」

総監の声は震えているようだった。もしかしたら本当に、個人的に顔見知りだったのではないかと私は訝った。それにしても「警部」か……特進したことで、これが殉職だったことを嫌でも意識させられる。

「あなたの無念を晴らすためには、一刻も早い犯人逮捕を目指すしかありません。警察官は街の治安の象徴であり、絶対に倒れてはいけない存在であります。私たちは、速やかな犯人逮捕を、あなたの遺影に誓うものです」

全員が「おう」と鬨の声を上げそうな、惜別の辞だった。私も自然に背筋が伸びるのを感じた。ちらりと横を見ると、梓の目は潤んでいる。経験の浅い彼女は、よりダイレクトに心を揺さぶられたのだろう。

その後、遺族代表として智樹が挨拶に立った。怒りはすっかり萎み、今はとにかく疲れているように見える。低い、聞き取りにくい声で謝意を述べたが、「最後に」と言った後で急に声を張り上げた。

「私は刑事です。父の背中を追って警察官になりました。それ故に、犯人を自らの手で挙げることこそ、一番の供養になると考えています。犯人は必ず、私が逮捕します」

おいおい——智樹は捜査から外されたままだと私は聞いていた。今はいい。親が亡くなった場合の忌引きは五日間で、この間には様々な雑務があるので、実際には捜査などできるはずもない。しかしその後は……本気で捜査に参加するつもりだろうか。そうなったら、上司や同僚との軋轢が激しくなるのは目に見えている。

捜査が進んでいないことも、智樹を苛立たせているに違いない。五年前の交番襲撃事件との関連性は重視されていたが、そもそもあの事件自体が実質的に迷宮入りしているのだから、動きようがないのだ。今になって、追跡捜査係が中心になって五年前の事件をひっくり返し、再捜査を始めたと聞いている。

多くの参列者が二本の列を作って並び、遺族を見送った。終わってもまだ、斎場には緊張した雰囲気が流れている。これから本部へ戻って仕事なのだが、とてもそんな気になれなかった。

「村野」

声をかけられ振り向くと、捜査一課追跡捜査係の西川が立っていた。眼鏡を外し、ハンカチでゆっくりと拭きながら近づいて来る。

「総監の弔辞は沁みたな」

「そうですね……なかなかあんな風に親身には喋れませんよね」

「ちょっと時間、あるか？」西川が眼鏡を掛け直し、腕時計を見る。

「構いませんが……」何事だ、と私は一瞬身構えた。追跡捜査係の西川は、警視庁きっての頭脳派と言われ、その記憶力は驚異的だ。どちらかというと捜査一課ではなく、知能犯を担当する捜査二課の刑事が似合う。

「時間は取らせないよ」

追跡捜査係は捜査一課の一セクションで、犯人が分からないまま捜査が長引いている事件——刑事は「迷宮入り」という言葉を嫌う——を再捜査するのが任務である。五年前の事件について話したいのでは、と私は想像した。

「私、先に帰っていいですか？」梓が腕時計を見た。「次の仕事があるので」

「ああ。誰かに聞かれたら、俺は西川さんに拉致されたって言い訳しておいてくれ」

「分かりました」梓の顔にようやく笑みが浮かぶ。この葬儀でかなり緊張していたのだ、と改めて思った。

公葬なので、青山墓地の隣にある都の葬儀場で行われていた。都心も都心、便利な場所のようだが、この辺りの主役は何と言っても青山墓地であり、ゆっくり話ができる場所は少ない。乃木坂駅の方へ出る手もあったが、結局外苑東通りを少し歩いて、ファミリーレストランに入った。

腹は減っていたが、ここで食べる気にはなれない。西川も同じようで、二人ともコーヒーだけを頼んだ。

「今日は、沖田(おきた)さんは一緒じゃないんですか？」

「あいつと一緒に動くことなんか、ないよ」

「そうですか？　名コンビだと思ってましたけど」

「真面目(まじめ)な話、言いがかりはやめてくれないかな」

西川が本当に嫌そうな表情を浮かべたので、私は笑いを噛み殺した。ちょっとからかってみたつもりが、ボディの真ん中に刺さったようだ。書斎派の西川と、外を歩き回るのが好きな沖田は、水と油のような関係である。同期で同じ係にいながら、ぶつかってばかりいると聞く。

「それより君、北多摩署の現場には行ったんだよな？」

「ええ」

「どうだった？」

「どうだったと言われましても」

「感触だ。捜査一課の刑事としての感触が知りたい」

「俺はもう、捜査一課の人間じゃないですよ……そういうことだったら、他の刑事に聞いて下さい」

「馬鹿言うな」呆れたように西川が言った。「一度刑事を経験した人間は、死ぬまで刑事なんだよ」

「そんなこともないですけどね」私は肩をすくめた。「すっかり感覚は忘れましたよ」

「それはそれとして……」西川はしつこかった。「現場の感触は？」

私は黙りこみ、目を瞑った。現場――益田が襲われた交番の様子。鑑識が入って徹底的に調べていたから、事件発生直後の様子がどんな風だったかは分からない。しかし私が見た感じでは、現場にはそれほど「荒れた」雰囲気はなかった。交番というのは、元々整然としているのだが――警察官はまず整理整頓を徹底するように教育される――それが乱れた気配はなかった。

「犯人は、交番の防犯カメラに細工をした――壊したそうですけど、基本的にはいきなり撃った感じですかね」

「益田警部補には、抵抗する間もなかったと？」

「そう思います」

「えらく乱暴な犯人だな。狙いは何だと思う？」

「まったく分かりませんね」

「おいおい、君は本当に錆びついちまったのか」呆れたように言って、西川が肩をすくめた。

「仕事が変われば、自然にそうなりますよ」私も肩をすくめた。

「ふむ……変だよな」

「変なことだらけの事件ですよ。五年前の事件との絡みはどうなんですか？」

「さっぱり分からん」西川が白旗を上げた。「五年前の交番襲撃事件について、うちは今までまったく手を出してなかったから……調べ始めたばかりなんだ。ただし、担当した刑事たちに話を聞くと、普通の捜査よりも多くの戦力を投入したし、気合いも入っていたそうだ。警察官が襲われた事件だったからな……当時は、すぐに解決すると思われてたんだけど、実際には何も分からないまま、だらだらと五年だ。あり得ない。これは警視庁にとっては大失態だぜ」

「分かりますが……今は、追跡捜査係も、世田谷西署の特捜に手を貸しているんでしょう？」

「うちがやらざるを得なくなったんだよ。今、一から洗い直している。しかし、当時の担当者はだらしない限りだな」

西川の口から、こういう強い批判の言葉を聞くのは珍しい。荒っぽく、しばしば「武闘派」と評される沖田なら、他の刑事を馬鹿にすることも珍しくないのだが、西川は滅多なことでは人の悪口を言わない。

「犯人の血液型やDNA型も分かっていたんですよね」

襲われた警察官は、相手と揉み合いになった。その際、犯人に怪我を負わせたようで、爪の間に皮膚片が残っていたのだ。それを調べて犯人の血液型、DNA型は分かったのだが、それが直接犯人に結びつくことはなかった。血液型やDNA型は、容疑者が浮上した後で、補足材料として使うものである。例外は前科者の場合で、過去にDNA型が採取されていれば、それで一気に結びつけることができる。

「そいつも大きな手がかりにはならないな」西川が認めた。「だから今、一から捜査を巻き直している」

「五年前か……現場の交番には、まだ防犯カメラが設置されていなかったんですよね」

「何だ、状況は分かってるじゃないか」

「一応は。自分で捜査したわけじゃないですけど、あれだけ騒いでいれば、ある程度の情報は耳に入りますよ」

「そうだな」西川がまたうなずく。

「五年前の事件で銃を奪った人間が、今回の犯人なんですかね」

「分からんな」

「目的は、益田警部補に対する個人的な恨みでしょうか」

「それも分からない……いや、その線はないと思うよ」

「そうですか？」

「当然、益田警部補の個人的な事情は調べている。外勤警察官だから、現場の一線に立つことも多かったんだけど、今までトラブルは一切なかったそうだ。管内住人との関係も良好で、いわゆる『街のお巡りさん』としての評判は最高だった。後輩の面倒見もよかったし、署内でもベテランとして頼りにされていた」

「マイナス面はゼロ、ですか？」私は首を傾(かし)げた。「そんな人、まずいないんですけどね」

「君は悲観的過ぎるよ」西川が力なく首を横に振った。「長年真面目に外勤警察官としてやってきた人なんだぜ？　常に市民の前で矢面に立つから、警察の代表としての意識も高い」

「そんなものですかね……」

「そんなものだ。とにかく、かつて益田警部補に逮捕された犯人が恨みを持って犯行に及んだとか……そういうことはまず考えられないだろう」

「となると、動機なき犯罪ですか？」

「その線も考えないといけないだろうな」西川が首を二度、縦に振った。「そもそも五年前の犯人が交番を襲撃したとしても、動機が不明だ。当時は、強盗にでも使うつもりで銃を奪ったかもしれないという考えもあったようだけど、そういうことに使われた形跡もない。とにかく今回、益田さんが襲われる理由がまったく分からない」

「警察そのものに恨みを持っている人間の犯行とか」

「それはあり得ない話じゃないけど、だったらどうして、前回の事件から五年も間が空いたんだ？」

「そうですね」

結局、上手い考えは出てこなかった。西川は、私の証言から現場の様子を再現しようとしたのだろうが、答えられることには限界がある。現場の写真でも撮っておくべきだったかもしれないが、鑑識が忙しく動き回っているところでスマートフォンを取り出すのは勇気が必要――そんなことはできない。

「お役にたてなくてすみませんね」

「刑事の仕事は無駄の積み重ねだよ」

それは分かっている――しかし、自分の存在自体を「無駄」と言われた感じがして、私は少しむっとした。

5

事件発生から一週間が経った。

私たちは所轄と連絡を取り合い、朝美とも定期的に電話で話して様子を観察し、今のところ支援の必要はない、という結論に達していた。朝美は当然元気がなかったが、致命的になるほどではない、という判断だった。

私は、民間組織である被害者支援センターに勤める、「元恋人」の西原愛（にしはらあい）と電話で話した。支援課の民間側のカウンターパートである支援センターは、私たちが初期に出動して対応した後、長期に亘（わた）って被害者支援に取り組む。ただし今回は、支援センターも基本的には手を出さないという方針が出ていた。必要なし……現段階では何もしない方がいい。もしも問題が起きれば、支援センターはいつでも介入できる。

「やっぱり、立場かしらね」愛が言った。「被害者家族として悲しむよりも、同僚に迷惑をかけている意識の方が強いんでしょうね」

「そうだと思う。大変なことだけどね」

「昭和の人って感じよね」

「実際昭和の人なんだけどね」

「でも本当に大丈夫？　私たちも、今のうちに顔つなぎぐらいはしておいた方がいいんじゃないかしら」

「向こうが要求してこない限り、手出しはしない——その原則でいいと思う。今回は特に凶悪事件、重大事件だけど、それは俺たちの仕事には影響しないから」

「分かった」愛はあっさり引いた。「何かあったらすぐに連絡して。いつでも出るから」

「ああ」

通話を終えた瞬間、隣に座る松木優里の前の電話が鳴った。受話器を取り上げた瞬間、顔をしかめる。受話器は耳にくっつかず、一センチほど間が空いていた。相手が怒鳴り上げていることは想像できるが、これはあまりにも極端だ——私は彼女の手から受話器をひったくった。

「——そっちでフォローがなってないからこうなるんだ！」

一体誰だ？　私は混乱して、「どちら様ですか？」と訊ねた。

「捜査一課だよ！」

「一体何の話——」

「いいから、自分で確かめてみろ！」

電話はいきなり切れてしまった。

「今の、何？」優里が呆れたように言った。

「分からない。捜査一課だって言ってたけど、名前は名乗ったか？」

優里が無言で首を横に振った。怒鳴りつけられたぐらいで凹むタイプではない——

多少のことでは動じない彼女も、今回は明らかに戸惑っている。

「ちょっと行ってみるか」

「無視したら？」

「そうもいかないよ。こっちの仕事にケチをつけるからには、何か言い分があるはずだ」

私は本橋に一声かけた。課長室で書類に目を通していた本橋がすぐに立ち上がる。

「私も行きましょう」

「課長が出張るほどのことじゃないですよ」

「そうかどうかは、見てみないと分からないでしょう。後から呼びつけられるぐらいなら、最初から行きますよ」

二人で連れ立って部屋を出て行こうとすると、優里もついて来た。

「君まで？」

「数を頼まないといけない時もあるでしょう？」

「殴りこみじゃないんだから……」私はぶつぶつ言ったが、優里も本橋も聞いていない様子だった。

　捜査一課は「大部屋」とよく言われる。その名前通りの広い部屋に、係ごとにまとまってデスクが並んでいるが、普段は静かなものだ。仕事がある刑事は基本的に外に出ていて、ここにいる刑事は「待機中」なのだ――そこでいきなり怒鳴り合いが聞こえたので、私は仰天した。この部屋で、こんなでかい声で叫ぶ人間がいるとは――少なくとも私には経験がない。

　智樹だった。

　私には既知の光景だった――北多摩署で見た時と同じように、智樹が他の刑事に押さえられている。立ち向かおうとしているのは、またも管理官の重森。複数の係を統べる管理官は、特捜本部ができてもそこに常駐するわけではないので、今日はたまたま本部にいたのだろう。

　二人の間でどんな怒鳴り合いがあったかは、簡単に想像できる。忌引きが終わって出勤してきた智樹が、捜査に参加させろと捻じこんできたに違いない。重森は当然それを拒否。互いに絶対歩み寄らない怒鳴り合いが続いているのだろう。いったい支援課に電話して文句を言ってきたのは誰なのだろう。

「どうするんですか？」私は本橋に訊ねた。

「手を出すわけにはいかないでしょう。うちは、喧嘩の仲裁で給料を貰っているわけじゃないんですよ」

「いいんですか？　殴り合いはしないでしょう」

「まさか、殴り合いはしないでしょう」


しかし智樹は、自分を押さえた二人の刑事を引きずるようにして、重森に向かって行く。小柄な割に馬力があるようだ。まるで大リーグの乱闘レベル……最近、プロ野球ではすっかり見なくなったが、大リーグでは今でも死球などを巡って両チームが大乱闘になるのは珍しくもない。そういう時は、参加しないと後で罰金を取られる――私は前に出かけたが、当事者ではないと気づいた。敢えて言えば観客だろうか。だったら、思い切り声援を飛ばして、乱闘の激しさに油を注ぐべきかもしれない。

別の刑事が、智樹と重森の間に割って入った。さらにもう一人――壁を作り、その間に重森はすっと引いて行く。金持ち喧嘩せず、ということだろうか。しかし智樹は、簡単には諦めなかった。


「管理官！　認めてもらえないなら、俺は一人でも捜査します」

「馬鹿言うな！」重森が語気鋭く言い返す。「勝手なことはするな。警察では、自分勝手は許されないんだぞ。お前には別の特捜がある」

「それは俺の事件じゃありません！」

「選り好みをするつもりか？　命令は絶対だぞ！」

「お断りします！」

「だったら勝手にしろ！」

「勝手にします！」

完全に決裂か……智樹が暴れて、自分を押さえていた刑事の手を振り払った。そのまま踵を返すと、大股でこちらに向かって歩いて来る。喧嘩に巻きこまれるわけにはいかない……私はすっと脇にどいて彼の道を開けた。

智樹が私に気づき、険しい視線を送ってきた。何の用だ、と怒りの矛先をこちらに向けてきてもおかしくない。しかし結局何も言わず、まっすぐ前を向いて捜査一課を出て行った。

「どうやら収まったようですね」本橋が言った。「だったら、私がここにいる意味はない。誰がうちに電話してきたかだけ、調べておいて下さい」

「私も引き上げるわ」優里があっさり言った。

「おいおい、単なる野次馬かよ」私は呆れて言った。

「やることがないのにうろうろしていても、しょうがないでしょう」優里が肩をすくめる。

結局、本橋と優里は連れ立って捜査一課から出て行った。一人取り残された私は、仕方なく重森のところへ足を運んだ。私を見て怪訝そうな表情を浮かべる……電話してきたのは、彼ではないだろう。

私は立ったまま、捜査一課から電話がかかってきたことを話した。

「うちの人間が支援課に文句を言った？　そんな電話をした奴はいないと思うぞ」

「しかし、実際に電話がかかってきたんですよ。通話記録を調べれば、どの電話からだったかも分かります」

「そんなことに時間を使っていてもしょうがないだろう。何もなかったんだから、さっさと引き上げてくれ。それとも、支援課は暇なのか？」

「お陰様で、今現在うちの出動を必要とする不幸な人はいません」私は空いていた椅子を引いて、彼の脇に座った。いい機会だから、捜査の状況を聞いておこう。

その前に、智樹の話だ。

「益田巡査部長、今日から出てきたんですか？」

「ああ。規定の忌引きは五日間——土日を挟んで一週間休んだ。事が事だから、もう少し休んでいてもいいと言ったんだが……」

「休んでいて欲しかった、が本音じゃないんですか」

重森が顔を歪めると、太い眉が吊り上がった。本来がどう猛な表情なので、凶悪さが増している。両手で思い切り顔を擦ると、私を睨みつけた。

「正直、ここに顔を出されると困る。お前、葬式には出たか？」

「ええ。総監の弔辞の後……彼の挨拶の話ですね？」重森が何を言いたいのか、すぐにピンときた。

「あんなところで、『犯人は必ず、私が逮捕します』なんて宣言しやがって……困ったもんだよ。今の奴には、冷静さはゼロだ」

「確かに、完全に頭に血が昇ってますね」うなずき、私は同意した。あんな風に激怒する被害者家族を、私は何人も見ている。犯人に対する恨み節を炸裂させるぐらいならまだましで、私たちに罵声（ばせい）を浴びせてくる人も少なくなかった。

「とにかく、何とかしてこの件から遠ざけておかないとな」

「それで他の特捜に投入しようとしたんですか？」

「今現在、一課は今回の件も含めて特捜を三つ抱えている」重森が指を三本立てて見せた。「どこも人手不足なんだ」

「分かりますが……彼が大人しく従うわけがないですよね」

「ああ」重森がまた不機嫌な表情を浮かべた。

「大丈夫なんでしょうか。えらい勢いで飛び出して行きましたけど……」

「尾行をつけた。北多摩署へ向かおうとしたら、力ずくで阻止するよ」

「街中で騒ぎになったらまずいんじゃないですか」そこに力を注ぐのは見当違いでは、と思った。

「そこは現場の判断に任せている」

あまりにも無責任な……かといって、家に閉じこめておいたり、自席に縛りつけておくわけにもいかないだろう。智樹の気持ちも分かるだけに、私には正解が見えなかった。たった一つ、あるとすれば——。

「思い切って、今回の特捜に投入したらどうですか？　北多摩署の捜査、そんなに上手くいってないんでしょう？」

「冗談じゃない」

重森がぶっきら棒に答え、私は彼を本気で怒らせてしまったことを悟った。こういう場合はさっさと謝るに限る。

「失礼しました……しかし実際、まだ犯人の手がかりはないんでしょう？」

「なかなか狡猾な犯人だよ。防犯カメラを上手く壊して、自分の姿が映らないようにしていたんだから。遺留品もまったくなし。かなり計画的な犯行だな」

私は思わず首を傾げた。一体何を「計画」していたのだ？　それこそ、益田を襲うこと？　もしもそうなら、益田本人が誰かの恨みを買っていたことになる。しかし、西川は益田を「理想的な警官」と評し、個人的な恨みはなさそうだと推測していた。彼は今、五年前の交番襲撃事件を中心に調べているはずで、益田殺害事件についてはあくまで傍観者だが……しかし何かと目ざとい西川のことだから、どこかから情報を仕入れているだろう。それは信用していいと思う。

「残念ながら、今のところ有力な手がかりはまったくない」

「目撃者もいないんですか？　時間が遅かったとはいえ、あんなに大きな団地の中でしょう？」

「今、徹底して聞き込みをしているが、なかなか難しい感じだな」

「逆に……団地がでか過ぎるんですね？」

「ああ。五千戸を超えてる」

私は思わず口笛を吹きそうになった。まるで小さな街のような規模ではないか。後で調べて分かったのだが、昭和三十年代から四十年代にかけてあの団地が造成されたのは、近くに巨大な自動車工場ができたのがきっかけだった。工場で働く人向けに団地が造られ、それによって市の人口も急増した。ところがその工場は二十一世紀初頭に閉鎖されてしまい、団地だけが残った。

当然、現在は五千戸全てが埋まっているわけではないだろうが、それにしても住んでいる人全員に話を聴くには大変な時間と手間がかかる。しかも全て空振りに終わる可能性さえあるのだ。

「それだと、人手がいくらあっても足りないでしょう。息子の益田部長を投入してもいいんじゃないですか」

「冗談じゃない。一人増えても、全体的な状況に変わりはない。とにかく一刻も早く……」重森の言葉は途中で消えた。既に自信を失いかけているのかもしれない。警察官が犠牲になった事件で犯人が捕まらなければ、世間に対して申し開きができないし、内部の士気も下がりっ放しだ。五年前の事件の時も、嫌な雰囲気が流れたのを覚えている。最初は何としても犯人を逮捕しようと全ての刑事が気合いを入れていたのだが、大事な手がかりがないまま時間だけが経って疲弊し、「もしかしたら解決できないのでは」という疑念に襲われて、執念も薄れてしまう……今回の捜査を担当している刑事たちは、あの轍を踏むわけにはいかないと気を引き締めている一方、心のどこかで不安も抱えているはずだ。

「一応、奴は被害者家族なんだよな」

「一応じゃなくて、完全に被害者家族ですよ」

「ということは、そちらで面倒を見てくれてもおかしくはないわけだ」重森が顎を撫でた。

「もちろんそれは構いません……当然ですけど、首を突っこまないようにと説得するんですか?」

「どういう方法でもいいから、捜査から遠ざけるようにしてくれないかな。支援課なら、何とかしてくれるだろう?」

「いや、捜査から遠ざけるって……そんなノウハウはないですよ」

「頼むよ」重森が真剣な表情で両手を合わせた。「そこをきちんとやってくれたら、支援課は内部で評判がよくなるんじゃないか？」

「まるで今、評判がよくないような言い方じゃないですか。こっちは、愛される支援課を自任してるんですけどね」

重森が盛大に溜息をついた。

智樹を止めるには、とにかく話すしかない。理性に訴えるか、感情を揺さぶるか……私は何度か彼の携帯に電話を入れたのだが、一度も電話に出なかった。ここまで綺麗に無視されると、かえって苛立たない。とはいえ、何か上手い手を考えないと。

こういう時に知恵を借りる相手としては、愛が相応しい。自分も事故の被害者である彼女は、人の気持ちがよく分かるのだ。多少口が悪いのだが、あれは私に対してだけかもしれない。犯罪被害者には、いつでも真摯に対応する。

夕飯を奢って知恵を貸してもらおうと思ったが、あっさり断られた。小さなＩＴ系の会社を経営している彼女は、最近は昼間の時間の多くをセンターで過ごしていて、その後会社の仕事は早朝、そして夜に集中させている。今日も夕方から重大な会議、その後はクライアントとの打ち合わせが入っているから食事は無理——そう言われると、無理には頼めない。

それにしても愛はタフだ。私と彼女は同時に事故に巻きこまれ、私は膝を負傷して未だにそれを引きずっている——しかし彼女の方が重傷で、事故以来ずっと車椅子での生活なのだ。それなのに、健常者よりもよほど精力的に働く。一度、「無理してるんじゃないか」と聞いてみたことがあるのだが、彼女は「私の仕事に下半身は関係ないから」とあっさり答えた。そして、「働けることが分かったんだから、働かないともったいない」とも。

実際、彼女は私よりもはるかに前向きだ。リハビリさえサボりがちな私に比べ、愛は車を改造して、今はどこへ行くにも自分で運転していく。

さて、時間が余ってしまった……夜まで支援課で愚図愚図していてもいいのだが、最近は警察でも勤務時間については煩くなっている。本橋も、特別な仕事に取り組んでいない限りは、定時に引き上げるよう、常に口煩く言っていた。梓、優里……相談相手としては、二人も除外だ。梓はだいぶ力をつけてきたが、ややこしい話でアイディアを出してくれるとは思えない。優里は二児の母であり、よほどのことがない限り残業はしない。家では子どもが待っているのだ。捜査一課時代の後輩である長住光太郎は論外——あの男は支援課の仕事を馬鹿にし切っており、その結果、組織内の地雷のようになってしまっている。かといって、本橋と膝詰めで話をする気にもなれない。

しょうがない。自宅で一人、作戦を考えよう。

私の家は中目黒にある。事故後、交通の便を考えて引っ越したのだが――東京メトロ日比谷線を使えば、警視庁の最寄駅の一つである霞ケ関まで十分ほどしかかからない――独身の男が住むにはあまり適していない街だとすぐに分かった。何というか、洒落のめしており、一人で気楽に手早く食事を済ませられるような店が少ないのだ。一人暮らしの男の生活を支えるのは、スーパー、コンビニ、何でも揃う定食屋に街場の中華料理屋――この四点セットがあれば、何の不自由もなく生きていける。しかし中目黒では、定食屋と中華料理屋が不足していた。

数少ない使える中華料理屋が、山手通り沿いにある。造りは結構高級な感じで団体客が多いのだが、料理の数がやたらと多く、しかもそれほど高くないという利点がある。私はここで、メーンになる一品料理にライス、それに何か野菜料理をつけるという注文を繰り返していた。ラーメンやチャーハンだけで腹を満たしてしまうよりも、栄養的なバランスはいいはずだ。しかも隣にはスターバックスがあり、食後には、油まみれになった口と胃をコーヒーで洗える。

店員とはすっかり顔見知りになっているのだが、向こうが馴れ馴れしくしてこないのもありがたい。淡々と食べて淡々と帰る――それぐらいでないと、一軒の店を長く使うのは難しい。

豊富なメニューを眺め渡し、メーンには玉子と豚肉とキクラゲの炒め物、野菜には冷やしトマトを選んだ。これで一応、栄養バランスは取れている……と自分を納得させる。

二つの料理をおかずに白飯をかきこみ、サービスでついてくるスープで喉を潤した。白飯は控えめな量なのだが、料理のボリュームがかなりあるので、これで十分腹が一杯になる。食べ終えるとすぐに払いを済ませ、隣のスターバックスでエスプレッソを二口で飲み干してから家路についた。

何か買い物は……ない。家では基本的に料理はしないし、冷蔵庫にはビールが入っているはずだ。もっとも、これだけ寒いとビールを飲む気にもなれないのだが。だいたい今日は、いろいろ考えねばならない日である。アルコールで頭の働きを鈍らせるわけにはいかない。

部屋は狭いのだが、エアコンの利きが悪く、暖まるまでは結構時間がかかる。私はスーツからセーターに着替え、キッチンでお湯を沸かした。何も呑まないつもりでいたが、こう寒いと、少しはアルコールを体に入れないとやっていられない。取り敢えず、ウィスキーをお湯割りにすることにした。サントリーの「角」を常にストレートで呑む失踪人捜査課の高城に言わせると、ウィスキーを何かで割るのは邪道なのだが、私には彼のようなこだわりはない。

一口呑むと、口から喉にかけて温かさが広がっていく。ほどなく胃も熱くなってきた。よしよし、いい調子だ……ソファに腰かけ、自分なりにまとめてきた捜査資料に目を通し始める。

一つだけ、引っかかっていたことがあった。益田のキャリアの中の一点……彼は五年前、交番襲撃事件が起きた世田谷西署に在籍していた。この時は交番勤務ではなく、珍しく所轄の地域課で働いていたようだが、益田自身も捜査を担当したのだろうか……いや、所轄の地域課は、交番を統括するのが仕事だから、地域課員自らが現場に出ることは多くはないはずだ。

偶然だろうが、何かが引っかかる。いや、何かあるはずもないか……拳銃というたった一つの共通点を除いて、五年前の事件と現在の事件がつながっているとは思えなかった。

それにしても、益田の仕事ぶりには頭が下がる。警視庁の職員の多くは、所轄で交番勤務をすることから仕事をスタートさせ、その後は所轄の本署に勤務、それから本部へ異動というルートを辿る。その後の人生は様々——昇任試験を順調にクリアして、本部と所轄の異動を繰り返しながら出世していく人間もいるし、何かのスペシャリストとしてずっと本部勤務を続ける人間もいる。益田のように、所轄——交番勤務専門の人も必要なわけだ。

益田の場合はそこまでいかないにしても、かなりの覚悟を持って仕事をしてきたのは間違いないだろう。その最期が、押し込み強盗のような犯罪の被害者として終わるとは……おそらく、相手と争う間もなく撃たれてしまったのだろうが、最後に本人は何を考えただろう。考える暇さえなかったとすれば、あまりにも悲しい。

スマートフォンが小さな音で鳴り出した。テレビの横で充電しているので、少し距離がある……アルコールが回り始めて面倒臭かったのだが、鳴った電話には出るよう、警察官は徹底的に教育されているので、体が勝手に反応してしまう。

智樹だった……おいおい、どういうことだ。向こうから電話がかかってくるとは期待していなかったので、私は深呼吸した。どういう気まぐれで電話してきたのか分からないが、たぶんこれからの会話は荒れるだろう。

「電話もらいました？」名乗りもせずにいきなり言葉を吐き出す。声には少し酔いの気配があった。

「ああ。何度か電話した」

「何か用ですか？」

「ちょっと話せないかと思ってね」

「面倒だな」

「呑んでるのか？」

「多少」

「今、どこにいる？」私は危険な臭いを感じ取っていた。酒には様々な効用がある一方、マイナス面も無視できない。特に、精神状態を激しく増幅させてしまうのが問題だ。落ちこんでいる時に酒が入ると、人はさらに深い穴に落ちる。

「新橋ですけど」

「俺も合流していいかな」私は咄嗟に言ってしまった。酔っ払った人間を相手にするのは危険だと分かっているが、無視していい状況ではない。「店は？」

「『青い星』。知ってます？」

「分かるよ」

ずいぶん大胆な男だ、と私は驚いた。「青い星」は、捜査一課の連中が行きつけにしている店である。潜在顧客が四百人――捜査一課の人数だ――いて、しかもツケを溜めるようなこともないから、「新橋で一番の健全経営」と言われている店である。私も一課時代、何度か行ったことがあった。

「まあ、そこにいます。取り敢えず今は」

「待っててくれ。一時間はかからないから」

「まあ……一時間後にいるかいないか分かりませんけどね」

電話はいきなり切れてしまった。智樹はかなり酔って、元々不安定な精神状態がさらに揺れている。どうやって対応すべきか……でかける準備を整えながら、私は事前に対策を練るのを諦めた。

酔っ払いが、こちらが予想するような動きをするわけがない。


新橋は、警視庁の職員にとって「地元」である。もちろん警視庁だけでなく、霞ヶ関の官庁に勤める人たちも、足繁くこの街に通って来る。霞ヶ関には酒を呑めるような店がないから、必然的に一番近い新橋に向かうのだ。

新橋と言えば山手線などのガード下のイメージが強いが、「青い星」はそこから少し離れた場所にある。住所的には新橋三丁目、雑居ビルの地階にある狭いカウンターバーで、手早く呑んでさっさと出て行くのが、ここを使う時の流儀だ。平均的な滞在時間は、一時間にも満たないだろう。

騙された、と思った。

狭い店に入って中を見回しても、智樹の姿は見当たらない。カウンターに近づき、中にいるマスターに聞いてみたが、彼は智樹の存在を認知していなかった。顔見知りの人間が何人かいたので聞いてみたが、やはり智樹を見かけた人はいない。それで気が晴れるストレス解消のために、私をからかおうとしたのかもしれない。それで気が晴れるなら、別に構わないのだが……さすがに苛立ちを覚えながら店を出る。階段を上がりきると、一階にあるコンビニエンスストアの前で智樹がしゃがみこみ、煙草をふかしているところに出くわした。この辺も路上喫煙禁止なので、警察官としては褒められたものではない。

「約束が違うぞ。店にいなかったじゃないか」

声をかけると、智樹がゆっくりと立ち上がる。煙草を歩道に投げ捨てると、乱暴に踏み消した。

「騙したのか？　俺をからかって楽しんでた？」

「別に……」

「コーヒーを飲んだ方がいいな」

「いりません」

「酔っ払いとは話はできない」

「じゃあ、話さなければいい」

「わざわざ家から出て来たんだぜ？　せっかくだから話ぐらいしよう。ただし、酔いが醒めてからだ」

私は周囲を見回した。幸運なことに、すぐ近くにカフェがある。あそこで濃いコーヒーを飲ませて、少しでも酔いを抜いてやろう。私は彼の腕を掴み、強引に道路を渡った。相当酔いが回っているようで、リードして歩かせるのも面倒なほどだった。とはいえ、逆らっているわけではないので何とかなる……片側一車線の道路なのに、渡り終えたのは信号が赤になる直前だった。

店に入って、エスプレッソを二杯頼む。私は少し前にもエスプレッソを飲んでいたので、今夜は眠れなくなるかもしれないと思ったが……つき合いだからしょうがない。

智樹を席に座らせ、私はそのままカウンターに並んだのだが、気になって仕方がない。両隣のテーブルについた若い女性客が、露骨に智樹を避けているのだ。それも当然——左右に体が揺れて、今にもどちらかに寄りかかってしまいそうである。しかも、外にいる時には気づかなかったのだが、相当酒臭い。近くにいたら鼻をつまみたくなるレベルだ。

エスプレッソと冷水をもらって急いで席へ戻る。揺れは止まっていた——智樹は腕組みをしたままうつむき、いびきをかいている。何だよ、このザマは……同情すべき点は数多あるのだが、さすがに情けなくなって呆れてしまった。右隣にいた女性は、いびきの音に耐え切れなくなったのか、席を立ってしまった。私は左隣の女性に「ちょっと失礼」と声をかけると、水の入ったコップを彼の頭の上で傾けた。水が直撃した瞬間、智樹がぶるりと身を震わせ、声にならない声を上げた。左隣の女性が迷惑そうに身を引く。

「何だよ！」智樹が低く叫んで私を睨みつけた。

「こうでもしないと目が覚めないだろう」

「クソ……ふざけんな……」智樹がつぶやき、濡れた顔を右手で乱暴に擦った。髪とコートは濡れたままだが、これは仕方がないだろう。

「コーヒー、飲めよ」

私はカップを一つ、押しやった。智樹は、掌に隠れてしまいそうな小さなカップを口元に持っていって、一気に飲み干した。エスプレッソは熱いわけではないが、苦味は強烈だ。これはかなり効果的な目覚ましになる……案の定、智樹は舌を突き出し、顔をしかめた。コップにわずかに残っていた水を一気に飲み干し、「苦い」とつぶやく。

「もう一杯飲めよ。完全に酔いが醒めるぞ」

渋々ながら、智樹がもう一杯のエスプレッソを飲んだ。今度は三回に分ける。

「どうだ？」

「酔いが醒めるというか、今夜は眠れないでしょうね」

「で？　相当呑んだのか？」

「さあ」

「覚えてないほど呑んだのか……公務員失格だな」

智樹が私を睨みつける。しかし、とろんとした酔眼なので迫力はなかった。

「俺と話をする気になったか？」

「さあ……何を話したらいいのか……」

「いろいろ。何でもいい」私は両手を広げた。この男は怒りを遠慮せずに吐き出しているように見えるが、まだ腹の底に溜まっているものがあるだろう。この際、気になっていることは全部言えばいい。

「言いたいことは一つだけですよ」

「何だ？」

「この件は、俺が自分で調べたい。犯人を逮捕して、親父の仇を討ちたい」

「それは分かるけど、わがままは許されない世界だぜ。君も、それぐらいは分かってるだろう」

「俺は冷静ですよ」

「冷静な人間は、そんなに酔っ払わない。要するに自棄酒だろう？」

きつい台詞だと意識しながら、私は言った。どうもこの男には、優しい言葉は合わない気がする。「仕事をするな」という指示は厳しい――従うのは辛いだろうが、今の私がやるべきは、彼を説き伏せることだ。感情が先走った状態で暴走し、万が一にも犯人と対峙するようなことになったら、何が起きるか。その辺は、智樹本人にも分かっていないのではないだろうか。

「しかし、君も情けないな」

「何がですか」智樹が声を荒らげる。

「自分の言い分が通らないで、酒を呑んで荒れる——何のプラスにもならない」

「大きなお世話です」

「少し歩くか」私は立ち上がった。

「え?」智樹が意外そうに目を見開き、私を見上げる。

「酔い覚ましには、寒い中を歩き回るのが一番いいよ。それに、この時間の新橋は酔っ払いで一杯だ。どれだけみっともないか、人を見て確認してみればいい」

どこに行く当てがあるわけではない……私たちは環二通りに出てしばらく歩き、日比谷通りを横断した。ここまで来ると、住所は西新橋二丁目になる。このまま西へ歩いて行けば虎ノ門ヒルズに突き当たり、左へ行けば愛宕神社、右へずっと歩けば日比谷公園に辿り着く。都心部とはいえ、オフィスビルで埋め尽くされているわけではなく、この辺りは意外に表情豊かな街だ。特に目的があるわけではないが、左折して愛宕神社を目指す。

明らかに酔っている割に智樹の足取りは確かで、寒風に逆らうように背中を丸めてしっかり歩いている。しかしさすがに寒くなったのか、歩きながらコートのボタンを首元まで止めた。

ほどなく、愛宕神社……神社本体は、長い階段の先だ。さすがにそこを上る気にはならず、私は鳥居の前で立ち止まった。道路から一本引っこんだ場所にあり、人通りも少ないので、ここなら他人の目を気にせず話ができる。寒いのはどうしようもないが……長い階段の上の方から、一際冷たい風が吹き下ろしてくる。

「本気で捜査したいのか？」

「当たり前でしょう」智樹が口を尖らせる。「親が殺されて、指を咥(くわ)えて見ているわけにはいかない。俺は刑事なんだから、普通の人間とは違う。捜査する力も経験もある」

「感情的になったら、まともな捜査はできないぜ」

「あなたは——あなたも感情的になってるんじゃないんですか」

思いもよらぬ攻撃に、私は一歩引いた。この男は何を言い出すんだ？

「村野さんは事故で膝に大怪我を負った。それで捜査一課から被害者支援課に異動した——歩き回るのに苦労するようじゃ、刑事の仕事はやっていられませんからね」

「俺のエピソードもすっかり有名なんだな」私は肩をすくめた。

「どうして異動したんですか？　ちゃんとリハビリして、刑事として復帰する手もあったはずです」

「リハビリは苦手でね。あれは地獄だ」私は肩をすくめた。筋肉に負荷をかけると同時に、痛みとの闘いにもなる。「それよりも、俺はある意味、被害者になった——だから被害者の手助けができると思った。それだけのことだ」

「つまり、個人的な事情で仕事をしているようなものじゃないですか。今の俺と同じだ」

それは違う——そう言うのは簡単だったが、何故か言葉にできない。彼の理屈は合っているようないないような……しかし、熱だけは伝わってきた。

「どうしてもやりたいのか？」

「当たり前です」

「軟禁されるぞ」

「まさか」智樹が鼻を鳴らした。

「捜査一課から出られないようにするとか、自宅待機とか。そうなったら動きようがないだろう」

「自宅待機なら、そのまま捜査に出られますよ」

「バレたら馘だぞ」

「覚悟の上です」

「馘になったら――刑事でなくなったら、捜査なんかできない」

「自由になれれば、その分ちゃんと動けるでしょう」

この会話は平行線を辿る――智樹は絶対に譲らないだろうと私は悟った。

基本に立ち戻って考えよう。私の仕事は何だ？　犯罪被害者を支えることである。主に精神的に。被害者家族の精神を支えるとは？　事件によって不自由に歪んだ心を直すことだ。そのためには、事件のせいで「できなくなっている」ことをやらせてやるのが一番いい。多くの被害者家族が望むのは「日常」を取り戻すことである。

そして智樹にとっての「日常」は、「刑事としての日常」なのだ。

「昼間は動かない方がいい。上に目をつけられないようにしないとな」

「それじゃ何にもならない。あなたに相談しても無意味だ」

「君は、捜査は昼間しかできないと思ってるのか？」

「は？」虚を突かれたように、智樹がきょとんとした表情を浮かべる。

「家を訪ねて目撃者探しをする――それは基本だけど、東京では昼間は誰もいない家も多い。夜の方が確実だ。どうだ？　昼間は捜査一課で大人しく内勤をしていて、五時に仕事が終わったらすぐに現場へ行く――あの辺から現場まで、一時間ぐらいだろう。六時から聞き込みを始めれば、二時間や三時間は動ける。短期集中でいいじゃないか」

「それは……」

「夜なら、他の刑事の目も届かない。何をしていてもバレないよ。それでさっさと犯人を見つけ出せばいいじゃないか」

「そんなことができるとは……」

「できないのか？　君は刑事だろう？　自分では優秀だと思ってるんだろう？」

「それを、上に言うんですか？」

「言わない」私は首を横に振った。「俺がこんなことを勧めたと分かったら、一課の連中に殺されるからな。黙ってやれよ」

智樹が無言でうなずく。私を見る目からは酔いが消え、力が宿っている。単純な奴……いや、彼には何よりこれが必要だったのだろう。自分の心は決まっている。それを誰かに後押ししてもらいたかっただけなのだ。

「さて、それでだ」私は話を続けた。「刑事は二人一組で動く。これは基本だよな？」

「何言ってるんですか」

「君を一人で街に放り出す訳にはいかないっていう意味だよ。俺も君と一緒に聞き込みをする」

「マジですか」

「ああ、大マジだ」

「監視ですか？」

「監視？　誰のために？　俺は別に、捜査一課に頼まれてやってるわけじゃないよ。これはあくまで被害者支援課の仕事なんだ」嘘も方便。これで重森の要望も満たせるわけで、一石二鳥になる。

第二部　夜を歩く

1

その日はさすがに、これから聞き込みという訳にはいかなかった。明日の夕方、上北台駅での再会を約して別れる。

またお節介をしてしまった……この件を誰かに言っておくべきだろうかと、帰りの地下鉄の中で一人考える。少なくとも本橋の耳には入れておかないと、何か問題があった時に彼が困ってしまう。しかし、話せば止められそうな予感もした。

遅くに自宅に戻って暖房をつける。シャワーを浴びている間に部屋は暖まってきたが、何となく気持ちは寒いままだ。同じ独身でも、まだ若い智樹は、部屋でこんな気分になることはないだろう。

まあ、いい。明日からは夜の時間も埋まり、家には寝に帰るだけの生活になる。味気ないといえば味気ないが、今の私にはそういう生活の方が合っていると思う。家にいる時間はできるだけ少なくしたい。そのためには――一人呑み歩いているだけでは駄目なのだ。しかし友と語り合うにしても、その友が思い浮かばない。仕事を始めて十数年経つと、学生時代の友人たちとは何となく疎遠になってしまうものだし、警察の同期と会うと、昼間の仕事の続きになる。趣味の大リーグ観戦は——去年のシーズンの試合が大量に録画してあるが、新しいシーズンも迫ってきている今、何となくタイミングがずれた感じがして観る気になれない。

東京に住む独身・三十代の人間は、自分と同じように時間を持て余しているのだろうか。

結局仕事をするしかない。

「働き方改革」という言葉がいつの間にかもてはやされるようになったが、どうやら私には関係ないようだ。こんな生活が延々と続いたら、自分の人生はどうなってしまうのだろう。

多摩モノレールの終点駅・上北台で降りて改めて周囲を見回すと、侘しい気分になる。駅前にはバスとタクシーの乗り場があるが、後は生協やディスカウントショップが並んでいるだけ。マンションがぽつぽつと建っているものの、「駅前」という言葉から想起される賑やかさとは程遠い。だだっ広く開けたこの空間の感じは——新幹線の新駅周辺によく似ている。何もないところに駅が誘致されても、いきなり住宅や公共・商業施設の建設ラッシュが始まるわけでもなく、ただ無料の駐車場が点在するだけ。上北台駅周辺には、無料の駐車場もないが……どこにも似ていない街、という感じだ。

智樹は既に着いて待っていた——苛ついていた。どれだけ待ったか分からないが、何時間も一人で待ち続け、怒りが爆発する寸前の感じである。

「すまん、遅れた」一応、素直に頭を下げておく。

「一本前です」

「二時間ぐらい待ってたように見えるけど」

「五分だって無駄にはできません」智樹が真顔で言った。

「動ける限度は十時ぐらいだろうな」私は腕時計を見た。「それより遅い時間に訪ねると、ドアを開けてもらえない」

「それぐらい分かってます」智樹が鼻を鳴らした。「慣れてますよ」

私たちはすぐに、団地へ向かった。駅から歩いて五、六分というところ……しかしそれで行き着くのは駅に近い団地の東側で、事件現場となった交番へは、そこからさらに五分ほど歩かなければならない。それほど大きな団地なのだ。

そう言えば……思いついて「飯はどうした？」と訊ねた。

「途中でパンを齧ってきました」

「そうか」

「村野さんは？」

「食べてない……まあ、いいや。気にしないでくれ」

とはいえ、腹は減り始めている。のんびり夕食を摂っている時間が惜しいから、これからしばらくは夕食の時間を後ろにずらすことになるだろう。しかし遅くまで聞き込みをしていたら、この辺りでは食事ができる場所もない――先日梓と一緒に入ったマクドナルドは、二十四時間営業なのだが。

「実は今、こっちにいるんですよ」唐突に智樹が打ち明けた。

「こっちって……実家か？」

「実家と言えるかどうかは分かりませんけど、まあ……母親の家に」

「お母さん、元気なのか」

「元気じゃないです」歩きながら智樹が肩をすくめた。「元気じゃないですけど……大丈夫でしょう」

「強い人だな」

「強いかどうかは分かりませんけど、何とかやってます。ただ、俺がいない時のことまでは……家の中はきちんとしてるから、掃除も洗濯も普通にやってると思いますけどね」

私は密かにうなずいた。実に強い……稀に、こういうタイプの人がいる。悲しみや憎しみを乗り越えるために、とにかく事件の前と同じ生活のリズムを保とうとする。家を綺麗に保ち、きちんと料理を作って食べる。その食卓に、いつもいた人がいないにしても、過去と今をつなごうとする。

正気を保つ一つの方法だ。いずれは全く違う生活が始まるにしても、取り敢えず今までと何も変わらぬように気を遣う。

「一緒にいてあげるのはいいことだと思う」私は言った。

「そうですか？」

「それで悪い結果が出たケースはないよ。少なくとも俺が経験した限りでは」

「全ての犯罪被害者について知ってるみたいですね」馬鹿にしたように智樹が言った。

「そんなことはない」

相変わらず突っかかるような言い方だ。今の彼にとっては、私が不満のゴミ捨て場なのだろう。まあ、いい。こういうことには慣れている。

別の——駅に近い位置にある別の団地を抜けて、現場の団地に出る。改めて見ると、その広さにやはり驚かされた。六階建ての団地が道路沿いに延々と、地の果てまで続いているように見える。この時間帯は夕飯のタイミング……多くの窓が明るくなり、冬の寒さを溶かすような暖かい気配が流れている。一方、道路を挟んで団地の反対側は暗い。一戸建ての家も並んでいるのだが、道路側に近い方に畑が広がっているせいもある。多摩もこの辺になると、普通に畑があるのだ。

しばらく歩くと、「中央商店街」の看板が見えてきた。団地の中の商店街……この団地ができた頃は、畑の中に突然巨大な建物群が出現したような感じだっただろう。これだけ大きければ、既に一つの街であり、団地の中に商店街があってもおかしくはない。そして現場の交番は、この商店街の外れに設置されていた。

団地はやはり相当古びていて、多くの建物が建て替えの時期を迎えている——あるいはとうに越えている。商店街も、できた時からまったく変わっていない感じだった。入り口にある団地の案内図は薄汚れ、図の一部は剝(は)がれてろくに見えない。

商店街は二つの建物に挟まれた細い広場の両側に広がっている。店舗は全て、団地の一階部分。模様の入ったタイルで覆われた歩道は、完成した当時はかなりモダンな感じだったはずだが、今はくすんで暗いだけだった。両脇に並ぶ商店も同様である。アーケードはえんじ色が色褪(いろあ)せ、汚れたピンクのようになってしまっている。しかも屋根の内側は塗装が落ち、全面に錆(さび)が浮いていた。

一応、便利そうな商店街ではある。小さな病院、薬局、自転車屋、床屋にビデオショップと、街中の商店街も顔負けのラインナップである。ただし全てが古く、既に営業を終えてシャッターが閉まっている店も多いので、侘しい感じだった。あるいは閉店してしまったのかもしれないが……地方都市のシャッター商店街が想起される。

商店街を一番奥まで歩いて行くと、幼稚園があって、私はぞっとさせられた。もちろん、幼稚園が開いている時間に事件が起きたわけではないが、万が一を考えると背筋が冷たくなる。

同時に、突然胸が締めつけられるような思いを味わった。毎朝ここへ通って来る子どもたちと挨拶を交わすのが、益田の一日の始まりだったのではないだろうか。子どもたちは制服が大好きだ。毎朝元気に挨拶していたお巡りさんが突然いなくなって、どんな想いを抱いているだろう。

「そこに幼稚園があるでしょう」智樹が唐突に言い出した。

「ああ」自分が注視していたものを指摘され、私は慌てて相槌(あいづち)を打った。

「子どもたちが、交番に花をたむけてくれたそうです」

「お父さんとは顔見知りだったんだろうな。毎朝挨拶して」

「ええ……」智樹の声は暗かった。「それが親父(おやじ)の警察官人生だったんですよ」

「君は、外勤警察官になろうとは思わなかったのか?」

「親父から止められました。転勤も多いし、落ち着かないからって……何か自分の専門を持って、一つの仕事に集中した方がいいと言われましたよ」

「外勤警察官も、専門職ではあるんだけどね」

「総合商社みたいなものじゃないですか？　それも、ごく小さな総合商社。何でも自分でやらなくちゃいけないんだから」

「確かに」

どうやら今夜の智樹は、少しだけ冷静さを取り戻しているようだった。現場を歩くことが、彼にいい影響を与えているようである。

交番の前に出る。

「少し見ていこう」

提案すると、智樹が無言で交番へ向かった。鑑識等の作業はとうに終わっており、血が飛び散った壁は綺麗に塗り直されていた。この交番に勤務している人間が何人いて、どんなローテーションで回しているのか分からないが、既に益田抜きで仕事が進められているのは明らかだった。デスクについた若い制服警官が、何か書類に記入している。ごく普通の交番の光景だった。

「挨拶するか？」

「やめておきましょう」智樹が苦笑しながら言った。「俺が回っていることがばれる」

「だったらあくまで、極秘行動にするか」

「それがいいと思います」

本当は、交番の中をもう一度じっくり見ておきたかった。もちろん鑑識が一平方センチメートル単位で調べて、必要なものは全て持ち帰ってしまっただろうが、それでも自分の目で改めて確認しておく意味はある。私は鑑識の専門家ではないが、現場をしっかり見ることで得られる「印象」が馬鹿にならないことは分かっていた。

交番を通り過ぎ、幼稚園の前まで出る。ふと、駅からここへ来るまでに出会った人間は、交番に詰めていた若い警官一人きりだったと気づいた。夕飯の時間帯だから、外を出歩く人がいないのも当然かもしれないが……ゴーストタウンは言い過ぎかもしれないが、まさに地方都市の空洞部、といった感じである。

まず、聞き込みの手順を決めなくてはならない。これだけ大きな団地だと、交番から離れた所に住む人は、除外していいだろう。交番に近い棟を集中的に調べるのが常道だ。当然、この辺りは特捜本部が重点的に事情聴取を終えているはずで、鬱陶しがられる可能性もあるが、それで遠慮していたら捜査はできない。

私は、先ほどスマートフォンで撮影してきた団地の地図を画面に呼び出した。拡大して、現在位置を確認する。

「商店街の両側——四十五号棟と四十六号棟の二階から始めよう」

「交番に近い方からですね」

「ああ。数が多いから手分けしてもいいけど、一応二人で行こうか」

「時間の無駄ですよ」智樹の目が光った。「別々でいいんじゃないですか？　それとも俺を監視する必要があるんですか？」

「刑事はコンビで動くのが基本だ。それに、君の手腕も見てみたいね」

結局は「監視」なのだが……聞き込みぐらいは普通にできるにしても、相手の反応によっては智樹が激昂する恐れもある。それだけは絶対に避けねばならない。

聞き込みを始めてみると、非常に効率が悪く、苛々させられた。ノックに反応しない――実際に在宅していない家も多く、最初の五軒でドアを開けてくれたのは一軒だけだった。出て来たのは、だいぶ前に定年で辞めたような年齢の男性。警察だと言ったのでドアを開けてくれたのだろうが、顔を見た瞬間、情報は出てこないと私は悟った。あまりにも露骨に、迷惑そうな表情を浮かべている。

「もう二回も、警察の人が来られましたけどね」

「念のためなんです」智樹が食い下がった。「話し忘れることもありますので」

「そんなこともないけどねえ……そもそも話すようなこともないんですよ」

出だしでいきなり壁にぶち当たったが、智樹は粘った。ようやく話せる相手を見つけたので、簡単には離さないつもりなのだろう。しかし私は、この聞き込みは上手くいかない、と早くも諦め始めていた。

団地は、あまりにも巨大過ぎる。この辺りは交番に近いとはいえ、それなりの距離があるのだ。犯行当時は夜中だから静かで、発砲音ぐらいは聞こえそうなものだが、日本人で銃声を聞いた人などまずいないわけで、車のバックファイアだと勘違いするような人がほとんどだろう。そしてそれを一々覚えている人もいないはずだ。

智樹は、簡単には諦めなかった。普段いつ頃寝ているのか、朝は何時に起きるのかまで確かめ始め、夜中に起きることはないか、とまで確認した。この粘りはなかなか——何も覚えていない、そもそも気づいていないと主張する人との会話を成立させているのは大したものだったが、それでも情報は引き出せない。結局、十五分ほど経ったところで、私は後ろから彼の肩を叩いた。タイムリミット。

智樹がようやく引き下がったので、私は一言だけ相手に確かめておくことにした。

「亡くなった益田警部補はご存じでしたか？」

「ええ」男性の顔からようやく緊張が抜けた。「よく挨拶はしてましたよ。真面目そうな人ですよね」

「そうですね……遅い時間にすみません」

私は一礼して下がった。ドアは眼前で閉まったのだが、智樹は動こうとしない。私はもう一度彼の肩を叩いて振り向かせた。

「行こう」

「真面目な人……だいたい、警察官はそんな風にしか言われないんですよね」

「マイナス評価とは思えないけど」

「本当の人間性なんか関係ないような感じじゃないですか」

「そんなこと、ないさ。個人的に知らないとしたら、そういう風にしか言えないだろう」

無言でさっと頭を下げ、智樹が勢いよく歩き出した。とは言っても、行き先は隣の部屋である。

長い夜はまだ始まったばかりだった。


結局この夜、有益な情報は一つも得られなかった。当たり前か……何かあったら、特捜本部でとうに摑んでいるはずである。

九時半、私は智樹にストップをかけた。これ以上遅くなると、訪ねた相手に悪印象を与えてしまう。智樹はまだやる気十分な様子だったが、引き下がるだけの常識は持ち合わせていた。これはいい傾向だ、と私は一人納得した。頭に血が上って感情的になっていたら、私の提案を受け入れようとはしないだろう。

「遅くまですみませんでした」

頭を下げられたので、さらに仰天する。これではごく普通の、礼儀正しい青年ではないか。

「一つ、約束してくれないかな」

「何ですか？」

「このまま真っ直ぐ家——お母さんのところへ帰ってくれ。俺がいなくなった後で、一人で動いたら駄目だぜ」

「帰るつもりでしたけど」

「だったらいいけどね」

「信用してないんですね」

「心配なだけだ」

「そうですか……村野さん、飯はどうするんですか？」

「飯ぐらい何とかするよ。気楽な一人暮らしだし」

「膝は大丈夫ですか」

「問題ない」

本当はあまり、大丈夫ではない。これまでの経験だと、一日一万歩を超えると、疼くような痛みが膝に蘇るのだ。まあ、これもリハビリだと考えれば何ということもない——と前向きに捉えることにした。

「何だったら家まで送って行くけど」

「結構です」智樹の顔が強張る。「信用されてないんですね」

「そういうわけじゃないけど」

「ちゃんと帰りますよ。お袋も心配だし。それに俺には、刑事としての常識はあります。こんな時間に聞き込みをしても、嫌われるだけだ」

「そうか――じゃあ」

「明日も同じ時間、同じ場所でいいですか？」

「もちろん。何か緊急事態があったら連絡する」

「支援課に緊急事態なんかあるんですか？」

「事件が起きれば――被害者がいれば、うちの出番になる。逆に言えば、出動する時はいつも緊急事態だ」

智樹は何も言わなかった。自らが被害者家族になってなお、支援課の仕事には意味がないと思っているのだろう。

こうやってまともに聞き込みができているのは、自分のフォローがあってこそなのだが。しかし私は、そういうことを直接告げるほど図々しい人間ではない。

2

夜の聞き込みを始めてから三日が経ち、私は急激に体調が悪化しているのを意識した。膝だけではなく、体全体が……夕食を摂る時間が後ろにずれた上に、遅い時間に食べるのが、ラーメンや牛丼などヘヴィなものばかりである。昨夜はよりによって、JR立川駅近くにあるドーナツショップでミニチャーハンにドーナツ二つというろくでもない組み合わせにしてしまった。カロリー的には十分過ぎるぐらいだが、栄養バランスは最悪の夕食……こんな食事は初めてで、朝になっても胃が重かった。

それに加えて寝不足。家に帰り着くのは十一時過ぎで、帰ったからといってすぐに眠れるわけではなく、何だかんだで日付が変わってかなり時間が経った後に、ベッドに入ることになった。普段の私の生活ペースからすると、睡眠時間が一時間以上削られている感じで、朝がきつい。

というわけで……支援課本来の仕事がないのをいいことに、昼食を終えた後、私は自席で目を閉じた。腕組みをし、目を閉じ、両足をだらしなく机の下に投げ出し……それですぐに眠れるわけではないが、とにかく少しでも目と頭を休ませたかった。

「いいご身分だな」

突然声をかけられ、慌てて目を開ける。目の前にいたのは重森だった。

「管理官」実際に寝ていたのだ、と気づく。声が寝起きのそれになっていた。

「ちょっといいか」

「ええ」

立ち上がる。体が固まっていたので伸びがしたいところだったが、さすがにそれは躊躇われた。さっさと廊下に出る重森について歩き出す。重森は廊下の壁に背中を預け、腕を組んで私と向き合った。

「益田にくっついて聞き込みをしてるんだって？」

バレていたか……こういうことは、どんなに上手く隠しているつもりでも漏れてしまうものだが、予想していたよりも早かった。しかし私は、敢えて肯定も否定もしなかった。もう少し向こうの出方を見ないと何も言えない。

「何かいい情報は出てきたか？」

「残念ながら、まだですね」

「現場の団地は、特捜の刑事たちがもう総ざらいを終えた。それで何も出てないんだから、あそこで情報が得られるとは思えないな」

「それで……ストップをかけに来たんですか？」

「引き続きやってくれ」

私は思わず唇を引き結び、目を見開いた。「ふざけるな」と雷を落とされるとばかり思っていたのに、真逆ではないか。まさか聞き込みを奨励されるとは。

「何か変か？」重森が訊ねる。

「いや……止められるとばかり思ってましたから」

「お前がそそのかしたんだろう？　狙いは何だ？」

「ガス抜きです」

重森が短く笑ったが、すぐに真剣な表情になって素早くうなずく。

「上手い手を考えついたな。助かる」

どうやら私は、上手くやったようだ。智樹のストレスを解消しつつ、「捜査から遠ざけるようにしてくれ」という重森の依頼も実現したことになる。

「実際、奴の扱いには困っていたんだ。あんたが毎晩引きずり回してくれるおかげで、今のところ余計なことはしていない」

「ただ引きずり回しているだけじゃありませんよ。本当に何か、手がかりが出てくるかもしれないでしょう」

「そこは別に期待していない……でも、益田が仕事をした気になっているなら、それでいいんだ。こういう時は、動いているのが一番いいんじゃないか？　気が紛れるだろう」

「そういうこともあり、ですね」

「奴には暴走して欲しくないんだ。押さえつけて、捜査一課で大人しくしていてもらうのが一番なんだが、そうもいかないからな。これが一番いい方法だったかもしれない。今後もよろしく監視を頼むぞ」

「別に、監視しているわけじゃありませんよ」反発して私は言った。

「まあ、お前の意識はともかく、監視であることは間違いないんだから。奴が暴走しないように、今後も上手く見守ってくれ」

「いつまでも続きませんよ」私は思わず本音を漏らした。「さっさと犯人を捕まえるのが一番です。身柄を確保する現場に彼を立ち会わせれば、いい加減に納得するでしょう」

犯人のいち早い逮捕が、何よりも被害者のためになる――現場の刑事は未だにそう考えがちだ。これも一つの――実際には主流の考えではある。確かに「溜飲が下がる」ということはあるのだから。

「どうなんですか？」私はさらに突っこんだ。「まだ犯人の目処はつかないんですか？」

「残念ながら、まだだ」重森の顔が歪む。

「五年前の事件との関連はどうなんですか？　あの時の犯人が、今回もやったんじゃないんですか？」

「つながりは拳銃だけだ。今のところ、何も言えない」

「益田警部補の個人的な問題は……」

「それはないな。やはり益田さんは、非の打ち所のない外勤警察官だった」

「じゃあ、完全に手詰まりじゃないですか」私は両手を広げて見せた。

「嫌なこと言うね、あんたも」重森が表情を歪める。

「事実を指摘しただけです」私は一礼した。「しかし実際のところは……」

「まだ何もない」重森が認めた。

「もう十日になりますけどね」私は腕時計を持ち上げて見た。嫌味ったらしい仕草だとは分かっていたが……実際、こういう事件は発生から時間が経てば経つほど、犯人逮捕のチャンスは少なくなる。

「そう言うな。特別な事件なんだから、こっちも必死にやってる」

「それは承知してます」

「とにかく」重森が咳払いした。「今後も益田の監視をよろしく頼むぞ」

結局私は、重森が期待していた通りに動いていたことになる……何となくむっとしたが、ここでは反論しないことにした。

捜査一課に恩を打っておくのも一つの手だろう。同じ警察官として仕事をする以上、軋轢はマイナスにしかならない。

私は、最大限の笑みを浮かべてうなずいて見せた。

「支援センターの方で、一度奥さんに挨拶しておきたいって言うんだけど、どうしますかね」支援課に戻ると、長住が切り出した。

「必要ないと思うけどな……今は、元通りの生活を取り戻しているみたいだし」

「へえ」長住が呆れたように言った。「タフな人ですねえ。旦那があんな死に方をしたのに」

私は長住を睨みつけた。この男の発言は、しばしば人の神経を逆撫(さかな)でする。さすがに被害者家族の前でこんな風に言うことはないものの、普段の考え方や話し方がいつの間にか外に出てしまう恐れはある。支援課としては懸案事項だ……一呼吸して何とか気持ちを落ち着かせる。

「ちょっと支援センターと話してみるよ」

「そうですね。余計なお節介になるかもしれませんけど」

「俺たちの仕事は、そもそもお節介なものなんだぜ」

言い返して、私は受話器を摑んだ。こういうことを相談してくるとしたら、愛だろう。彼女は梓とは別の形で気配りができる人で、気になっていることは絶対に忘れない。

やはり愛だった。

「長住君には、もう少し厳しい指導が必要ね」愛が怒気をこめて言った。

「何か言われたのか?」

「私が何か言われたわけじゃないけど、被害者家族に対してあの態度はないわね……

今度会った時に殴るわよ」

私は思わず溜息をついた。常に車椅子で動き回っている彼女が長住を殴るためには、長い棒が必要になるだろう……伸び縮みする指し棒でもプレゼントしようか、と思った。彼女が長住を殴るとしたら、止める理由はないし。

「後でよく言い聞かせておくよ……それより、益田さんに会いたいのか？」

「できれば。やっぱり心配になってきたの」

「今のところ、問題はないけど」

「奥さんに最後に会ったの、いつ？」

「それは……」葬儀の後に一度、自宅を訪問した。その後も定期的に電話で話してはいるが、一週間近く会っていない。最近の様子は、智樹から聞いただけだ。

「支援課はあくまで初期支援。私たちはその後のフォローに回る——という原則からすると、そろそろ私たちの出番よね。今は問題がないにしても、これから出てくるかもしれないし、念のために顔つなぎをしておく必要があると思うわ」

「仰る通り」私は壁に向かってうなずいた。支援センターには実に様々な相談が寄せられる——性暴力被害に遭った女性が警察に駆けこむ前に電話してくることも多い——ので、とても全部には対応しきれない。しかしこの件は、愛の中では「重要事案」になっているのだろう。

「じゃあ、取り敢えずの顔合わせというか、挨拶というか……どうする？」

「松木と一緒に行くわ。向こうの都合がよければ、今日の午後にでも」

「分かった。俺の方で連絡しておく。後でまた電話するよ」

「分かった」

何とも事務的というか、ビジネスに徹したやりとりだが……これも仕方あるまい。かつて私たちはつき合っていて、結婚の話も出ていたのだが、あの事故で全てが変わってしまった。別れてそれきりでもおかしくはなかったのだが、今も仕事の上では頻繁につき合いがある。個人的な感情——過去の感情はどこかに置いておかないと、冷静にはやっていられない。

優里に事情を話すと、すぐに了解してくれた。

「私が電話しようか？」

「いや、俺がかける。朝美さんと通じているのは俺だから」

「私がやります」梓が割りこんできた。「私も挨拶していますから」

「そうか……じゃあ、頼むよ」自ら名乗りを上げてくれるのが頼もしい。「安藤梓」の名前から、私と優里は陰で「ダブルA」と呼んでいるのだが、実際にはもうトリプルAを飛び越してメジャー昇格間近だろう。

梓が朝美に電話をかけ、説得を始めた。これは義務ではないが、支援センターのスタッフと会っておけば、後で何か問題が起きた時もスムーズに解決できる。警察ではなく民間の組織なので、捜査とはまったく関係ない——理詰めの説得だが、難儀している様子は、彼女の声を聞き、顔を見ているだけで分かった。眉間の皺がすぐに深くなる——朝美が遠慮、あるいは抵抗しているのは間違いないようだ。

私は梓に向かって首を横に振って見せた。拒絶しているなら、無理に言うことはない——しかし梓は、私の顔をちらりと見て、右の掌を突き出した。もう少し待って下さい……という感じ。

「はい。ええ、よろしいですか？　時間は？　はい、ちょっとお待ち下さい」

梓が受話器を耳から離し、送話口を掌で塞いだ。優里に向かって「今日の三時頃ならいい、と仰ってます」と告げる。

「じゃあ、三時でアポを取っておいて」言って、優里が自分のスマートフォンを取り上げる。即座に愛に情報を入れるつもりだろう。

二人はほぼ同時に会話を終えた。梓が素早く息を吐く。多少、緊張を強いられたようだが、ダメージを受けた様子はない。

「どうだった？」私はすかさず訊ねた。

「あの……ものすごく遠慮していました。何も問題はないので、ご迷惑をおかけするわけにはいかないって」

「そういうことを言い出しそうな人なんだよな」私はうなずいた。「遠慮する必要なんてないのに。内輪……警察の人間だからって、犯罪被害者家族なのは間違いないんだから」

「そうですけど、自分のためにそんなこと、なんて言われると言葉に詰まりますよ」

「あとは松木たちに任せよう」私はこの話をまとめにかかった。自分には別の仕事——夜の仕事がある。

3

聞き込み四日目、金曜の夜——この日は特にやりにくかった。会う人会う人、全員が素っ気ない。当たり前か……明日からの週末を前に、自宅で平日の疲れを抜こうとしている人がほとんどなのだ。

私たちは、四十五号棟と四十六号棟での聞き込みを昨日までに終えていた。手がかりはまったくなし。目撃証言も、怪（あや）しい音を聞いたという話さえなかった。一番眠りが深い時間帯に起きた事件なので仕方ないのだが、智樹の眉は吊り上っている。

「そう焦るなって」

「こんなに情報が出てこないものですかね」智樹はしきりに首を捻っていた。

「こういうこともある——経験上、分かってるだろう」

私たちは、交番に近い別の棟——四十一号棟での聞き込みに移行した。

まったく同じような造りなので、外に出て建物の壁に書かれた番号を確認しないと、自分がどこにいるかも分からなくなる。一階部分には、自転車が何台か停まっていた。防犯上は安全とは言えない。集中管理されている大きな駐輪場に停めておく方がいいのだが……益田も、こういうところには気を遣っていたに違いない。自転車盗は、外勤警察官が常に気にかける事案の一つだ。

一階から聞き込みを始める。またも外れの連続……そもそも反応がない。手帳に書きこんだ各部屋の番号に、「未」の文字がどんどん加わった。実際に住んでいないのか、たまたま不在だったのか、こちらの呼びかけを無視しているのかは分からない。

一階の最後の部屋で、ようやく反応があった。出て来たのは中年の女性。中からテレビの音が大きく流れ出してきて、玄関で話をするにもさし障るほどだった。

「ちょっと、テレビ、煩い！」中に向かって怒鳴ると、少しだけ音量が小さくなった。それでも、意思を疎通させるためには、かなりの大声を出さねばならなかった。

「警察の人、二回も来ましたよ。私は何も見ていないですけど……」

目に見えて不機嫌な様子だったが、智樹は引かなかった。毎度ながら、この粘りには感心させられる。一課の若手の中でも、かなり優秀なのは間違いない。

「何でもいいんです。事件が起きた日だけじゃなくて、他の日……誰か怪しい人が、この辺をうろついたりしていませんでしたか？」

「そういうことがあれば、すぐに警察に相談しましたけど……」女性が頰に手を当てる。「あ、でも、一ヵ月ぐらい前に、うちの前の道路にずっと車が停まっていて、それを交番に言ったことはありましたよ」

「車？　どんな車ですか」智樹が食いつく。

「普通の車ですけど……何か、隣の幼稚園を見張ってるような感じだったんですよ」

「ナンバーも分かってますよね？」

「ええ」

「控えてますか？」

「いえ、私は……取り敢えず交番に言ったんで、それでいいかなと思って。でも、気持ち悪いですよね。小さい子どもが狙われる事件も多いでしょう？」

彼女が言う通りなのだが、実際にはこの辺りでそういう事件は起きていない。子どもが被害者になる事件は常に注目を集めるから、あれば気づいていないわけがない。

「その車、どうなりました？」

「しばらく経ってから見たら、いなくなっていましたけど」

「どうしたか、知ってます？」

「さあ」女性が首を傾げた。「警察の方で何か言ってくれたんじゃないんですか？だいたい、ここの前の道路は、長く駐車していたらいけない場所ですよね」

確かに駐車禁止の標識がある。ということは……工事関係などの業者ではないだろう。そういう人たちは、駐車違反には十分注意する。

「何時頃でしたか？」智樹がさらに突っこんだ。

「私が気づいたのがお昼の十二時ぐらいで……その後、二時頃に見た時もまだ車があったんで、思い切って交番に行ったんです」

「よく警察に通報する勇気が出ましたね」

「別に勇気っていうほどでは……出かけるついででした。あそこの交番のお巡りさんとはよく挨拶もしてたし、いい人ですよ。亡くなって残念ですけど……」

智樹がぐっと顎を引く。これまでの聞き込みで、益田の悪口は一切出ていない。実際に、地域に溶けこんだ、いい外勤警察官だったのは間違いないだろう。父のいい評判を肌で感じるのは、智樹にとってもいい供養になっているはずだ。

「車は、どの辺に停まってましたか？」

「ええと」女性がサンダルをつっかけて外に出た。「その辺り——その歩道の切れ目のところです。幼稚園のすぐ近くでしょう？」

私たちは女性の許を辞し、道路に出てみた。幼稚園と四十一号棟の間は細い道路になっているが、車止めがあって自動車は入れないようになっている。ずっと奥を見ると、交番の建物が視界に入った。もしかしたら車を停めていた人間は、幼稚園ではなく交番を監視していたのではないか？

「これはでかい手がかりですよ」智樹が緊張した声で言った。

「さすがに、特捜ももう知ってると思うけどね」私は、はやる智樹を牽制した。

「この車の目撃者を探しましょう。ナンバーが分かれば……」

「この件は、君のお父さんが通報を受けて処理したはずだ。ということは、お父さんも当然北多摩署に報告している——署の方でナンバーを控えている可能性が高い」

「報告は上げていないかもしれませんよ。すぐに解決したら、いちいち言わないんじゃないですか？」

「お父さんは真面目な人だった。どんなに小さなことでも、報告しなかったとは思えない……ちょっと待ってくれ」

　私は智樹から離れ、スマートフォンを取り出した。重森のスマートフォンの番号が分からないので、特捜本部にかけてみる——幸い彼は、今夜はそこに詰めていた。誰と話しているのか智樹に悟られないよう、声を低くして訊ねる。

「ちょっとお伺いしたいことがあるんですが」

「何だ」

　重森の声は暗く、面倒臭そうだった。こっちは智樹の面倒を見ているんだぞ――と苦々しく思いながら、聞き込みの結果を話し、この情報を本部は確認しているかどうか、と訊ねた。重森が露骨に鼻を鳴らす。

「その話は初日に確認している。事件発生初日に、だ」

「それで、どうだったんですか？」特捜本部が見逃すはずがない。やはりな……と思いながら、私は少しだけがっかりしていた。自分が摑んだと思っていた情報が、既に多くの人が知ることだったたと分かった時は、誰だって多少はがっかりする。

「益田警部補から所轄に、報告が上がっていた。彼が『違法駐車だ』と声をかけたら、すぐに立ち去ったそうだ。それきりになっていたが、こちらでも念のために確認したよ」

「ナンバーで特定できていたんですね？」

「車の持ち主は、その後逮捕された」

「逮捕？」私は頭を叩かれたようなショックを受けた。「容疑は？」

「暴行。要するにクソ野郎――幼児性愛者だったんだ。六歳の女の子に悪戯しようとして、近所の人に見つかって警察に突き出された」

「現場はどこですか？」

「東京じゃない。埼玉だ」

震えがくるほど冷たい風が吹いているのに、私は冷や汗をかいていた。この件は、実は危機一髪だったのではないか……。

「その犯人、ここの幼稚園で獲物を物色していたんじゃないですか？」

「そういうことだろうな。埼玉県警にも情報を提供しているそうだ。まあ……あまり楽しい話じゃない」

重森が渋い口調で言う理由は理解できる。もしも一ヵ月前、益田があと一歩突っこんで調べていたら——単に追い払うだけでなく、交番に呼んで話を聴いていたら、この人間の性癖は明らかになっていたかもしれない。そうしたら、次の犯行は起きなかった可能性が高いのだ。

「ま、せっかく聞き込みしてもらったのに残念だが、そういうことだから」重森が話を締めにかかった。「それで、益田の様子はどうだ？」

「今の一件を教えるのが辛いですね。いい情報を摑んだと思って、相当張り切っていましたから」

「無駄足を踏むのも刑事の仕事だと言ってやってくれ」

それは私の役目ではない——まるで駆け出しの刑事に言って聞かせるようなものではないか。これまでずっと一緒に回って、智樹が刑事としての基本を十分身につけていることは分かっている。私があれこれ教える必要などないのだ。

電話を切り、智樹に状況を報告する。興奮で赤くなっていた彼の顔は、速やかに白く変わっていった。

「クソ」吐き捨てる声にも力がない。両手はきつく拳に握っていたが。

「特捜だって馬鹿じゃない。それに、大量に人を動員して調べているんだ。こっちより先に重大な情報にリーチできるのは当然だよ」私は慰めたが、言わずもがなだったな、と悔いた。こんなことは、ちょっと考えれば誰にでも分かる。

「分かってますけどね……」智樹がうつむく。「親父もヘマしたんですね。もっときつく叩いていれば、その場でゲロったかもしれないのに。変質者なんか、いくら叩いても構わないんですよ」

「そうかもしれないけど、お父さんはこの街の安全は守ったんだ。警察官はスーパーマンじゃないんだから、何でもできるわけじゃない。まず、自分の管轄をしっかり守ることが大事なんだ」

「そんなこと、村野さんに言われなくても分かってます」

ああ、分かってるだろうな……ただ、素直に賛成したくないだけなのだろう。

警察官は二世、三世が多い。安定した仕事だし、自分が社会の役に立っていることを実感しやすい仕事だから、親の跡を継ごうとする子どもは少なくないのだ。しかし、無条件に親を尊敬している子どもばかりではない。自分も仕事を覚え、親がこれまでどんな仕事をしてきたかを知るに連れ、「自分ならもっと上手くできる」と考えるようになる人間もいるはずだ。

しかし智樹の場合、もはや比較もできない……酒を酌み交わしながら、互いの仕事を語り合えないのだ。親と同じ仕事をしている人間にとって、一番褒めて欲しい相手は親だろう。親としても、子どもにはさっさと自分を超えていい仕事をし、うんと出世して欲しいと願うはずだ。特に定年間近だった益田は、仕事を辞めた日、息子とゆっくり酒を酌み交わしながら、自分ができなかった仕事を託す――そんなことを考えていたかもしれない。

「村野さん？」

「ああ？」

「どうかしましたか？」

「いや、何でもない」悔しがっているのはこちらではないか。それを智樹に見抜かれてしまったのが、何となく情けない。

被害者支援の際には、こちらの精神的なバランスも重視される。完全に客観的になって相手に接すれば、いかにも仕事だと見抜かれてしまうだろうが、過大に感情移入すると冷静に対処できなくなる。

俺もまだまだ修業が足りないな――私は自分を叱責した。

結局この日も、何の進展もなかった。綺麗に整備された球場の外野で、一本だけ枯れた芝を探すようなものだ、と私は徒労感を覚え始めていた。

智樹もさすがに疲れてきたようだ。これまで四日間、ぶっ続けに夜の聞き込みを続けている。昼間は疲れるような仕事はないはずだが、無駄足がずっと続いているので、そろそろ精神的なダメージも溜まってくる頃だろう。

私は、土日の昼間は休みにしたらどうか、と提案した。

「俺は平気ですよ。全然いけます」智樹が胸を張った。強がりにしか聞こえなかったが。

「昼間は特捜の連中も動いている。ここで鉢合わせしたらまずいだろう？　それとも、ここ以外でどこか、捜査ができる場所があるか？」

「それは——」智樹が言い淀む。

「ないだろう？　だから当面は、ここで聞き込みを続けるしかないんだ。ただし、やるとしたら、特捜の連中とぶつからない夕方から夜にかけてだ。ちょっと早め——午後五時スタートにしよう。土日は、特捜の動きも早め早めに終わるはずだから」

「しょうがないですね……」まだ不満げだったが、智樹が何とか引いた。

「それで、だ。今日は飯にしようか」

「ずいぶん呑気ですね」

「こんなことを言うのも情けないけど、俺はこの何日か、まともな夕飯は食べてないんだ。せめて金曜の晩ぐらい、温かい物を腹一杯食べたいんだよ。奢るから、この辺で美味い店を教えてくれ」

「美味いって言っても……俺も、別にこの辺は地元じゃないですし」

「すずらん通りがあるじゃないか」ごく小さなアーケード街を私は思い出した。「あそこなら、食事ができる店ぐらいあるだろう。行ってみないか？　どうせ君は、お母さんの家に行く途中だろう」

「まあ、そうですけど……じゃあ、行きますか」

智樹も腹が減っていないはずがない。私と一緒に食事をするのが嫌なだけだろう。とはいえ、私の方では、彼と食事をする意味がある。

ここ数日、彼の精神状態は安定している。聞き込みが上手くいかずに悪態をつくことはあるが、それは普通の刑事でも同じことだ。この辺で一度まとめて事件の話をして、彼が本当に落ち着いたかどうか、じっくり探ってみるのもいいだろう。

「行きながら探そうか」

私たちは歩き出した。膝に鈍い痛みが残る……ここ数日、盛んに歩き回ったために、ダメージが来たようだ。本当は明日の午前中、ジムでのリハビリを入れているのだが、サボってしまおうか、と私は考え始めた。痛みがある時に動かすのが、いいわけがないんだよな……。

それにしてもこの団地は広い。いつまで経っても抜け出せないように感じられるほどで、まるで迷宮に入りこんでしまったような錯覚に陥(おちい)る。

聞き込みをしていて気づいたのだが、団地の建て替えは既にかなり進行している。完成してから半世紀も経つのだから、老朽化、耐震性の問題などが生じているのだろう。それにしても、どういう感じで進められているのだろうか。これだけ大きな団地全体を造り変えるには相当な時間がかかるはずで、住んでいる人たちはその間、どうするのだろう。

ようやく団地を抜けて広い通りに出る。団地の反対側には店が建ち並んでいるが、手早く食べられて、かつ話もできる店となると……赤い派手な看板を掲げた焼肉屋が目に入った。

「焼肉でどうだ?」

「いいですよ」智樹が気軽に応じた。少しだけ表情が緩んでいる。

「ちょっとパワーをつけたいよな」

「本当に奢りでいいんですか?」

「心配するな。君が食べる分ぐらいなら何とでもなる」

とんでもない読み違いだった。

焼肉というのは、実はそんなに食べられないものだ。特に酒を呑まず、最初からご飯を頼んでいる場合は……智樹は酒を呑まないというのでこの食べ方になった。私は自分の分のビールを頼んで、ほっとしていた。財布がそれほど痛むことはないだろう。メニューを見た限り、それほど高い店でもないし。

ところが智樹は、意識してかせずか、私の財布にダメージを与えるような注文をした。上ロース、タン塩、カルビをそれぞれ三人前ずつ。野菜とご飯も頼んで、猛然と食べ始めたのだ。私がビールを呑んでいる間に、肉はみるみる減っていく。

「食べないんですか？」

「いや……食べるのを忘れてた」

私もようやく肉に手をつけた。二人だと肉の消費スピードはますます早くなり、すぐに追加注文することになった。ハラミ、ホルモン、さらに上ロースを今度は二人前。ライスはお代わりし、思い出したようにサラダを追加して、全ての料理をブルドーザーのような勢いで平らげる。このままでは自分が食べる分がなくなってしまう……私は慌てて、自分用に石焼ビビンパを注文した。それを見た智樹が、今度はカルビクッパを追加注文する。白米を食べた上にカルビクッパ？

「君ね……奢りだといっても限度があるだろう」

「大した値段じゃないでしょう」智樹が軽く抗議する。

「そうじゃなくて、食い過ぎじゃないか？」小柄でほっそりした体型なので、こんなに食べるとは思っていなかったのだ。「腹も身の内って言うぜ」

「それ、昭和の格言でしょう」

「昭和も平成もないよ。大丈夫なのか？」

「焼肉の時は、普通にこれぐらい食べますよ。最近、昼は軟禁状態だから、ストレスも溜まってるんです。昼飯も警視庁の食堂で食べるしかなくて……あそこ、味はイマイチじゃないですか」

「それはそうだけど」

一時間ほどで大量の料理を平らげる。しつこい焼肉を食べた後でコーヒーが欲しくなったが、さすがにこの店では用意がなく、代わりにゆずのシャーベットを頼んだ。普段は甘いものなど食べないのだが、今日は仕方がない。コーヒーは、帰りにどこかで手に入れよう。

智樹はデザートにチョコレートパフェを頼んだ。いったいこの一食でのカロリー摂取量はどれほどになるのか……下手すると、一日に必要なカロリーをこの一食で摂ってしまっているかもしれない。

デザートも食べ終え、ようやく智樹が満足そうな笑みを浮かべた。その穏やかな表情は、彼と出会って初めて見るもので、私は取り敢えず、この食事が単なる散財には終わらなかったとほっとした。

「なかなか簡単にはいきませんね」智樹が愚痴をこぼした。腹は満たされたようだが、心は空洞のままか……彼の気持ちもよく理解できる。

「正直言って、特捜の捜査も上手くいっていないと思う――悪く取らないでくれよな。元刑事の経験から言っているだけだから」

「分かりますよ」智樹が溜息をつく。「最初の一週間が何もなく過ぎると、長引くことが多いですよね」

「時間帯が悪かったんだと思う。街全体が眠りについているような時間だから」

「そうですよね……」

そこで私は、ずっと疑問に思っていたことを持ち出した。

「これはマスコミには明かされていないことだけど……凶器の話だ」特捜本部では、五年前に強奪された拳銃が今回の犯行に使われた事実を公表していない。犯人しか知りえない決定的な事実になるからだ。

「ああ」智樹がうなずく。

「五年前、君は何をやってた？」

「所轄で、交番から刑事課に上がったところでした」

「あの件についてはどれぐらい知ってる？」

「いや……」智樹が首を傾げる。「うちの管内の案件じゃなかったし、ニュースで流れたことぐらいしか知りませんね」

「本部全体が揺れるほどの大騒ぎになったんだ。それだけの事件だったことは、今の君には分かるだろう？」

「もちろんです」馬鹿にするのか、とでも言いたげに智樹が私を睨む。

「親父さんがいた所轄だったんだよな。話は聞かなかったか？」

「いや……」智樹が顔を歪める。「そう言えば、あの話は聞いたことがないですね。あの頃はほとんど会う機会がなかったし、親父も捜査を担当していたわけじゃなかったので」

「無責任なことは言えない、か……刑事は噂話が大好きだけどな」他人が担当している捜査に関してあれこれいちゃもんをつけ、独自の推理を展開する——刑事が二人集まり、話題にことかけば、だいたい自分が担当していない事件のことを無責任に話し出す。

「基本的に親父は、余計なことは言わない人でした」

「昔から？　君は、親父さんから話を聞いていたから、同じ仕事に就いたんじゃないのか？　子どもに事件の話をして……」

「いや、それは親父よりもジイさんの影響です。ジイさんもずっと同じ仕事をしていたんですよ」

「何と、君は三世なんだ」私は両手を軽く広げた。

「そうなります」智樹が顔を綻（ほころ）ばせる。政治家の二世、三世は批判を浴びがちだが、警察官の場合は胸を張る人が多いし、周りも「立派なものだ」と評価する。

「親父は、家では仕事のことはほとんど話しませんでした。小学生や中学生の頃は引っ越しが多かったんで、親父の仕事はどっちかと言うと嫌いだったんですよ」

「転校は、子どもにとっては一大事だよな」私はうなずいた。

「もう亡くなりましたけど、ジイさんはほとんど本部勤めで……戦後すぐぐらいから働いていたんだから、すごいですよね。広域一〇八号事件とか、吉展（よしのぶ）ちゃん事件とか、でかい事件の捜査にも参加していたそうです」

「それはすごい」私は正直に認めた。広域一〇八号事件、通称永山則夫（ながやまのりお）連続射殺事件は、四つの都道府県を舞台に四人が犠牲になった残忍な事件である。さらに事件史に残る誘拐事件である吉展ちゃん事件も担当していたとは——「事件づき」する警官はいるもので、智樹の祖父はまさにそういうタイプだったようだ。捜査一課の係は順番に出動するから、大きな事件に当たるかどうかはまさに運次第である。

「そういう話を子どもの頃から聞かされてると……子どもは単純でしょう？　自分も

正義の味方になれると思うんですよね」

「分かるよ。そもそも警察官は単純な人種だからな」

智樹がにやりと笑った。精神状態は悪くない……本来どういうタイプの人間なのか知らないので「回復具合」については何とも言えないのだが、それでも最初に見た時の、触れば爆発しそうな怒りは影を潜めている。今は単純に、「やる気満々の若手」という感じだ。もしかしたら、特捜本部よりも先に犯人に辿り着けるのでは——いやいや、それはないか。特捜では何十人もの刑事がシステマティックに動いているのに対し、こちらはたった二人である。しかもまだ、重大な手がかりは何一つ摑めていない。

「一世代置いて、刑事になったわけだ」

「そういうことですね」

「じゃあ、おじいさんのためにも事件を解決しないとな」

「もちろんそうですけど……」智樹の目が一瞬揺らいだ。さすがに、ここまで何の成果も出ていないので、自信を失いかけているのだろう。

「やれるだけやってみよう。俺も手伝うから」

「これが支援課の仕事なんですか？」智樹が不思議そうな表情を浮かべる。「まるで助っ人じゃないですか」

「助っ人外国人、みたいな言い方はやめてくれよ」私は苦笑した。「あれは、日本の野球を卑下する言い方だぜ。いかにも、日本人選手よりも力のある選手が外から来た、みたいな感じじゃないか。大リーグでは絶対にそんなことは言わない」

「大リーグは世界で一番レベルが高いんだから、当然でしょう……とにかく、支援課の仕事は、俺にはちょっと想像がつかないですね」

「実は俺も、よく分かってないんだ」

言って私は、残ったビールを呑み干した。さすがにもうぬるくなっている。焼肉をたっぷり食べ終え、デザートも済ませた後のビールは、どうにも間抜けな味がした。

「やってる本人が分からないんじゃ、どうしようもないですね」智樹が皮肉っぽく言った。

「相手が一回一回違うからね。被害者にも被害者家族にもそれぞれの事情がある。答えなんかないし、マニュアルも作れない」

実際には、支援課発足当時から在籍している優里が中心になって作った「対応マニュアル」があり、これが所轄の初期支援員たちに対する教育にも使われている。しかし私たちが仕事を進める中で、頻繁に変更・アップデートが繰り返され、もはやオリジナルの原型をとどめていないほどだった。

「これまでに、俺みたいな被害者家族はいましたか？」

「似たケースはあったけど、完全に同じパターンはないな」

「似たケースね……」智樹は妙に不満そうだった。自分が唯一無二の存在だと思いたいのかもしれない。そう、犯罪被害者はしばしば、自分は世界で一人だけ、誰にも理解してもらえない存在だと思いがちなのだ。

「父親を亡くして、母親と二人だけで取り残された高校生とか」

「俺は高校生じゃないですよ」智樹が鼻を鳴らした。

「君の怒りは、その高校生とそっくりだった」

「まさか」

「怒りに年齢は関係ないのかもしれないな……その時は、とにかく見守るしかなかった。だいたい君も、慰めの言葉なんか聞きたくなかっただろう」

「まあ……人の話は聞いてなかったですね」智樹が認めた。

「それも普通の反応だ」

「俺だったら……やってられないですね」

反省の気持ちを持ち始めているのだろうか、と私は訝った。事件発生から時間も経ち、それなりに冷静になっていてもおかしくない。

「それぞれの仕事があるんだから、自分の持ち場で頑張ればいいんだよ」

「でも、支援課の場合は、犯人を捕まえてそれで終わり、じゃないでしょう？」

「むしろそこから仕事が始まることもあるな」認めて、私はうなずいた。

「きついですよね……満足感ってあるんですか？」

「一回もない」断言したが、嫌なことを意識させてくれる……。「被害者家族に感謝されることもあるけど、それで満足したことは一度もない。この仕事には、正解も終わりもないからね」

4

益田の妻、朝美のことが支援課で話題になったのは、月曜日の朝だった。優里たちが彼女に会いに行ったのは、金曜日の午後。私はその日、一秒たりとも残業せずに支援課を出てしまったので、その報告を聞く時間がなかった。何となく気になってはいたのだが、週末も連絡がなかったので何でもないだろう、と勝手に納得していた。

月曜日の午前中は、毎週全課員が集まって会議が開かれる。支援課には私たち「現場係」の他に、所轄の初期支援員の指導を行う「指導係」、犯罪被害者からの相談を受けつける「相談係」などのセクションがあるが、課員全員が揃うのはその時だけである。それぞれの係が今抱えている仕事を説明し、今週どんな風に動くかを報告する。ざっくばらんに意見も飛び交う場だ。

いつも会議の司会をする現場係の係長、芦田は、現場係の報告を最後に回した。まず事務的な話を済ませてしまい、面倒な話は一番後で、ということだ。

私は、捜査一課と相談の上で、智樹にくっついて現場で聞き込みをしていることを報告した。それに異議を唱えたのは、同じ係の長住だった。

「前から言おうと思ってたんですけど、それ、もう被害者支援の枠を超えてますよね」

「うちの仕事には枠なんかないぞ」いい加減にしろ、と思いながら私は反論した。「必要だと思ったら何でもやるのが、被害者支援の基本だろう」

「しかし、聞き込みねえ……村野さん、膝は大丈夫なんですか？」

「いいリハビリになってるよ」内心の怒りを隠したまま、私は答えた。この男は時々、私が足を引きずるのを笑いのネタに変えようとする。周りが誰も笑わないのに、本人は鉄板のネタだと信じている節がある。まったく空気が読めないというか、笑いの基礎さえ分かっていないのではないか……こういう男に対しては、怒っても仕方がない。無視するか、真面目に切り返しておくのが一番だ。

「本人は落ち着いているんですか？」本橋が訊ねる。

「今のところは何とか」

「となると、問題はいつまで続けるか、ですね」

「基本的には、犯人が逮捕されるまででしょうね。今の段階で放り出しても心配はいらないかもしれませんが……ストレスは相当なものだと思います」

「分かりました。無理はしない程度で——ただし、残業は認められませんよ」

「分かってます」

ある意味ひどい話だ。「働き方改革」が盛んに言われ、残業は避けるようにとうるさく指示されている中、私は毎日、数時間を無給の残業に費やしているわけだ。しかも土日も無為に潰れてしまった……。

「被害者の奥さんですけど」優里が切り出した。「今のところ、非常に落ち着いています。納骨式も終わって、以前の生活を取り戻しつつある感じですね。今は息子さんが一緒にいますから、いい影響があるのかもしれません」

「さすが、警察官の妻ということですかね」本橋がうなずいた。

「元々精神的にも強い人のようですが、取り敢えず心配はいらないと思います。金曜日に支援センターの西原さんと訪問したんですが、基本的には普通に振る舞っていました。多少疲れてはいるようですが」

「おかしくないか？」私はつい異議を唱えた。「事件発生から二週間しか経っていないんだぜ？　普通、そんなに短期間で平静に戻ることはないよ。犯人も逮捕されていないんだし。万事控えめな人だとしても、まだ揺れているはずだ」

犯人が逮捕されれば、被害者家族の溜飲も下がり、新しい人生に向かって一歩を踏み出せる――捜査一課などが、被害者家族に多少無理を強いても捜査を強行しようとする所以である。

「それはそうだけど、一応普通にやっている人にはあまり突っこめないわよ」優里が反論した。

「分かるけど……細かいところで、普段と違う状況が出てきたりするじゃないか」

「私が見ている限りでは、おかしなところは何もなかったわ」優里も引かなかった。

そこまで言われると反論はできない。優里は支援課で一番のベテランで、私よりも多くの被害者家族と向き合ってきたのだ。観察眼にも定評がある。

「あの……私も顔を出しましょうか？」梓が遠慮がちに提案した。

「あまり頻繁に会いに行くと、向こうはかえって警戒するわよ」優里が言った。

「そうかもしれませんけど、私は最初に会っているので……その時の様子と比較できると思います」

「いいんじゃないかな」私は賛成した。「初期からの変化を見るなら、安藤が会ってみた方がいい」

「分かりました」梓がうなずく。「できたら今日にも行ってみます」

優里は不満そうだったが、結局強く反対はしなかった。支援課として手厚いフォローをしようとしているのだから、否定する理由もないだろう。

　会議を終えると、私は廊下に出て愛に電話をかけた。何というか……優里の妙に楽観的な態度が気にかかる。彼女は何か見逃しているのではないか？　愛は何か摑んでいる——感じているかもしれない。

「松木、そんな風に言ってたの？　私には、だいぶ無理しているように見えたけど」愛が言った。

「じゃあ、松木の見方が甘い——何か見逃している可能性もあるのかな？」

「そういうわけじゃなくて、解釈の違い？　私の経験だと、事件が起きてから十日ぐらいで、完全に普通に戻るような人はいないわ。でも朝美さんは、亡くなった旦那さんのことも普通に話してたのよね」

「それはちょっと……異例な感じはするな」記憶が過去に置き去りにされるのに、普通の出来事よりも時間がかかるのが、事件というものなのだ。

「もちろん、松木の見方が間違っているとは思わないわ。本当に、ちょっとした感覚の違いじゃないかしら」

「安藤を送りこもうと思ってるんだ」

「梓ちゃんを？　あなた、あの娘をずいぶん重宝してるのね」

「彼女が自分から手を上げたんだ。そういう気持ちも大事にしてやらないと」

「何だか嬉しそうね」

「そうかな」私は頬を指先で擦った。顔が緩んでいる感じはない。

「後輩がやる気を出して、嬉しいんでしょう」

「ああ、まあ……」それは認めざるを得ない。「最近の若い奴は」などとは言いたくないが、言われた仕事をこなすだけの若い警察官が多いのも事実である。だから「自分にやらせてくれ」と手を上げる人間は、それだけでも評価してやらねばならない。智樹は少し面倒臭い方向——社会正義ではなく個人的感情に走っているが、ああいう熱血漢も今時貴重な存在だろう。一転して逆らうようになると、上司としては扱いにくい若手になってしまうのだが。

やはり私は、面倒な若手を押しつけられただけなのか。

「じゃあ、後で梓ちゃんと連絡を取るわ。今日？」

「今日か明日にも……向こうの都合次第になると思う」

「分かった」

「安藤のことをよろしく頼むよ。あいつにとって君は、目標にすべき女性だから」

「車椅子に乗ることが？」

頬が引き攣る。時々彼女は、自分の不自由な体をネタにするのだが、どう反応していいか、私には未だに分からない。事故の時に庇いきれなかった私に対する恨み節なのか。いつも確認しようと思うのだが、一度も聞いたことはない。もしも彼女が私に対する恨みを未だに抱いているなら、甘んじて受け入れるつもりだった。毒を吐くことで気持ちが落ち着くなら、いくらでも受け止めてやろう。


重森がまた支援課を訪ねて来た。私にとっては迷惑な客なのだが、無視するわけにもいかない。支援課の片隅にある打ち合わせ用のスペースで対峙する。

「奴は、土日も出たそうだな」

「どこで監視してるんですか？」一課が張り巡らせる網は目が細かく広い——それを実感させられることになった。

「お前らの動きぐらい、すぐに分かる」

「監視要員をつけるぐらいなら、聞き込みに人手を回した方がいいでしょう」

「心配するな……益田の様子はどうだ？」

「何とか落ち着きました。しかし彼は、普段はいい戦力になってるんじゃないですか？　今時、あんな熱血漢は珍しいですよ」

「暴れ馬を乗りこなすようなものだな」かすかな笑みを浮かべながら重森が言った。

「今回は、一課も乗りこなせてないじゃないですか」

重森の頬が引き攣る。しかしすぐに、落ち着いた表情を取り戻した。

「お前には迷惑をかけっぱなしだが、もうしばらく頼むぞ。一課として残業手当を出すわけにはいかないが」

「俺が過労死したら、後始末はよろしくお願いしますよ」

「嫌なこと言うな……体調でも悪いのか？」

「毎晩膝が泣いているぐらいですね」先週から私は、寝る前に必ず膝に湿布をすることにしていた。抜本的な治療ではなく、慰めのようなものだが……それに夜、聞き込みに回る時には膝にサポーターをはめている。かなりきつく鬱陶しいので、普段は使わないのだが、今は真冬で寒いせいもあり、防寒にもいいと自分に言い聞かせていた。

「それより、捜査の方はどうなんですか？」

「それは……よくないな」重森が認めた。

「五年前の事件との関連についてはどうなんですか？ あの件は、追跡捜査係も入ってやってますよね」

「あの連中が全てを解決できるわけじゃない」重森が嫌そうに言った。

「それはそうかもしれませんけど、解決率はかなり高いでしょう？」

「ある程度手がかりが揃ってるところで乗り出すんだから、普通の事件より解決率が高くなるのは当然だろう」

ああ、この人も追跡捜査係を嫌っているのだ、と分かった。一線で活動する刑事達から見れば、彼らの仕事は「トンビが油揚げをさらう」ようなものだろう。同じ捜査一課の中でいがみ合っていても仕方ないのに。

「とにかく、五年前の事件についてもまったく動きがない。だから、あの時奪われた拳銃が、どういう経緯で今回使われたかもはっきりしないんだ」

「まったく分からない、ということですか」

「残念ながらな」重森の表情が曇る。

「捜査一課らしくないですね。今回は何だか動きが遅い」

「OBとしては苛つくか？」重森が皮肉に唇（くちびる）を歪めた。太い眉がひくひくと動く。

「昔所属していた部署のことは、いつだって気になりますよ……昔所属していたと言えば、五年前の事件の時に益田さんは、当該の世田谷西署に勤務していましたよね」

「ああ」

「それが何か関係あるとか……」

「いや、彼はあの事件の捜査には基本的に参加していない。当然、外勤警察官として初動捜査は手伝ったが、それだけだ」

「地域課は地域課で忙しいですからね」

「ああ……とにかく、今日はあんたのご機嫌伺いだ。益田を上手くコントロールしてくれているなら、それに越したことはない」

「やっぱり、別途手当をお願いしたいですね」

「断る」即座に言って重森が立ち上がる。「これもお前の給料のうちだろう。しっかりやってくれ」

私は、重森が漂わせる気配の変化に気づいた。何と言うか……気が抜けている。事件発生当時は、人生で最大の事件に遭遇したように気合い——怒りと悲しみ、それに刑事としてのプライドが入り混じった気合いが入っていた。同僚を殺されるというのは、警察官にとって最大の「恥」であり「苦悩」でもある。しかし時の流れは、そういう感情を容赦無く押し流してしまう……まだ気合いが抜けるような時期が来たはずはないのだが、仕方ないのかもしれない。複数の係を束ねる重森は、他の係が担当する捜査の面倒も見なければならないのだし。

現場の刑事たちの士気は大丈夫だろうか、と心配になる。未だに熱い気持ちを抱き続けているのが智樹一人だとすると……事件の解決は遠ざかる。


その日の夕方、梓と話した私は、かすかな不安を覚えた。

「あまりにも淡々とし過ぎているんですよ。私、あんなに落ち着いた人を見るのは初めてです——そんなに経験があるわけじゃないですけど」梓も不安そうだった。

「いや、君はもう十分、被害者家族を見ている」

「松木さんの見方が間違っているとは思いませんけど、ちょっと気になりました。愛さんが、支援センターの方でいつでも力になると言ったんですけど、その時に朝美さんが妙に強硬に断ったのも気になりました」

「頑なになった？」

「そうです」誰にも頼りたくない、一人にしておいてくれと言い出す被害者家族も少なくはない。優しい言葉さえかけて欲しくない、とむきになってしまうのだ。そういう場合は一度距離を置き、向こうが忘れかけた頃にもう一度声をかけてみる――それが常道なのだが、今回は少し様子が違う。

「で、君の見方としてはどうなんだ？　朝美さんはかなり無理している感じか？」

「否定できません。本人が頑張って、自分で何とかしようとしているなら黙って見守ればいいんでしょうけど、それともちょっと様子が違うというか。どちらかというと、閉じこもっている感じなんですよね。外の声を無視して、とにかく自分の中だけで事態を咀嚼しようとしているような……息子さんの方は大丈夫なんですか？」

「百パーセント大丈夫とは言えないな」私は首を横に振った。「今は一応落ち着いて、普通に聞き込みもできているけど、かさぶたができているだけだと思う」

「剝がれたら……」

「傷が開く。むしろ悪化するかもしれない。しばらく様子見をするしかないだろうな。できたら、たまに顔を出してやってくれ」

「分かりました」

「ちなみに、家はどうするんだろう。あそこに住み続けるのかな」

「聞いてみたんですけど、まだ決めていないそうです。どこで暮らすのも同じだからって言ってました」

転勤が多い人生なので、そういう感覚になるのだろう。今後のことは、智樹と相談して決めていくのだろうが……智樹自身、今後のことなどまだ考えてもいないだろう。

「結構大変……表面上は落ち着いてますけど、何だか不安ですよね」梓の顔に暗い影が過（よぎ）る。

「ああ。内輪だからって言うわけじゃないけど、気にかかる。とにかく、十分フォローしよう」

「分かりました」

気になるのは、優里だけが「問題なし」と太鼓判を押していることだ。しかし、同じ相手と相対しても、まったく別の感触を摑むことはよくある。客観的な証拠——ふと漏れた本音や些細な仕草を共有できれば、それをきっかけに同じ見方ができるかもしれないが、今回はそういう状況でもないようだ。

自分自身で朝美に会ってみたい、とも思った。ただし私には、智樹の面倒を見る仕事があり……そのうち考えよう。どこかで必ず何かが動き出す予感がしてならなかった。

5

朝美に会わなければ、という私の思いは、その日の夜に唐突に実現した。

九時半、今日も成果なく聞き込みを終えた後、智樹が突然「家でお茶でも飲んでいきませんか」と誘ったのだ。

「いや、こんな時間に悪いよ」ありがたい誘い――自分の目で朝美の様子を確かめる好機なのだが、ちょっと遅過ぎる。

「本当に、お茶だけでも……この前焼肉を奢ってもらったお礼です」

「そんなこと、気にする必要ないのに」

「母親からも言われているんですよ。お世話になっているし」

果たして「お世話」していると言えるのかどうか……しかしこれはいい機会だ。

日常――朝美は完全に日常の中にいた。部屋は綺麗に片づいており、埃(ほこり)一つ落ちていない。そこに私は、梓と同じ違和感を抱いた。確かに、あまりにも整然としている。かなり無理しているのではないか？

もちろん、以前よりも掃除機を丁寧にかけることで、悲しみを忘れることだってあるのだが。

「すっかりお世話になってしまって」朝美が深々と頭を下げる。顔を上げた時、私はあまりにも露骨な疲れと悲しみを見てとった。これは必ずしも、平静な状態とは言えないのではないか……。

「とんでもないです。益田さんは我々の大事な仲間ですから。こんなことを言うのはまずいかもしれませんけど、普通の事件よりも力が入るんです」とはいえ、特捜本部の動きは……必死にやっているのかもしれないが、ここまで成果が出ないとなると、どこかでサボっているとしか思えなくなっていた。

「特別扱いされているようで申し訳ないんです」

これは本音だろう、と私は判断した。朝美は万事控え目……いかにも長年、家庭で夫を支え続けて来た人、という感じがする。こんな形で特別扱い——他人に迷惑をかけていると恐縮しているのも理解できる。

「どうぞ、お茶を飲んでいって下さい」

「はい……ご馳走(ちそう)になります」

朝美がキッチンに入ったところで、背広を脱いだ智樹がリビングルームに戻って来た。明らかにホッとした様子で、いつものぴりぴりした雰囲気は抜けている。

「あら、やだ」朝美が声を上げ、振り向いて智樹に声をかける。「智樹、悪いけどそこのコンビニに行って来てくれない？」

「何で？」智樹が露骨に不満そうな表情を浮かべる。

「お茶を切らしてたのよ。買って来て」

「ああ……」表情は変わらないものの納得した様子で、智樹がまた別の部屋に引っこんだ。すぐに分厚いコート――聞き込みの時に着ているものだ――に袖を通しながら戻って来る。

智樹が家を出て行くと、朝美が急に落ち着いた声になって、「座りませんか」と勧めてきた。態度の急変を訝しみながら、私はダイニングテーブルについた。朝美は斜め向かいに座る。

「智樹はずっと、この辺で聞き込みをしているんじゃないんですか？」朝美が訊ねた。

「……ええ」私は認めた。否定できないし、する必要もない。

「村野さんもつき合って下さっているんですよね？」

「そうです。一人で聞き込みするのはルール違反ですから」私はうなずいた。

「ご面倒をおかけしてしまって……」朝美が頭を下げた。

「とんでもない。私にとってもいいリハビリになります」

「リハビリ？」朝美が不思議そうな表情を浮かべる。

「ああ……ちょっと膝を怪我してましてて」本当の事情を話すのも面倒で、私は表面上の事実だけを告げた。

「そんな時に大変じゃないですか？」朝美が深刻な顔つきになる。

「医者にもできるだけ長い距離を歩くように言われているんです。動かさないでいる方が、治りが遅くなるそうで……いずれにせよ、ご心配をおかけするようなことじゃありませんから」

「その件なんですけど……申し訳ないですが、智樹を止めていただくことはできませんか？」

「それは……」思いもかけない提案に、私は言葉を失った。

「智樹は、この事件の捜査を担当しないように言われた、と聞いています」

「それは……事実です」認めざるを得なかった。嘘を突き通すだけの演技力は、私にはない。

「それなのに勝手に動き回っているんですか？　村野さんにもご迷惑をおかけして？」

「私はいいんですよ。こうやって聞き込みを続けているうちに、何か手がかりが得られるかもしれません」

「やめさせてもらえませんか」深刻な表情で朝美が言った。

「え？」

「命令違反ですよね？　それは警察官としてどうなんでしょう……夫も望まないと思います」

「ええとですね……実はこの件は、捜査一課も承知しているんです」

「そうなんですか？」朝美が目を見開く。

「事件発生直後、智樹君はかなり頭に血が昇った状態でした。捜査一課としては、冷静さを失った人間を捜査に加えるわけにはいきませんから、仕事から外すのは当然です……しかしそれで、智樹君が収まるわけがなかったですからね。こうやって一人で聞き込みをするのを、一課は了承したんです」

「一人じゃなくて、村野さんも一緒じゃないですか」朝美の声は依然として暗かった。「申し訳ないです」

「私はいいんですよ。これも仕事の一環——被害者家族のフォローをしていることになりますから」

「でも、本当に申し訳なくて……」

「あなたはずっと、ご主人を支え続けてきたんですよね？」

朝美が目を見開いた。

「簡単にできることではないと思います。夫も警察官、義理のお父さんも警察官、息子も警察官……あなたは警察一家の中心にいる存在だった。だから、警察官の性はよく分かるでしょう？　とにかくすぐにむきになるんです。事件のことになると、見境がつかなくなって突っ走る」

朝美の顔に、少しだけ柔らかい笑みが浮かんだ。私の言葉に納得したように、素早くうなずく。

「今、智樹君はそういう状況にいるんです。もしも益田さんが同じような立場になったら――普段の仕事も忘れて、同じようにしたと思いませんか？」

「……たぶん、そうですね」朝美が認めた。

「だから今回は、見逃してやってくれませんか？　智樹君にとっては、立派なリハビリになると思うんです」

「分かりますけど、やっぱり駄目です」

朝美の思わぬ強硬な態度に、今度は私が目を見開いた。説得力ゼロか……情けなくなったが、これでやめるわけにはいかない。さらに説得を続けようとした瞬間、朝美が先に口を開く。

「智樹が熱くなるのは分かりますし、自分で事件を解決したいと思う気持ちも理解できないではありません。でも警察官は、何より上の命令に従うものじゃないですか？命令に従えない警察官なんて、上から見れば使いにくいだけでしょう」

「今回だけ、特別なんですよ」私は食い下がった。

「あまりにも勝手なことをしていると、今後の出世にもさし障るんじゃないですか？こんなことで将来が閉ざされたら、夫も怒ると思います。警察官はまず、命令をきちんと果たして安定して仕事をするのが大事――いつもそう言っていました」

益田のポリシーも理解できる。制服警官としては、当然の考えだろう。しかし今回は事情が違う。智樹の暴走を上手く抑えて、彼の感情を平静に持って行くのが私の仕事なのだし……。

「お願いします」朝美がさっと頭を下げた。「こんなところでつまずいたら、主人も悲しむと思うんです」

「……わかりました。上と話してみます」仕方なしに、私は請け負うしかなかった。

朝美の願いを拒絶はできない。

帰りに、智樹は車を出してくれた。最初このマンションを訪ねた時には気づかなかったのだが、裏に部屋数分の駐車スペースが用意されていたのだ。当たり前か……やはり交通の便がよくないこの辺りでは、車がないとちょっとした買い物にも困る。

「人の車は運転しにくいですね」

文句を言いながら、智樹がシートの位置を調整した。亡くなった益田は息子と違ってかなりの長身――一七八センチあったのだ。

「そうだな」私は相槌を打った。

「プリウスねえ……地味な車だな」

「そうか？」今や、日本で一番よく見かける車の一つではないか。

「こういうハイブリッドは走らないし、これはもう、先代モデルだし」

「まだまだ元気じゃないか」

車内は、まだへたっていない。普段、通勤などに使うわけではなかったはずで、走行距離も延びていないのだろう。

「まあ元気ですけど、こういう車はね……昔からうちは地味なセダンばかりで、それが嫌だったな」

「子どもは格好から入るからね。しかし、そんなによく一緒に出かけてたのか？」

「そうでもないです」智樹が首を横に振った。「休みが土日になるわけじゃないから、俺とは休みが合わなくて。でも、休みが一緒になった時には、大抵どこかに行ってたな。そう考えると、よく出かけていたと言ってもいいかもしれません」

「車で？」

「車で」智樹がおうむ返しした。「親父は、運転が好きな人でしたからね。俺が免許を取ってからも、まったく運転させてくれませんでした」

「おふくろさんは？」

「免許、持ってないんです」

「じゃあ、この車も、君が引き取らないといけないわけか」

「いやあ、処分でしょうね。自分の車もありますから……二台持ちは無理ですよ」

首を突き出して他の車を警戒しながら、智樹がプリウスを出した。とうに十時を回っており、交通量も少ない。

「立川駅まで行きますよ」

「それじゃ申し訳ない」私は即座に断った。「モノレールの上北台駅まででいい」

「立川駅まで、五キロぐらいしかないんですよ。往復二十分です。車もたまには運転してやらないと錆びつくし」

「運転、好きなんだな」

「プリウスはつまらないですけどね」

智樹は駅前まで出て、芋窪街道を南へ向かって走り始めた。この街道はずっとモノレールの高架下を走っており、黙っていても立川駅の近くまでは行けるはずだ。下りのモノレールが向かってきてすれ違う。暗くてよくわからないのだが、下から鉄道車両を見上げるのはなかなかできない体験だ。この辺りの人には見慣れた光景だろうが。

「君は、将来はどうするつもりだ？」

「将来って何ですか」ハンドルを握る智樹が、疑わしげな口調で訊ねた。

「自分のキャリアについてさ。これからどんな仕事をしていくかとか、どこまで偉くなりたいか、とか」

「今は、あまり考えてないですね」智樹が左手で頭を掻いた。「興味がないっていうか、目の前の仕事をこなすだけです」

「ずっと人に命令されて、使われるだけでいいのか？」

「昇任試験は面倒ですよね」智樹があっさり打ち明ける。「正直、巡査部長の試験の時に、もううんざりしたんです。この先昇任試験を受け続けるのは、今はちょっと考えられないな。それに捜査一課にいると、せっかく試験勉強を始めても、特捜本部が立って中断させられることも多いから……何だか落ち着かないんですよ。村野さんはどうするんですか？」

「俺は、このまま今の仕事を続けていくだけだよ」

「人に命令されて？」智樹が皮肉っぽく訊ねる。

「支援課の場合はそうでもないんだよな。何しろ、上も何をやっていいか分かってないからね」

「上司批判ですか？」

「そういう意味じゃない」私は苦笑した。「毎回やり方が違うから、その場その場で判断しないといけないんだ。だから答えがない――この仕事は飽きずに、永遠にやっていられると思う。ずっと手探りでね」

「そういうの、きつくないですか？　被害者家族の相手って、一番やりたくないことですよね」

「正直、きついよ」私は打ち明けた。「怒鳴りつけられることもあるし、こっちが敵みたいに見られることもある。でも、誰かがそういう役目を引き受けないといけないから」

「ストレス溜まりますよね。俺だったらすぐに胃潰瘍になるだろうな」

「俺は夜中に大リーグの試合を観て、ストレス解消してる」

「そうですか……」

智樹が話に乗ってくる気配はない。一時は大リーグ人気もかなり過熱していたのだが、最近はすっかり落ち着いた感じだ。同好の士が周辺にいないのは、結構寂しいものである。ネットではファン同士が語り合える場もあるのだが、そういうところに顔を出すのも気が進まない。

「今のところ、上に行こうという気はないんだな？」

「ああ、まあ……そうですね」

「今時珍しいタイプだね、君は」昔はこういう人も一定数いたと聞く。上に気に入られることなどどうでもよく、ただ自分の仕事に一直線——今はほとんどの刑事が従順になってしまって、上に逆らう人間などまずいないだろう。どこの捜査会議も、淡々と進むのも当然だ。昔は、個性溢れる刑事たちが罵声を飛ばしあっていたそうだが。「でも、ずっと自分の好きな仕事をするためには、上に頭を下げておくのも一つの手だぜ」

「今の状況を言ってるんですか？」

「分かってるなら、いつまでも突っ張っていない方がいい。変な話だけど、係長なり管理官なりに頭を下げて、正式に捜査に参加させてもらうように頼むべきかもしれないな。捜査は最初に壁にぶち当たったまま動いていないんだから、向こうも新戦力は欲しいんじゃないかな。そして君は、今は冷静になっているだろう？」

「村野さんはどう思います？」智樹が聞き返した。「俺は冷静ですか？」

「聞き込みの様子を見ている限り、冷静だな」私は認めた。「無理に突っこまないし、相手を怒らせるようなこともない」

「そんなの、刑事の基本ですよ」軽い口調で智樹が言ったが、次の瞬間には一転して暗く重い声になった。「とにかく犯人を見つけたいんです。正直に言えば、特捜よりも早く見つけて、俺が殺してやりたい」

「おいおい」

「これは本音です。そのために俺は、一人で動いているんですから……特捜に入ると自由に動けなくなるから、今の状態の方がいいですよ」

「自分一人で犯人に辿りつけると思ってるのか？」

智樹が口を閉ざした。右手を拳にして口元へ持って行き、前方の暗い道路をじっと見ている。

「無理だとは言わない。しかし、可能性は限りなくゼロに近いぞ」私ははっきり指摘した。

「やってみないと分からないじゃないですか」

「だったら今まで、手応えはあったか？　俺の感覚では、捜査はまだ手探り状態だ。それに……正直言って、おふくろさんも心配している」

「さっき話したんですか？」智樹の声が尖った。

「ああ」私は正直に打ち明けた。「上に逆らって勝手なことをしていると、出世にさし障るんじゃないかと思ってるんだ。心配させない方がいいよ」

「それでさっき、キャリアの話をしたんですか……出世もクソも、こんな状態じゃ、落ち着いて仕事もできませんよ。モヤモヤを解消するためには、犯人を自分の手で捕まえるしかないんだ」

「その気持ちは分かるけど、殺すというのはどうかと思うな。一緒にいたら、俺は絶対に止めるぞ」

無言。ハンドルを握る智樹の手に力が入った。本気かどうか、私は測(はか)りかねた。

「殺してやりたい」という台詞はよく耳にするが、実際に相手を殺してしまう人はまずいない。いざとなると躊躇(ちゅうちょ)するのが普通の人間の感覚だ。だから今回も言わせておけ……という気持ちになっている。事件からかなり時間が経ち、智樹の怒りもそれなりに落ち着いているはずだから。実際このところ、怒りに任せて暴言を吐くこともなかった。それ故、今日の一言にはどきりとさせられたのだが……。

「そろそろ方針を変える時期かもしれませんね」智樹がぽつりと言った。

「捜査の方針か?」

「ええ。あそこであれだけ聞き込みをして、何の情報も出てこなかったんですよ?特捜だって同じだ。だから、目撃者はいないと考えていいと思います」

「それで、君の新しい捜査方針は?」

「交友関係……親父の仕事を洗い直すことですかね。知らない間に、誰かの恨みを買っている可能性もあるでしょう？」

「それは否定できないけど、調べられるものか？　仕事のことは、警察内部で調べないと分からない。おふくろさんも、家で仕事の話はほとんど聞いていないと言っていたし」

「とにかく、何とかしてみますよ。明日からは、自分の家へ戻ろうと思ってます。おふくろも心配なさそうだし」

「気丈な人だよな」

「だから俺は……自分で考えて、自分のために動きますよ」

こうなると監視を続行するのは難しい。彼はどんな捜査をするつもりなのか……最初から相談に乗った方がよさそうだ。

「明日の夕方、電話してくれないか？　それで相談しよう」

「村野さん、まだ俺にくっついているんですか？」呆れたように智樹が言った。「残業代だって出ないんでしょう？」

「正直、この件には惹かれているんだ。俺はもう刑事じゃないけど、捜査のしがいがある事件であることに変わりはない」

「まあ……いいですけど」

「必ず電話してくれ。何だったら、俺たち二人で特捜本部の鼻を明かしてやってもいいんだから」

調子を合わせながら、私は内心冷や汗をかいていた。これは新たな暴走の始まりではないのか？

翌日、私は捜査一課にいた重森を電話で摑まえた。新たな状況を迎えるかもしれない……智樹がいる捜査一課で話をするわけにはいかないので、支援課に来てもらう。

「俺を呼び出すとは、お前も大物になったたな」部屋に入るなり、重森が文句を言った。

「一課にいたら、益田部長に聞かれるかもしれないでしょう」

「まあ、それもそうだが……」

打ち合わせスペースに座ると、本橋が突如として顔を見せた。

「課長……内密の話なんですが」

「ここは私が仕切る課ですよ。隠し事は許可しません——重森管理官、そもそもうちの課員に勝手に時間外労働させているのが問題です」本橋がいきなり抗議した。月曜朝の会議では、特に問題にはしていない感じだったのに。

「いや、それは……」助けを求めるように重森が私を見る。

「私の一存でやっていることです」私は本橋の目を真っ直ぐ見て言った。「これも被害者支援の一つと考えていますから」

「先日の会議で長住君も言っていましたが、やはりやり過ぎです」本橋がぴしりと言った。「現場での聞き込み捜査は、君の仕事ではありません」

「しかし……」

「正式なルートで話を通してもらわないと困ります。それならうちでも、ローテーションで担当して個人の負担を少なくするなどの手が取れました。それで？　今はどうなっているんですか？」

こうなっては仕方がない。私は本橋に、これまでの動きを説明した。智樹が現場での聞き込みを諦め、益田の周辺捜査をするつもりである、ということも。

「それこそ、客観的な捜査は無理でしょう」本橋が断じた。「父親の仕事や私生活をひっくり返す――それで何か出てきたら、また厄介なことになりますよ。今は落ち着いているのが、また暴れ出すかもしれない。こういうのは、一課で責任をもって抑えてくれないと困ります」本橋の怒りが重森に向いた。

「しかしこれも、被害者支援の一環じゃないんですか」重森が反論した。

「限度があります。警察官は、一般市民とは違う。自分で自分の身を律するようにしてもらわないと、どうしようもない――私たちはあくまで、一般市民のために仕事をしているんですから。村野警部補、どうしますか？」

「私は続けますよ。まだフォローが必要だと思います」

「それなら、支援課としては関与しません。自己判断でやって下さい」本橋にしては厳しい――厳し過ぎる言い方だ。その厳しさは、今度は重森にも向いた。

「特捜の方はどうなんですか？　捜査には目立った動きがないようですが」

「それを部外者に話す必要はないと思いますがね」重森が色をなして言った。

「そちらは、部下の世話を部外者に任せている。それについてはどうお考えですか？」

重森が唇を嚙み、一瞬うつむいた。しかしすぐに顔を上げると、捜査状況をざっと話し始めた。要するに手がかりは未だにゼロ――五年前の事件との関連も分かっていない。

「だいぶ苦労していますね」

「もちろん、全力でやってますよ」重森がむきになって言った。

「捜査一課は、常に全力を出して当然でしょう。私だってOBなんだから、それぐらいのことは分かっています……とにかく、益田巡査部長については、捜査一課でしっかり責任を持って面倒を見て下さい。以上です」

本橋が立ち上がる。重森が恨めしそうな表情を私に向けた。私は目配せして、外に出るよう、彼を促した。廊下に出ると、重森が肩を二度、上下させる。

「おたくの課長、相当お怒りだな」

「あれぐらいは、怒っているうちに入りません。気にしなくていいですよ。俺は今後も、益田にくっつきますから」

「構わないのか？」

「無事に解決したら、飯ぐらい奢って下さい。残業代が出ない中で夜に働いているんだから、それぐらいは一課で持ってくれてもいいでしょう」

「まあ、そうだな……」

「それより、一刻も早い犯人逮捕が肝要です。益田部長は、まだ怒っている。犯人に対する恨みも消えていません。万が一にも、彼が特捜よりも先に犯人にたどり着くようなことがあったら、危険です。犯人に危害を与える可能性もありますよ」

「一人でやれることには限界があるだろう。お前が一緒でも、大して変わらんぞ」

「そうだといいんですが、本当に、万が一ということもありますから」

「肝に銘じておく」

うなずき、重森は去って行った。私は両肩を大きく回した。本橋の真意は今ひとつ分からないが、このまま動き続けても問題はないだろう。私を本気で止めようとしたら、重森のような部外者がいる場所で面詰したりしないはずだ。課長室に呼びつけ、二人だけでひっそりと諭すだろう。何というか……本橋も支援課の人間らしく、気遣いの人である。部下を叱責する時も、恥をかかせることはない。

もしかしたら私は、本橋に甘えているのかもしれない。後始末は彼がしてくれるだろうとたかをくくって、平気で暴走しているだけなのではないか。

部屋に戻ると、本橋が課長室から顔を出して手招きした。これから本格的な説教か……と心配になるが拒否もできない。

課長室に入ってドアを閉める。本橋は座ろうとしなかった。

「膝の具合がよくないようですね」

指摘され、私は唇を引き結んだ。よくはない――いや、実際にはかなり悪い。

「最近、足を引きずっているでしょう。益田部長の面倒を見る話は最初から了解していましたけど、膝が限界でしょう。自分の体を痛めつけてまでやることではないですよ」

「いいリハビリです」私は突っ張った。

「そう言うと思いましたが、無理は禁物です。私は、怪我のフォローまではできませんよ」

「団地での聞き込みは、ひとまず棚上げにします。何か新しい手を考えますから、その間は休憩ですよ。膝の痛みも引きます」

「自分の体のことが分からないようでは、人の面倒はみられませんよ」

「承知してます」私はうなずいた。時には、自分の身を犠牲にしてもやらねばならないことがあるのだが。

「言っても無駄かもしれませんが……私は忠告しましたよ」

「痛み入ります」頭を下げるしかない。心配してもらっているのはありがたい限りだが――もやもやを一気に吹き飛ばす方法はないと分かっている。

6

事件発生から三週間が経ち、捜査はすっかり停滞した。智樹も動きを止めてしまっている。父親の周辺捜査をすると言いながら、まだ上手い手を思いつかないようだ。それでも私は、智樹が私を欺いているのではないかという疑いを捨てられなかった。何回か直接話して、「どういう方向性で捜査しようか迷っている」という言葉は聞いていたが、それも信じられない。私に隠れて、一人夜の街を歩いているのではないかと心配になり、梓や長住に命じて警視庁を出るところから尾行させたこともあった。結果、彼は真っ直ぐ家に帰っているだけだったが。

「こんな仕事、うちには関係ないでしょう」尾行を頼んだ翌日、長住は露骨に不満を漏らした。やりこめるのも面倒で、私は黙って頭を下げたのだが、長住の機嫌は簡単に直りそうにない。放っておこう、と決めた。

「ちょっといいですか」

長住の愚痴から解放されると、梓が声をかけてきた。相談事か……私は部屋の片隅の打ち合わせスペースに彼女を誘った。

「何かあったか?」

「朝美さんなんですけど、何か言いたいことがあるみたいです」

「というと?」

「昨日の夕方も行ってみたんですけど、いつもと様子が違っていました。急に黙ってしまったり、何か言いかけてやめたりして……喋りたいのに喋れない、みたいな感じです」

「見当はつくか?」

「分かりません。今回の事件のことじゃないと思うんですけど……基本的に、ご家族は事件には関係ないんですよね?」

「関係あるとは聞いてないな」私はうなずいた。

「村野さんも、一緒に来てくれませんか? 何でもないかもしれませんけど、引っかかるんですよ」

「いや、君に任せる」

「え？」梓が目を見開いた。

「チームで仕事をするといっても、一つ一つのプレーは個人に任されているんだ。一度打席に立ったら、誰かが助けてくれるわけじゃない」

「これは野球じゃないんですよ」梓が顔をしかめる。

「基本は同じだろう？　とにかく、おかしいと気づいたのは君なんだから、君が最後まで調べてみるべきだ。途中から俺が入ったりすると、朝美さんは警戒して何も喋らなくなるかもしれない。君だから喋る気になったんじゃないか？」

「そうですか……そうですね」梓が自分を納得させるようにうなずく。「分かりました。やってみます」

「西原はずっと一緒だったか？」

「はい」

「じゃあ、彼女も一緒に行った方がいいだろうな。いつもと同じ環境で、自然に話を聞き出してくれ」

「分かりました。あの……」立ち上がりかけた梓がまた腰を下ろす。

「何か？」

「愛さんのことなんですけど」

「西原が何か？」

「その……何というか」梓が目を逸らした。

言いたいことは分かっている。しばらく前から梓は、私と愛の関係を妙に気にしているのだ。復縁はあり得ない――そうはっきり言い切ってもいいのだが、言うのも意味がないような気がする。面倒な話はしたくなかった。

「はっきりした話じゃなければ……仕事に入ってくれ。何か分かったら、すぐに連絡してくれないか」

「分かりました」

私はさっさと立ち上がった。まったく……梓も気の回る人間で、支援課では大事な戦力になりつつあるが、男と女の事に関してはまだまだだな――それを言うなら、私も同じかもしれないが。


「五年前の事件の犯人を知ってるかもしれない？」

私は思わず声を張り上げ、椅子を蹴倒す勢いで立ち上がってしまった。隣に座る優里が、怪訝そうな表情を浮かべて私を見る。既に帰り支度を終えて部屋を出ていこうとしていた係長の芦田は、溜息をつきながら椅子に腰を下ろした。警視庁の最寄駅の一つである霞ヶ関から彼の自宅がある北総線の新鎌ケ谷駅までは、ほぼ一時間かかる。しかも駅から自宅までは徒歩二十分……何もなければ定時に職場を離れるのが常だった。

「朝美さんはそう言っています」梓の声は緊張していた。声の背後には風の音。慌てて家を出て、一人で電話しているのだろう。部屋にいるのは愛だけか……まあ、彼女なら上手く対応してくれるだろう。開き直りかもしれないが、愛はよく「車椅子に乗っている人間を乱暴に扱う人はいない」と言う。

「具体的な名前は？」

「それが出てこない——ずいぶん前の話なんで覚えていないそうなんですけど、間違いないと言っています」

「どうしてそう言い切れる？」

「益田さん本人から聞いたそうです」

私は思わず天井を仰いだ。ここにきて、事件はまったく別の様相を見せ始めたわけだ。今後の展開を考えると、緊張で鼓動が速くなってくる。

「分かった。すぐそっちへ行く。俺が着くまで、何とかつないでくれ」

受話器を叩きつけるように置くと、私は優里と芦田に、「課長室に来て下さい。同時に報告します」と声をかけた。

ノックなしで課長室に飛びこむ。本橋は薄いブリーフケースに書類を詰めているところだった。私の顔を見て、眉を吊り上げる。

「何か?」

「五年前——世田谷西署の交番襲撃事件の犯人が分かった、という証言があります」

「どういうことですか?」本橋の声がにわかに緊張する。

「被害者の妻、朝美さんの証言です。それが——」

「ちょっと待った」本橋が両手を前に突き出して私の言葉を止めた。「意味が分からない。どうして今回の事件の被害者家族が、五年前の事件について話しているんですか?」

「殺された益田警部補本人から聞いたという話ですが、詳細は分かりません。これからすぐ、私も現場に行きます」

「私も一緒に行くわ」優里が声をかけてくれた。

「芦田係長はここで待機でお願いします」本橋が声をかけた。「もしもこの話が本当なら——本当だと信ずるに足るだけの証言なら、特捜本部にも通告しないといけません」

「追跡捜査係にも、ですね」私は言った。

「追跡捜査係は、五年前の特捜と一緒に動いているはずです……しかし、いったい何事なんですか?」

本橋が私たちの顔を順番に見渡したが、誰も答えを持っていなかった。

答えは、ここから車で二時間ほどの場所にある。たぶん。

朝美は恐縮しきっていた。事件直後の憔悴した感じとはまた違う……今度は自分に罪が着せられるかもしれないという恐怖に支配されているのかもしれない。

さすがの愛も、今日ばかりは口数が少ない。いつもはその場の雰囲気を和ませるように軽妙な会話を繰り広げるのだが、私の顔を見てうなずくだけで何も言わなかった。

狭い部屋に警察官が三人、支援センターの人間が一人。四人の人間に囲まれているのも、朝美が緊張している原因だろう。女性が三人、私も決して強面ではないが、それでも一方的に責められていると意識しているに違いない。

私はダイニングテーブルに近づき、朝美が座っている場所の斜め前についた。この位置が一番、自然に話しやすい。正面から向き合っていると嘘をつきにくいのだが、相手が圧迫感を受けることも多い。容疑者に対する時は、常に正面からなのだが。

「安藤から話は聞きました。もう少し詳しく話していただけますか？　五年前の世田谷西署の交番襲撃事件は……実際には襲撃事件ではなかったんですね？」

「私は、それほど具体的な話は聞いていないんです」朝美が最初に逃げを打った。

「しかし、益田さんから直接聞いたんですよね？」私は突っこんだ。

「たぶん主人は、胸にしまっておけなかったんだと思いますけど……誰にも言うなと厳しく言われました」

この時点で、被害者でもあるにもかかわらず、益田に対する私の怒りは頂点に達した。彼自身が犯罪者、さらに警察官としては絶対に許されない隠蔽（いんぺい）行為に手を染めたのは間違いない。

一つ深呼吸する。簡単に気持ちは落ち着きそうになかったが、それでもすぐに本題に入ることにした。

「世田谷西署の若い署員二人にトラブルがあって、一人が非番の時に、交番に詰めていたもう一人を襲って殺した——それが、五年前の事件の真相なんですね？」

「はい」消え入りそうな声で朝美が言った。「そう聞いています……」

「襲った方の警官の名前は分かりますか？」

「それは聞いていないんです」申し訳なさそうに朝美が言った。「主人は、うちの若い奴が、と言っていただけで」

「ということは、益田さんの直接の部下なんですか？」

「そうだと思いますけど、はっきりとは聞いていません」朝美が首を横に振った。

朝美が嘘をついているとは思えなかった。犯人の名前は……調べれば分かるはずだ、と私は勝手に結論を出していた。もちろん私が調べるわけではないが、当時の世田谷西署の「若手署員」――三十五歳以下だろうか――を全員チェックすれば、必ず誰かが引っかかってくるはずだ。

「交番に勤務しているところを襲って揉み合いになり、その際に奪った拳銃で相手を撃ってしまった、ということですね？」

「そう聞いています」

「益田さんは、銃を撃ってしまった若手の警官からすぐに相談を受けて、事態を揉み消すことに決めた――それで間違いありませんね？」

「はい」朝美の声は、ほとんど聞き取れないほどだった。

「交番が何者かに襲撃されたということにして、益田さんは自分が可愛(かわい)がっていた若い警官を庇ったんですね？」

「そうだと思います」

「犯行に使われた拳銃をどうしたかは聞いていますか？」

「主人が現場から持ち帰ったそうです」

「まさか」私は顔から血の気が引くのを感じた。隠蔽などというレベルの話ではない。

「違います」私の考えを素早く読んだのか、朝美が即座に否定した。「家に持ち帰ってはいないはずです」

「私も聞きましたけど、『お前が知っている必要はない』と言われて……そう言われたら、もう余計なことは聞けませんでした」

「だったらどこに？」

叫びたい気分だった。どうしてこの話を聞いた時に、すぐに警察に話してくれなかったんだ？　これは明らかに警察官による殺人事件、そして犯行の揉み消し——というかでっち上げである。それが五年間も隠蔽されていたのは大問題だ。朝美はそこまで考えていたのだろうか……いや、夫からとんでもない打ち明け話を聞かされ、動転して、命じられるままに口を閉ざしていたのだろう。

しかしその後も、話す機会はいくらでもあったのではないか？

突っこみたい。責めたい。しかし私は、何とか感情を押し殺した。取り調べは刑事の仕事であり、私には容疑者と対峙する権利はない。だいたい、この件を私がいつまでも引っ掻き回していたら、また捜査一課の怒りを買うだろう。別にそれを恐れているわけではないが、本橋に迷惑をかけることになると思うと、遠慮する気持ちが働く。

「この話を聞いたのはいつ頃ですか？」

「事件から……」朝美が一瞬天井を仰ぎ見る。「一年ぐらい経ってからだと思います」

「聞いた時、どう思いました？」

「びっくりして、どう思うも何も……何も言えませんでした。とにかく主人に、この件は誰にも漏らさないようにときつく言われていたんです」

「それが、どうして今になって話す気になったんですか？」つい詰問口調になってしまう。

「もう耐えられませんでした」朝美がうつむく。「それに、もしかしたら主人が殺されたのも、この件に関係しているかもしれないって考えて……私には何も分かりませんけど、予感、かもしれません」

私は愛に視線を向け、「西原、ちょっとここにいてもらえるか？」と頼んだ。

「いいわよ」愛が珍しく緊張しきった表情で答える。

私は彼女にうなずきかけてから、梓と優里に目配せし、外へ出るよう促した。玄関まで行ったところでふと思い出し、リビングルームに引き返す。

「一つ確認させてもらっていいですか？」朝美に向かって指を一本立てて見せた。

「はい」

「この件、智樹君は知っていますか？」

「いえ」

「絶対に話さないで下さい」私は強い口調で頼みこんだ。「これ以上、彼を刺激したくないんです」

「でも、私以外の人間から聞くことになったら……もっと怒るかもしれません」

「穏便に伝える方法を考えます。とにかく、あなたの口からは言わないようにお願いします」

深く頭を下げ、返事を待たずに部屋を出る。朝美は納得した様子ではなかったが、愛が上手くフォローしてくれるかもしれない。そうでなくても、後でもう一度しっかり話そう。

昼間に比べて一段と気温が低くなり、外に出た私は思わず肩をすくめた。しっかりドアを閉め、そこに背中を預ける。体を張って、嫌な過去を封印するように……。

「どうする？」優里が心配そうに訊ねた。

「然るべきところに連絡する——それは係長と課長に任せよう」

「五年前の事件の特捜も、追跡捜査係も調べに来ますよね？」梓が心配そうに言った。「もしかしたら今回の事件の特捜も。大勢が押しかけたら、朝美さんが耐えられるとは思えません」

「落ち着いて見えるけどな」

「今までは……でも、今度は状況が違います。事後従犯が成立するかもしれません」

「法的な適用は難しいところだぜ」私は指摘した。むしろ犯人隠避に当たるのではないだろうか……益田に関しては、事件の犯人を逃したことで、間違いなく犯人隠避が成立する。さらに罪状をくっつけるとすれば、警察の捜査を意図的に違う方向に捻じ曲げたのだから、公務執行妨害を適用することも可能だろう。朝美の場合は、後から事件の真相を聞かされ、今までずっと黙っていた——広義の犯人隠避に当たるかもしれないが、実際には適用できないかもしれない。仮に起訴まで持っていけても、実刑を受けるとは考えられない——間接的、ないし事後的な犯人隠避、という感じだからだ。

「どうします？」梓が不安げに訊ねた。

「とにかく、まずは係長に連絡だ」

「世田谷西署の特捜は、すぐにでも話を聞きたがるでしょうね」優里が言った。

「ああ」

「これからだと夜遅くなるわよ。あまり好ましくない状況ね」

「分かってる。それも含めて、俺たちの仕事は一つだけだ」

「朝美さんを守ること、ですね」

梓の言葉に、私は素早くうなずいた。私たちにとって彼女は、依然として犯罪被害者家族なのだ。

本当は、明日の朝から正式に事情聴取開始、にしたかった。一晩経ったからといって、真相を打ち明けようという朝美の気持ちに変わりはないだろうし、今晩梓をつき添わせて監視しておけば、間違いが起きる可能性は低いはずだ。

しかし芦田は、「世田谷西署の特捜は、今晩から事情聴取を始めたいそうだ」と申し訳なさそうに言った。

「止められなかったんですか？」私は思わず、非難するように言ってしまった。

「向こうもカリカリしてるんだ……こっちが悪いわけじゃないんだが」

「当たり前です。今まで真相を割り出せなかった特捜の責任ですよ」

「まあまあ、そう責めるなって」芦田が宥める。「とにかく今回は、事態の重要性を鑑(かんが)み、ということだ。世田谷西署の特捜と、追跡捜査係の連中がそっちへ向かってる。北多摩署を借りるか、その家で事情聴取をすることになると思う。ただしその際、うちが立ち会うことを了承させた」

「そうですか……ありがとうございます」私は一つ深呼吸した。芦田も精一杯頑張ってくれたのだ。この男はいつも、支援課と他の部署との板挟みになってストレスを抱えているのだから、あまり責めても申し訳ない。「あとはこちらで何とかします」

「頼むぞ」

「お疲れ様でした」

彼は家に帰らないのでは、と私は想像した。何かと心配性なので、事態が動いている状態では放り出せないのである。今日の事情聴取が一段落したら、すぐに連絡を入れよう。

根回しが済んだ時点で午後七時半。夕食がまだだったことに気づいた。我々はとにかく、朝美を空腹のまま事情聴取に向かわせるわけにはいかない。

「申し訳ないんですが、これから担当者に話をしていただきます」

「……分かりました」

「今、都心部から担当者がこちらに向かっていますから、始まるのはもうしばらく先かと……食事を済ませておいた方がいいと思いますが、用意はありますか？」

「いえ、あの……今日は夕方からずっと……」

こちらの話につき合っていたので、夕食を作っている暇もなかったわけだ。恐縮して、私はすぐに「何か食べる物を用意しますので、それで食事を済ませてもらえますか？」と言った。

「申し訳ありません」朝美がさっと頭を下げた。「何か用意しましょうか？」

「時間もないので、こちらで何とかします」とはいっても……この時点で私の頭にあるのは、近くのコンビニエンスストアだった。コンビニ弁当の夕食では気持ちは上向かないが、この際仕方がない。

私は梓を外に出し、食料を調達するように指示して千円札を二枚、渡した。

「君の分もだ」

「村野さんはどうするんですか？」

「俺はいい。みんなでテーブルを囲んで弁当を食べていたら変だろう？　君は朝美さんと上手くつながっているんだから、一緒に食事をして少しでも気持ちをリラックスさせてくれ。その代わり、特捜の連中が朝美さんを調べている時には、君が同席してくれよ。俺はその間に食事を済ませるから」

「分かりました」

梓を買い物に送り出して、私は部屋に戻り、愛と優里には引き上げるように言った。二人とも不満そうだったが、ここで言い合いをする訳にはいかないことは分かっているようで、私を睨みつけただけで引き下がる。

「取り敢えず、別の捜査員が担当しますけど、うちも同席しますので。あくまで参考で話を聴くだけですから、緊張せずに普通に話して下さい」

「はい……」しかし既に、朝美は十分緊張しているようだった。

「大丈夫です」私は笑みを浮かべた。「時間も遅いですし、今日は遅くまで時間がかかることはないと思いますから」

「私、大変なことを……もっと前に話しておくべきだったんですよね」

「警察官がこういうことを言うとまずいかもしれませんが、もしも私が同じ立場だったら、言えないかもしれません」

「そんな……」

「仕事よりも身内のことを考えるのは、人間の自然な態度だと思います。これからきちんと全部話してくれたら、それで十分ですよ」

「そうですか……」

　梓が弁当を買って帰って来たタイミングで、愛と優里は引き上げることになった。急に静かになった部屋で、梓と朝美が箸を使い始める。梓はいつものペース——料理が何であっても食べることは大好きなのだ——で食べているが、さすがに朝美は食が進まないようだった。

　二人が食べ終えるのを見届けて、私はまた外に出た。電話をかけるために出たり入ったりを繰り返すのが面倒になって、もうコートは脱いだままだった。二月の多摩地区の冷え込みは、背広だけでは耐えきれない……保温性の高い下着を着れば問題ないのだが、私はあの手の下着が好きではない。

　本橋がまだ支援課に残っているかもしれないから、状況を報告しておくつもりだった。しかし外へ出た途端、外階段を上がってくる複数の足音が聞こえて、私はスマートフォンを背広の内ポケットに落としこんだ。

　先頭は、追跡捜査係の沖田だった。様子がおかしい……眉は吊り上がり、目を限界一杯まで見開いている。

「おい、村野」私にかける声は低く、太い。「ちょっと顔を貸せ」

「貸せって……」私は思わず顔をしかめた。「貸すも何も、ここにいるじゃないですか」

「いいから」

沖田は外廊下の奥の方へ向けて顎をしゃくった。階段に一番近い部屋が朝美の家だと分かっていて、その近くでは話したくないということなのだろう。私は沖田の背中を追っていった——彼がいきなり振り向き、一気に私に迫った。私の胸ぐらを摑むと、力ずくで壁に押しつける。

「てめえ、何のつもりだ！」低い声で沖田が吠(ほ)えた。

「ほらほら、よせよ」

西川がすぐに割って入ってくれた。どうやら沖田も本気ではなかったようで、すぐに手を離す。一歩下がると、殺意の籠った目で私を睨みつけた。

私の方はというと、情けない状態になっていた。ネクタイを摑まれたので一時的に息が止まり、頭に血が昇っている。呼吸は荒く、かすかに吐き気がした。

「まったく……」西川が呆れたように言った。「村野が死にそうじゃないか」

「お前、この件を一人で抱えこんでたんじゃないだろうな」沖田の怒りはまだ鎮(しず)まっていないようだった。

「冗談じゃない。うちだって、今日の夕方に初めて聞いた情報なんですよ」私は反論した。

「マジか？」

「もちろん」

「じゃあ、いい」

不機嫌に言って、沖田がさっさとその場を立ち去った。乱暴に朝美の家のドアを開け、中に入る。西川は苦笑していた。

「申し訳ないな。この話を聞いた瞬間からカリカリしてるんだ」

「分かりますけど……」私は首元に手を伸ばしてネクタイを直した。「沖田さん、熱くなり過ぎじゃないですか？」

「勘弁してくれ。あいつは元々、ああいう人間だから」

「西川さん、よく我慢できますね。どうやってコントロールしてるんですか？」

「どんな猛獣にも、扱うコツはあるんだよ。あいつの場合は単純だから、むしろ手懐けやすいぐらいだ」

「後でそのコツを教えて下さい」

「暇な時にな……それで、どんな具合だ？」西川が眼鏡をかけ直した。

私は状況を手早く説明した。西川はうなずきもせずに聞いていたが、私が話し終えるとまた眼鏡をかけ直した。

「最近、度が合わなくなってきてね」とぽつりと言った。

「眼鏡が合わなくても、事情聴取はできるでしょう。今回は、西川さんがやってくれた方がいいと思いますよ。沖田さんは冷静さを失ってますよ」

「事情聴取が始まれば、あいつは冷静になるよ。ただ今回は、世田谷西署の特捜がやることになると思う。俺たちはあくまでアドバイザーだ。今まで何も成果を挙げてないから、偉そうなことは言えない」

「それで沖田さん、機嫌が悪いんですか？」

「そういうこと。単純だろう？　そういう人間を扱うのはそんなに難しくないよ」

「今回は、うちも事情聴取に同席します」私は宣言した。

「それじゃ、まるで会議だな」

「益田さんはあくまで被害者家族なので……うちは益田さんを守ることに集中します」

「ああ、そっちはそっちの仕事をしてくれ。うちはうちの仕事に集中する——こういう風に勝手にやってるから、うちも支援課も嫌われるんだろうけどな」

嫌なことを平然と言う人だ……しかし、まったく否定できない。

7

人数が多くなってしまったので、事情聴取は北多摩署で行われることになった。梓がつき添って万が一のトラブルに備える。朝美の緊張は緩まなかった。

北多摩署には、署長まで顔を出していた。近くの官舎に住んでいるから来ることは問題ないのだが、こんな時間に出て来るのは間違いなく異例だ。署長にすれば、署員——元署員が犯罪に絡んでいたとすれば、極めて憂慮すべき事態である。北多摩署在籍時の問題ではなくとも、あまり関係ない。とにかく一刻も早く事実関係を摑みたいと思っているはずだ。本人が直接事情聴取に立ち会うとまで言い出した。

しかし、世田谷西署の特捜本部を束ねる捜査一課の係長、打越が、強硬に拒否した。階級的に、本部の係長が署長に逆らえるものではないのだが、打越はあくまで事実関係の把握——捜査が最優先という理由で、できるだけ少人数で事情聴取を行いたいと押し切った。正論である。私にも経験があるのだが、警察官というのはとにかく質問したがる人種なのだ。例えば事件や事故の現場で関係者に事情聴取する場合、一人の人間を何人もの刑事が取り囲んで質問攻めにしてしまうことがよくある。聴かれる方にすれば、質問がばらけ過ぎて答えようがなくなってしまうのだ。

る。

打越は当然、支援課も排除したがった。しかしここは、私も引けないところであ

「今回話を聴く相手は、支援課がずっと接触して来た人です。うちには立ち会う義務もあります」

「何だ？　うちと手柄を分け合いたいのか？」

打越は百八〇センチほどありそうな大男で、圧が強い。ぐいぐい迫って来られたら、弱気な容疑者ならばあっさり全てを自供してしまいそうだった。しかし私は経験上、体の大きな刑事は、あまり話が上手くないのを知っている。体の迫力だけで相手を圧倒できるから、話術で言い負かすような戦いをあまり経験していないのだ。

「五年前の事件が解決してもしなくても、うちの成績には関係ありません。あくまで被害者支援課本来の仕事――被害者家族の面倒を見るために、同席させて下さい」

「単なる事情聴取で、面倒を見るもクソもないだろう」打越が反発した。

「圧迫的な事情聴取になるかもしれないので……」

「そんなことはしない」

「そちらがそう考えていないだけで、事情聴取を受ける側はプレッシャーを感じるかもしれません」

「ああ、分かった、分かった」打越が面倒臭そうな表情を浮かべて手を振った。「た

だし、一人だけだぞ。大人数で取り囲むようなことはしたくない」

「そもそも囲みません。部屋の隅で、大人しく聞かせてもらいます」ただし何かまずい発言があったら、即座に介入する。そういう状況を想定すると、梓よりも私が同席した方がいいのだが、今回はあくまで任せることにした。これも修業のうちである。ただし私は、署を離れないことにした。何かあった時に、離れた場所で呑気に食事をしていたら対応できない。取り敢えず空腹を紛らわすために、甘いものを胃に入れておくことにした。一階に自動販売機があるから、熱いココアでも手に入れよう。

会議室を出た瞬間、特捜本部から出て来た重森とぶつかりそうになった。

「お前……」嫌そうに溜息を漏らす。「今回の件で総監賞でも狙うつもりか？」

「そんなつもりはないですし、そもそも総監賞なんて無理だと思いますよ。身内の犯罪なんですから、できるだけ穏便に処理したいでしょう」

「嫌な事を言うな」重森が両手で顔を擦る。「しかし、これでうちの捜査にも弾みがつくだろう」と気を取り直したように言う。

「これは一課に対する貸しになりますか？」

「押しつけるのか？」

「押しつけますよ──今この場で、プラスマイナスゼロにしてもいいですけど」

「何だ？」重森が目を細める。

「特捜で弁当が余ってますよね？　一つ恵んでくれませんか？　夕飯を食べてないし、外へ出ている暇もないんです」

「勝手に食ってくれ」

重森が怒っているのかいないのか、さっぱり分からなかった。しかし、取り敢えず夕飯は確保できたからよしとしよう。

特捜本部の部屋に行って、弁当を一つもらう。どこで食べるか……ゆったりと食べられる場所などないと気づき、仕方なく特捜本部の一角に座って箸を使い始めた。捜査会議が終わったこの時間にしては人が多く、ざわついている。視線が集まってくるのを私は意識した。既に、支援課の方で重要な手がかりを手に入れたという噂は広がっているだろう。部外者が余計なことをしやがって……という目で私を見ている人間がいてもおかしくない。

好奇の——あるいは厳しい視線に晒されながら食べる弁当が美味いはずもない。かといって空腹ではあるわけで……五分ほどで、私は幕内弁当を空にしてしまった。警察官は若いうちに早食いを叩きこまれるが、これはいくら何でも早過ぎる。消化不良になるかもしれないと思いながら、私は立ち上がり、ゴミ箱代わりに置かれている段ボール箱に弁当ガラを捨てた。隣のテーブルに置いてあったペットボトルのお茶を勝手に一本もらい、すぐに外に出る。

何故か、重森が廊下で待っていた。

「今夜は説教や難癖は勘弁して下さいよ」私は機先を制して言った。「その前に、やることがあります」

「まだ、あんたに文句を言うかどうか、判断できる状態じゃない。ちょっと事情聴取を覗(のぞ)いてみないか？」

「部屋はそんなに広くないですよ。プレッシャーをかけたくないですね」そこに、朝美と梓の他に三人が入っている。これ以上人が増えたら、息苦しくなるだろう。

「外から覗けるようになってるんだ」

「この署は、会議室にまでカメラを設置してるんですか？」

「念のため、だそうだ。一年前に設置して、実際に役に立つのはこれが初めてだそうだが」

多摩地区の外れ——あと数キロ北へ行けば埼玉というこの地域では、基本的にそんなに事件はないはずだ。宝の持ち腐れだったことは容易に想像できる。

重森は、一階下の三階にある小さな会議室に私を誘った。ちょうど、朝美が話を聴かれている部屋の真下だった。そこと同じように狭い部屋に、刑事たちが十人も詰めている。ほとんどが今回の事件を担当する刑事たちだが、二、三人の顔には見覚えがなかった。世田谷西署の事件を担当する刑事たちかもしれない。

重森が入って行くと、小さなモニターの前に座っていた刑事が慌てて立ち上がり、「どうぞ」と席を譲(ゆず)った。重森は何も言わずにそこに座り、ドアのところに立っていた私に向かって顎をしゃくった。隣で見てろ……か。

敵の真ん中に単騎突っこんで行く感じだったが、私は思い切って歩を進めた。やはりここでも厳しい視線——仕方ない。支援課にいると、こういう視線にも慣れてしまう。

カメラは天井にしこまれているようだった。斜め上の角度から朝美の正面の姿が捉えられており、正面に座っている沖田は後頭部が映っているだけだ。朝美の横に座る梓が緊張しているのもよく分かる。彼女は必死にメモを取っていた。ICレコーダーを使わないのは朝美を緊張させないためだろうが、あまり意味はない。彼女の前には、既に二台のICレコーダーが置かれている。

沖田は、先ほど激昂したのが嘘のように、淡々と落ち着いた態度だった。

「——では、具体的にこの犯行に関わった若い警官の名前は聞いていないんですね?」

「聞いていません」朝美が即座に否定する。

「忘れたわけではなく、聞いていない?」沖田が念押しする。

「主人は、基本的に仕事の話を家に持ち帰らない人でしたから。仕事の話を聞いた記憶はほとんどありません」

「所轄の若い連中をずいぶん可愛がっていたようですけど、家に連れて来るようなことはなかったんですか？」

「それはありません」朝美が首を横に振った。「よく一緒に呑んでいたようですが、いつも外でした」

「どうして家じゃなかったんですかね。金がかかってしょうがないでしょう」

「私に負担をかけたくなかったんだと思います」

「なるほど」沖田がうなずく。「この話をしたのはその時だけ——一回だけでしたね」

「はい」

「その後、また聞いてみようとは思わなかったんですか？　大変なことだというのは理解していましたよね？」

「正直、怖かったんです」朝美が認めた。「署員同士が殺し合うなんて、そんなこと、信じられませんでした。誰かが交番を襲った、という話でしたよね？」

「そうです。大きなニュースでした」

「主人から話を聞いた時も、ニュースの方が本当ではないかと思ったぐらいです。そう信じたかったんだと思います」

そこで朝美の我慢が決壊した。肩が震え始め、頭を垂れる。テーブルの下に入れていた両手をのろのろと出して、顔を覆った。梓がすっと近寄り――しかし手は触れない。これが正しい対処法だ。欧米だと、相手の体に触れることで、こちらは敵ではない、あなたの味方だと示すボディコミュニケーションがあるが、日本人はそういうことに慣れていない。朝美が助けを欲した時だけ次の行動に移るためには、今の梓の距離がベストだ。

梓はすぐに顔を上げ、沖田に視線を送った。さて……相手が話しにくい状況になった今、沖田はどんな手に出るだろう。彼も基本的には捜査第一主義――被害者のためには犯人逮捕が最優先と思っているはずだから、このまま話を進めるかもしれない。しかし意外なことに、沖田はすっと引いた。

「十分だけ休憩しましょう。ずっと喋り続けだと疲れますよね」

一瞬間を置いて、朝美がうなずく。盛り上がっていた肩がすっと落ちた。この休憩を心から望んでいたのは明らかだった。梓も緊張を解き、傍らに置いてあったミネラルウォーターを引き寄せる。

私はほっと息を吐き、椅子に背中を預けた。部屋の中に、ざわざわした雰囲気が流れ始める。

「沖田は上手くやってるじゃないか」重森が感心したように言った。

「無理に強引に出ていないだけでもありがたいですよ」

「奴も馬鹿じゃないぞ」

私は無言でうなずいた。確かに沖田は、決して馬鹿ではない。気合いが入り過ぎて相手を怒らせ、空回りしてしまうのが問題なだけなのだ。

「えらく遠慮してるな」

ぼそりと声が聞こえた方に、私は目を向けた。西川が会議室の出入り口に立っている。中には入らず、ただ声を聞いていたようだ。私は立ち上がって廊下に出た。こういう場合、話し相手に一番相応しいのは、常に沈着冷静な西川だ。

「君のところのお嬢は、結構圧が強いのか？」

「そんなこともないですよ。どちらかと言うとソフト派です」

「沖田が引いてたじゃないか」

「沖田さんも、被害者支援の考えを学んだんじゃないですか？」

西川が鼻を鳴らし、「あいつが簡単に学習するわけないだろう」と言った。

「一つ、気になることがあるんですが」

「何だ？」

「朝美さんが犯人隠避に問われる可能性はありますか？」

「どこまで詳しく話を聞いていたかがポイントだが……俺だったら立件しない。立件する必要もないだろう。何しろ、肝心の犯人の名前を聞いていないんだから」

「それは、プラスの要因になりますかね」

「そういうことは心配するな」西川が私の肩を叩いた。「言い方は悪いけど、悪いようにはしない。君は、あくまで彼女を被害者家族と捉えているんだろう？」

「もちろんです」

「変わらずフォローしてやってくれ。事件の方は……これだけの手がかりがあって犯人に辿り着けなかったら、俺たちは全員辞表を書く羽目になるだろうな」西川が、眼鏡の奥の目をきゅっと細めた。

「そうならないように祈ってます」

「祈るよりも手を貸してくれ。君ができることだってあるだろう」

「余計なことをすると、睨まれるんですけどね」

「そこはしょうがないだろう。まずは五年前の事件を解決しないと……北多摩署の事件はその後だな」

「拳銃がどこへ行ったかが問題ですね」

「それはたぶん、彼女には分からないな。益田警部補も、どうして話してしまったのかね」西川が首を捻った。「仕事のことは家庭に持ちこまない方針だったのに、この件に関してだけ、どうして話したんだろう」

「プレッシャーが強過ぎたんじゃないかと思います」私は言った。「さすがに、自分の胸の中にしまいこんでおくには大き過ぎたんでしょう」

「その時点で打ち明けてくれればな……事件はすぐに解決したはずなんだが」

「今言っても無駄でしょう」

「ああ、無駄だな」西川があっさり認めた。「だいたい、正義と家族、どちらを取るか——家族を選ぶのは不自然でも何でもない」

「ですね……」私は腕時計を見た。「十分経ちますよ」

「よし。沖田のお手並み拝見といくか」西川が先に部屋に入った。他の刑事たちはトイレに行ったりしているのか、部屋の中の人数は減っていたので、すかさずモニターの前の特等席に腰かける。重森に何か話しかけると、彼の方は露骨に嫌そうな表情を浮かべた。もしかしたら、過去に追跡捜査係に痛い目に遭わされたことがあるのかもしれない。

　私は二人から少し離れて、立ったままでいることにした。この位置からでもモニターは見えるし、やり取りははっきり聞こえる。

　一度会議室を出ていた沖田が戻って来た。手にしたお茶のペットボトルをテーブルに置くと、思い直したように取り上げて一口飲んだ。肩が二度、上下する。それで準備完了、という感じだった。

「拳銃のことについて教えて下さい」

「はい」返事したものの、朝美の声に力はなかった。答えられない質問ばかりされて、困りきっているのだろう。

「現場で奪われ、事件に使われた拳銃は、益田警部補が持ち帰ったんですね？」

「本人はそう言ってましたが、私は銃は見ていません」

「家に隠してあったんじゃないんですか？」

「いえ……そんなものがあれば、分かったと思います。家の中のことは、隅々まで分かっていましたから」

「押入れの天井の上とか？」

「そういうところに入れたら、必ず分かります。押入れの様子が変わりますから」

「そうですか？」

「主人は、家では片づけもしない人でした。物を動かすと、だいたい跡が残るんです。それに、拳銃のことを言われてから、気をつけて家の中をよく見るようにしていました。でも、何も見つかりませんでした」

「その後、拳銃の話を聞いたことは？」

「一度もありません」

「どこか他に、預けておけるような場所はないんですか？」

「そういうのはないと思いますけど……」

「銀行の貸金庫とか、貸し倉庫とか」沖田が食い下がる。

「借りていないと思います」

「確実にですか？」

「絶対とは言えませんけど……」朝美が唇を噛んでうつむいた。しかしすぐに顔を上げ、毅然とした表情で答える。「そういうお金は使っていないと思います。お金の管理は私がしていましたから、余計な出費はできなかったはずです」

「小遣い制だったんですか？」

「ええ」

「いくらですか？」沖田がさらに突っこむ。まったく遠慮がない。やはりこの男の馬力と図々しさは人一倍だ。

「月八万円です」

「それぐらいあれば、貸し倉庫を借りることもできたんじゃないですか？」

「いくらぐらいするか、分かりませんから……」朝美の言葉が力なく消えた。

「野郎、小さくまとめようとしてるな」重森が吐き捨てるように言った。

「どういうことですか？」私は訊ねた。

「拳銃は、貸金庫にでも突っこんでおいてくれた方が、まだましだろうが」

「そうですね」私は同意した。「署内の自分のロッカーに隠しておいて、転勤の度に持ち歩いていたとなったら……」

「何人も首が飛ぶぞ」

二人の言っていることは当然だ。管理責任がどこまで及ぶかは想像もつかない。警察官が殺人事件を起こしたとなると、警視総監が辞職してもおかしくないし、所轄の署長、地域課長も当然厳しく責められるだろう。ただし事件の発生は五年前……当時の総監は退職してしまっている。署長や課長も同じかもしれない。既に辞めている人間を処分するのは、物理的に難しいだろうが。

「ま、俺たちには関係ないけどな」重森が冷たく言い放った。

「こっちはこっちの仕事をするだけですね」西川が同意した。仲がよくないのかと思ったら、この件については完全に意見が一致している。

沖田はなおも追及の手を緩めなかった。

「その後、銃についてまったく聞いていないのは間違いないですね」

「ええ」

「家になかったのも間違いないんですか?」

「そんな話を聞かされて、どれだけ不安になるか分かりますか?」朝美が突然、強い口調で逆に質問した。「拳銃は、人殺しの道具ですよ。そんなものが家にあるかもしれないって考えると、不安でいても立ってもいられません。だから徹底的に探しました。家には絶対にありませんでした」

「分かりました」勢いに押されたのか、沖田が急いで二度うなずいた。

事情聴取は一時間に及んだのだが、結局、それ以上の情報は出てこなかった。梓が時計を気にし始める。自分の腕時計を見て、壁の時計にも視線を向け……沖田の集中力は薄れ始めたようだった。

「では、今日はこれで終わりにします」沖田が終了を告げる。「明日以降もお話を伺うことがあるかもしれません。連絡が取れるようにしておいていただけますか」

「はい……」朝美は相当疲れている。益田が殺された直後も、こんなに顔色が悪くなったことはないはずだ。

「さて」

西川がすぐに立ち上がった。五年前の事件が一気に解決に向かう可能性があるというのに、落ち着いたものである。元々興奮しない性格なのか、それとも自分たちで手がかりを引き寄せたわけではないので客観的な態度を保てているのか……私に顔を向けると、「ちょっと時間を貸してくれ」と言った。

「何ですか？」

「ここを借りて、臨時の捜査会議を開く。こっちがこれからどう動くか、君にも知っておいて欲しいんだ」

「いいんですか？」

「君たちの力を借りることがあるかもしれないし」

重森が険悪な視線を西川に向けている。余計者同士が、また余計なことをしやがって、とでも思っているのだろう。しかしこの時点では、ぶつけるべき明確な文句を持っていないようだった。


私は梓に、朝美を家まで送るように命じた。彼女は不安そうだった。

「一人にしておいて大丈夫でしょうか」

「それは……心配ではあるな」ずっと心に秘めていた秘密を一気に打ち明けたのだ。気持ちは揺らいでいるだろうし、自分の行為が正しかったかどうか迷って——夫の名誉を傷つけることとなのだ——責任を感じる可能性もある。こういう時、私たちは常に最悪のケースを想定しなければならない。

「取り敢えず家までついていって、様子を見てくれ。もしも不安定な様子が見えたら——」

「泊まりますよ。というか、強引に泊めてもらいます。もう十時ですし、これから帰るのも大変ですから」

「お泊まりセットは持ってるのか？」

「最低限のものはあります」梓が疲れた笑みを浮かべた。

「俺はたぶん、このまま署に泊まらせてもらうことになると思う。君の方でどうするか、決めたらすぐに連絡をくれないか？　課長には俺の方から連絡しておく」

「分かりました」梓がうなずく。「これからどうするんですか？」

「世田谷西署の連中が、ここで捜査会議をやるそうだ。それに出るように言われている」

「急に話が広がっちゃいましたね」

「いや」私は首を横に振った。「最初からつながっていたんだと思う。拳銃という一点で……ただ、五年前の事件と今回の事件をつないでいるのは、まだ点線だけど」

「そうですね。これからなんですね」

私たちの仕事はあくまで、朝美のフォローだ。彼女は「被害者家族」から一転して「犯人の家族」になってしまうわけだが、私たちにとっては変わらず被害者家族である。彼女の精神状態を平静に保っておくのも、事件解決のためには必須の要素だ。

捜査会議は、ごく少人数で行われた。打越が中心になり、特捜本部から派遣されてきた数人、追跡捜査係の沖田と西川、そして私。私は完全に部外者で、打越はいい顔をしなかったが、何とか無視した。彼を刺激しないよう、できるだけ発言せず、この場で出た話を吸収することに徹しよう。

「話を整理する」打越が仕切って話し出した。「五年前のこちらの事件は、内輪の犯行だった――まだ全面的に信じるわけにはいかないが、特に疑う要素もない。容疑者に関しては、一人、怪しい人間がいる。堀内敬太、三十歳。殺された島田翔太とは警察学校の同期で、同時期に世田谷西署へ配属された。この堀内だが、実は事件の一年後に警察を辞めている」

ざわっとした空気が流れた。さすがにこの手の調査は速い、と私は感心していた。まあ、それこそ内輪の話ではあるのだが。

「なにぶんにも四年以上前のことなので、当時の人間関係が具体的にどんなものだったかは分からない。これから、何かトラブルがなかったかどうか割り出して、場合によっては即座に逮捕に向かう」

「そいつはどこにいるんですか？　警察を辞めて何をしてるんです？」沖田が乱暴に訊ねた。

「群馬にいる。実家に戻って家業を継いだと聞いている」

「その若さでですか？　親だって、まだ若いでしょう」沖田が粘る。

「詳しい事情は、俺は知らん」打越が不機嫌に言った。「それを調べるのがこれからの仕事だ。ただし、辞める時にかなり慌てて届けを出したという情報が残っている。不自然と言ってもいい」

「そいつが犯人だったとして、辞めるのが遅過ぎませんかね」沖田がねちねちと言った。「ケツをまくるとしたら、事件後すぐが自然じゃないですか？　一年も黙って普通に仕事をするような度胸があったら、まだ警察も辞めていないかもしれませんよ」

「その辺は、本人に聞いてくれ」

「じゃあ、群馬に行かせてもらいますかね」

「周囲の状況が固まったら、だ」打越が釘を刺した。

「そいつが犯人じゃなかったら、当時の署員全員を調べないといけないですね」

「お前、何でそんなに突っかかる？」

「マイナス思考なんで」沖田が肩をすくめた。

会議は早々に終了した。捜査の方針は決まったが、まだ謎はたくさん残っている。この五年間、拳銃はどこにあったのだ？　そして何故、それが今回の犯行に使われたのだ？　考え出すと悩みは尽きないが、自分の仕事はそれではないと私は自分に言い聞かせた。

西川は納得していない様子で、部屋を出た後も何度も首を捻っていた。

「何か気になりますか？」私は訊ねた。

「何が、とは言えないんだけど、ハマりが悪いんだよな。ほら、ジグソーパズルで、似たようなピースを無理やり押しこめてるような感じかな」

「お前は心配性過ぎるんだよ」沖田が嘲笑うように言った。「まず調べてみないと、何も分からないだろう。やる前からブツブツ言ってどうするんだ」

「別にブツブツ言ってるわけじゃないだろうが」西川が反論したが、それ以上は何も言わなかった。元気に喧嘩するには時間が遅過ぎる。

「分かっていると思うが、この件は部外秘だ。マスコミには気をつけろ」打越が鋭い視線を私たちに向けながら言った。「特に村野」

「新聞記者に知り合いはいませんよ」私は慌てて反発した。

「支援課は、マスコミとの接触も多いだろうが。万が一情報が漏れたらえらいことになる。ある程度確証が取れたところで、広報課で完全に情報をコントロールするからな」

自分が名指しで「危ない」と言われたことにはむかつくが、確かにこの件は爆弾だ。普通に広報課が軸になって発表しても、扱いは大きくなる。もしもどこかの社が特ダネで書いたら……ただちに犯人捜しが始まる。

そんなことで疑われるなど願い下げだ。この件を話す知り合いもいないが、重々気をつけよう。街中でも、迂闊に話題にしないようにしないと。

「理想は、五年前の事件と今回の事件を同時に解決して発表することだが、五年前の事件の情報は、いつまでも抑えておけないだろう。とにかく情報が漏れないうちに、迅速な解決を目指す」

　全員がうなずき、簡易版の捜査会議は終了した。この時点で午後十時半。帰ろうと思えば帰れるのだが、面倒臭い。かといって、所轄の宿直室に潜りこむのは、どうにも気が進まなかった。

　取り敢えず、本橋に連絡を入れることにした。さすがにもう支援課を引き上げてはいたが、私からの連絡を待っていたようにすぐに携帯に出る。

「うちとして、何か正式に要請されたんですか？」

「追跡捜査係の方からは手伝えと言われていますけど、これはちょっと……非公式な話ですね」

「そうですか。明日、捜査一課と話してみますよ。サポートできることがあればやる。なければ通常勤務……益田朝美さんが微妙な立場に立たされる可能性もありますから、そちらもフォローしなければなりません」

「それは、引き続きやります」私は廊下の壁に向かってうなずいた。

「今夜はどうするんですか？　そちらへ泊まります？」

「決めてないんですよ。帰ろうと思えば帰れますけど、明日もこっちに来ないといけないでしょうから」

「立川辺りに泊まってもいいですよ。北多摩署員に囲まれて寝るのは気が進まないでしょう。その経費は落とします」

「じゃあ、甘えます」

正直ほっとした。ホテルが空いていればだが……私はすぐに調べて、一発で空き部屋があるホテルを予約した。あとは、モノレールがあるうちに移動して、さっさと寝るだけだ。

署の出入り口で西川と一緒になった。立川のホテルに泊まるというと、そこまで車で送ろうかと言ってくれたが、断る。車内で、またあれこれ余計な事を言われたらたまらない。モノレールの時間があるので、と言い残して足早に歩き出す。疲れ切った体、痛む膝のせいで、足早といっても気持ちの上だけだったが。

モノレールに乗ると、さすがにぐったりしてしまった。夕方からの怒濤の動き……後で梓を褒めてやらないと、と頭の中にメモした。何度も朝美に会い、心を通わせたからこそ、彼女は五年前の事件の真相を告げる気になったのだ。あいつも、短期間でなかなか成長したじゃないか……後の問題は、この仕事を好きでいてくれるかどうかだ。能力はあっても、好きになれない仕事に打ちこみ続けることは難しい。

明日からはまた、様々な変化があるだろう。それに備えるためには、取り敢えず今夜はゆっくり寝ることだ——夜は次第に短くなっていくのだが。

その時点で私は、重大なことを一つ忘れていた。

もう一人の被害者家族の存在を。

第三部　隠れた男

1

翌朝、私は七時半にホテルを出て、ＪＲ立川駅の南口にあるコーヒーショップに入った。代わり映えのしない朝食……この店はチェーン店で、私は警視庁に近い店舗などに週一、二回はお世話になっている。だから心配はない味だが、新味はまったくない。

日常。

もしかしたら朝美はまだ寝ているかもしれないと思い、私はコーヒーを飲みながら梓にメッセージを送った。彼女には昨夜、詳しく事情を話していないのだが、メッセージの短い文面では伝えきれない。会った時にきちんと話すことにして、状況だけを確認した。

〈これから所轄へ向かう。朝美さんは？〉

〈起きました。今朝食の準備をしてます。〉

〈所轄へついたら電話する。今日の方針が決まったのでそれを伝える。〉

〈こちらの仕事は？〉

〈未定。一応、昨日のままフォローを。〉

〈了解です。〉


コーヒーを飲み干し、モノレールで現場へ向かう。立川北駅から終点までは、十分ほど。この時間帯は通勤ラッシュの逆になり、車内はガラガラだった。高い位置から外の光景を見ると、非常に開けた場所なのだと改めて実感する。高いビルはほとんどなく、一戸建ての家が地平線まで建ち並んでいるようにも見える。こういうのんびりした街で暮らすのも悪くないかもしれない——通勤のことさえ考えなければ。

終点の上北台駅に着いてスマートフォンを取り出すと、モノレールに乗っている間に着信があったことに気づく。重森……また何か文句を言われるのかとうんざりしながらかけ直すと、これまで聞いたことのない慌てた声が耳に飛びこんできた。

「益田はどうした？」

「益田部長ですか？　知りませんが……」

「お前が面倒見てるんじゃないのか！」

私は思わず、スマートフォンを耳から離した。重森の声は普段より一オクターブ高く、物理的に耳に突き刺さるようだった。

「ちょっと待って下さい」私は慌ててストップをかけた。「いったいどうしたんですか」

「連絡が取れないんだ」

「取れないって……まだ朝の八時じゃないですか」

「昨夜から携帯がつながらない。今日も本部に来ていない」

「まさか」私は思わずスマートフォンを握り締めた。「どういうことですか?」

「それはこっちが聞きたい! とにかく、奴をすぐに捜せ!」

重森はどうしてこんなに慌てているのだろう。智樹は、今流行中のインフルエンザにかかって、電話にも出られない状態かもしれないではないか。

いや、おそらく重森の勘が働いたのだろう。経験を積んだ刑事の勘は馬鹿にできない。私はすぐに上北台駅に引き返し、途中で梓に電話をかけた。

「そっちに行けなくなった」手短かに状況を説明する――詳しく話すほどの情報はそもそもなかったが。

「どういうことですかね」梓が声をひそめる。近くに朝美がいるのだろう。

「分からない。何でもないことを祈るけど、俺も嫌な予感がしてきた。課長には話をしておくから、そっちは一人で頼めるか?」

「大丈夫です」

この「大丈夫」は、最近私が聞いた中で一番頼もしい台詞だった。よし。梓に任せても心配ないだろう。こっちの方がはるかに大問題だ。

暴走野郎が、またアクセルを床まで踏んでいるのではないか？


中央線の朝のラッシュに揉まれ、警視庁に着いたのは九時半。支援課に顔を出す前に、私は捜査一課に飛びこんだ。重森は誰かと電話で話していたが、私の顔を見るなり叩きつけるように受話器を置いた。顔色を見た限り、電話の相手は智樹ではないようだった。

彼の前に立ち、気をつけの姿勢を取る。怒りがぶつかってくるのを予想したが、重森は力を失って溜息をつくばかりだった。

「うちの刑事を奴の家に行かせた」

「どうでした？」

「いない」

「インフルエンザで倒れているんじゃないんですか？」

「大家に頼んで鍵を開けてもらった。家にはいない」

そこまで早く動くのか……私は緊張して、つい訊ねた。

「どうしてそこまで焦るんですか？」

「昨夜、奴と呑んだ人間がいるんだ」

「ええ」こういう状況でも酒ぐらい呑むだろうが……憂さ晴らしだったのだろうか。

「一緒にいた奴に、呑んでいる最中に電話がかかってきた。益田警部補の一件についての話だった——そいつは五年前の特捜にも投入されていたから、電話した奴はサービスのつもりで教えたんだろうが……その件が益田に漏れ伝わった。いや、そいつが興奮してつい喋ってしまったんだ。酒の勢いもあったんだろうが」

私は瞬時に、顔から血の気が引くのを感じた。口が軽いというか、配慮が足りないというか、いずれにせよ大失態だ。

「益田巡査部長はどんな様子だったんですか？」

「一瞬で顔色が変わったそうだ」重森の顔色も変わっていた。真っ赤だったのが、今では蒼白になっている。「それですぐに呑み会はお開きになった——それから連絡が取れなくなっているんだ」

「それで今日も、家にいない、と」

「そういうことだ」

「だけどそれは、私の責任じゃないでしょう」

「奴の面倒を見るのがお前の仕事だろう」

「こういう時だけ押しつけるんですか？　普段は支援課を邪魔者にしてるじゃないですか」

「実際、邪魔だからだ！」

　重森が怒鳴り声を上げ、私たちは睨み合った。そこへ、いつの間にか現れた本橋が割って入る。

「この件については、うちも責任を持ってやりますよ」本橋が静かな口調で言った。

「課長……」やる、とはどういうことだろうか。

「支援課として、どういう責任の取り方をしてくれるんですか」重森が凄む。相手が年長の課長であっても気にしないようだ。

「捜しますよ。何かある前に捜し出せばいいでしょう？」

「それができれば、ですね」挑発するように重森が言った。

「結構です」本橋が穏やかな声で応じた。「ではさっそく、捜索に入ります」

　本橋が私に目配せした。ここではこれ以上のトラブルは不要——私は唇を引き結び、踵を返した。廊下に出た瞬間に溜息をつく。何という朝か……。

「本気で捜すつもりですか？」私は思わず訊ねた。

「そうしないと一課の怒りは鎮まらないでしょう」

「何も一課のご機嫌を取らなくても……」

「一課はともかく、私もこの状況は納得できません。非常に危険な状態だと思いますよ。できるだけ早く手を打たないと」

エレベーターに乗りこみ、私は素早く考えを巡らせた。智樹の性格からして、五年前の事件の真相を知って激昂したことは間違いない。そういう状況では冷静な考えを失いがちで、彼はやはり暴走したのだろうか……しかし、何の考えもなしに暴走したら、単なるエネルギーの無駄遣いだ。

エレベーターの扉が開いた瞬間、私は「群馬ですね」と結論を出した。

「群馬？」

「容疑者候補の、堀内敬太巡査の出身地です。しかも本人は、警察を辞めて実家に戻っているそうです」

「彼が今回の事件にも関係していると？」

「つながりはないとも言えない——亡くなった益田警部補が、彼の事件を揉み消したんですから」

「それが現在の事件とどう関係しているか……つながっていない部分が多過ぎますね」

「だから、それを明らかにするために、堀内に会いに行く——捜査の基本と同じじゃないでしょうか」

「すぐに群馬に飛んで下さい」大股で歩きながら、本橋が指示した。「特捜はもう、人を送っているでしょう」

「今日の最優先事項のはずです」

「だったら、出遅れないように」

「了解しました」

　昨日に増して忙しい日になりそうだ。忙しいというか、混乱した一日に。昨夜突如として浮上した手がかりは、かえって事態を混乱させているように思えた。

　よりによって、手が空いているのは長住しかいなかった。この男と一緒に仕事をすると苛々させられるばかりなのだが、二人いれば複雑な状況にも対応できるだろう。長住に運転を任せ、私は車内で情報収集に徹した。支援課に残った優里や芦田が、各所と連絡を取り合い、協力してくれている——私の主なネタ元は西川だった。世田谷西署の特捜はカリカリしているし、同じ追跡捜査係でも沖田は昨夜から私を敵扱いしている。使えそうなネタ元は、比較的冷静な西川だけだ。

　私たちは、東北道経由で堀内の地元の太田市に向かっていた。太田桐生インターチェンジを降りるとすぐに、国道一二二号に出て、私は久しぶりに、本当の田舎の空気感を味わった。北多摩署の周辺もだいぶ田舎だと思っていたのだが、やはりまったく違う。インター周辺にはほとんど家が——建物すらないのだ。しかし、国道一二二号そのものは非常に立派な道路である。しっかりした中央分離帯のある片側二車線。SUBARUの企業城下町ということで、広い道路が必須だったのだろう。実際、走っている車もトラックや車の輸送車が多い。

「実家の商売はメーカーの下請け工場ですか……この辺には多いんでしょうね」ハンドルを握る長住が、独り言のように言った。

「だろうな」

私はダッシュボードから関東広域圏の道路地図を取り出して眺めていた。大雑把な道順は、こういう地図の方が把握しやすい。見ると、「スバル町」というダイレクトな町名があった。ここが工場本体の所在地なのだろう。太田市が、いかにSUBARUに依存した街か、これで分かる。

途中で右折して、国道四〇七号に入る。このまままっすぐ行けば、東武線の太田駅にたどり着くはず——堀内の実家は、そのすぐ近くだった。

インターチェンジを降りてから市街地までは、十分ほど。駅が近づいてくると、左側に長いフェンスが見え始めた。長いというか、はるか先まで続いている——どうやらここが工場らしい。フェンス越しに見える建物はかなり古くなっていて、この街とSUBARUの長い歴史を感じさせた。途中、子どもたちが描いた絵を掲げてあるフエンスの脇を通り過ぎる。たぶん、小学校の社会科の授業では、工場見学は定番コースだろう。遠くの正面に見えているのは、おそらく東武線の高架だ。周囲には、昭和三十年代、四十年代からそのままという感じの家が目立つ。

「東本町」と表示のある交差点を通り過ぎると、今度は車が辛うじてすれ違いできるぐらいの狭い道路に入る。最初の交差点を右折すると、すぐに堀内の実家――探すまでもなく分かった。品川ナンバーの覆面パトカーが二台、停まっている。どうやら世田谷西署の特捜では、堀内を最重要容疑者と見て、数人の刑事を送りこんできたようだ。

パトカーは、木造二階建ての古い家の前に停まっている。横は大きな空き地……駅に近い一等地に、大きなマンションでも造るのだろうか。

「連中をパスして先で停めてくれ。できるだけ、目につかないところへ」私は指示した。

「じゃあ、そこの角を曲がりますかね」

家の前を通り過ぎると、長住がすぐに右折して車を停めた。降りると、思い切り背伸びをする。私もすぐに外へ出たが、途端に厳しい寒さに体を切り刻まれた。とにかく風が強く、冷たい。富山で買ったダウンジャケットもほとんど役に立たず、これが北関東の「空っ風」か、と私は首をすくめた。ぐるりと周囲を見回した長住が、「しかし、死んだような街ですね」とつぶやく。

「景気はそんなに悪くないはずだけどな」

企業城下町の景気は、まさに企業の状況に左右される。長住が指摘するように、駅に近いこの辺りでも人通りは少なく、典型的な寂れた地方都市の雰囲気が流れている。ただし駅前だけは、真新しく綺麗だった。整備されたばかりのようで、広い敷地は駐車場、バスとタクシーの乗り場になっている。右手奥にはモダンな円形の建物――市の図書館らしい。

振り返ると、工場の建物に掲げられた「SUBARU」の大看板が自然に目に飛びこんでくる。駅にも工場にも近く、堀内の実家は市内の一等地だったと分かる。

実家周囲の状況を把握するために、駅の南口にも出てみた。街の南北をつなぐ駅のコンコースには風が強烈に吹き抜け、外よりも寒いほどだった。北口はSUBARUを中心にした企業城下町だが、南口は行政や他のビジネスの中心のようだ。オフィスビルやホテルなどが建ち並ぶ、整然とした景色が広がっている。

「それで、堀内とかいう若い奴の実家はどうなっているんですか?」クソ寒い駅構内を通って北口に戻る道すがら、長住が訊ねた。

「親父さんが始めた下請け工場だったんだけど、親父さんが体を壊したのをきっかけに警察を辞めて、家を継ぐために戻って来た――その工場が、一年前に潰れたらしい」

「要するに、経営手腕がなかったんでしょう」長住があっさり言った。「警察官になる奴なんか、商売ができるほどの頭も要領の良さもないですからね」

「お前もか？」

「俺はそもそも、商売する気なんかないですよ」

「それは、右に同じくだな」認めざるを得ない……ほとんどの問題では、彼の言うことに同意できないのだが。

「潰れたのはどうしてなんですかね」

「そこまでは分かっていない。町工場の倒産原因なんか、すぐには調べられないだろう。ただ、ちょっとしたことで経営が傾いてもおかしくはないだろうな」

「取り引き先の会社が風邪を引けば、速攻で死ぬ、みたいな」

「そういう状況で、経営手腕のない人間が社長だったら――」

「どうしようもないでしょうね」長住が肩をすくめた。「で、どうします？　我々の仕事は、堀内を引っ張ることじゃないでしょう」

「ああ」私は背広の内ポケットから手帳を取り出し、智樹の写真を手に取った。同じものを長住も持っている。「益田巡査部長がこの辺に顔を出していないかどうか、その確認だな」

「もしかしたら、もう昨日のうちに来ているかもしれませんよ。それで、堀内を殺したとか」

「昨夜のうちにこの住所を割り出していたら、俺はあいつを評価するよ」

「それぐらい、誰でもすぐできるんじゃないですか？」長住が馬鹿にするように言った。

「あいつは今、捜査一課の中で危険人物になっている。余計なことを教える人間はいないはずだ」

言ってしまってから、そんなこともないと思い至った。そもそも智樹が五年前の事件の真相を知ったのは、一緒に呑んでいた同僚が漏らしたからである。一課もたが緩んでいるのではないか？

「ちょっと待て」マナーモードにしておいたスマートフォンが震え出したので、私はすぐにダウンジャケットのポケットから引っ張り出した。梓だった。

「安藤です」

「何かあったか？」

「特に動きはないんですけど……現状報告です。朝美さんは北多摩署に入りました。間もなく事情聴取再開です」

「俺は今、太田市にいる」

「堀内の実家ですね？」

「ああ」そこでふと、気になっていたことを思い出した。「益田巡査部長は、そっちへは行ってないよな？」

「ええ」

「電話で朝美さんに連絡はなかったか？」

「私が知る限りではありませんけど……」

「念のため、後で確認しておいてくれ。詳しく事情を知りたければ、まず母親に話を聞くと思うんだ」

「そうですね……ケアしておきます」

「頼む」

電話を切って、私は歩き出した。取り敢えず堀内の家も見てみたいし、できれば特捜の動きも知りたい。連中に気づかれずに探るのはまず無理だろうが……何かと敏感になっているはずだ。

「偵察だ」

「手分けしますか？」

「そこまでの用心は必要ないだろう」

私はさっさと歩き出した。木造平屋建ての家の脇は、車がかろうじてすれ違えるほどの幅の道路――これは私道だろう。かつては、この奥が工場になっていたようだ。ちらりと覗きこんでみると、広い平屋建ての建物のシャッターは閉まっている。私道を挟んだ隣の建物は廃屋のようだが、かつては煙草屋だったのかもしれない。「たばこ」の看板だけが残っていた。

引き返して、もう一度家の前を通り過ぎる。二台の覆面パトカーは無人だった。工場の方に、コート姿の男が二人……特捜の人間だろう。気づかれるとまずいと思い、私は足早にその場を立ち去った。

車まで戻ると、取り敢えず聞き込みの場所を決めた。車を置いた地点を境目にして、東側が私、西側が長住。何か情報が引っかかれば、すぐに連絡を取り合うことになった。

しかし……私の勘は外れた。どうやら智樹はここへは来ていないようで、姿を見た人はいない。この辺りで、地元以外のナンバーを見なかったかとも聞いてみたが、大きな工場があるので、県外ナンバーの車は普段から頻繁に走っているという――参考にならない。

仕方なしに私は、智樹について訊ねると同時に、堀内のことも訊いてみた。何か、情報が出てくるかもしれない。

幸い、地元の町会長だという森（もり）という男を摑まえることができた。小柄で頭が真っ白になっていた——七十代も半ばだろうか——が、口調は若々しく張りがあった。低音が利いていて、堂々としていると言ってもいい。あまりにいい声なので、そう告げると、「今でも市民劇団で舞台に立ってましてね」と嬉しそうに言った。なるほど、それならこの声の張りも理解できる。

「堀内さんのところですが——工場は潰れたんですよね？」

「生産調整の影響を受けたようですよ。この辺の工場は、どこも同じようなものです。下請け工場はどこも、綱渡りですよね」

「代替わりしてから、あまり時間は経っていないと思いますが」

「親父さんは、本当にいきなり亡くなってね」森の顔が暗くなる。「健康には気を遣っていた人で、酒は呑まない、煙草は吸わない……毎年必ず人間ドックに行っていて、何の問題もなかったんですよ」

「それがいきなりですか？」

「脳梗塞(のうこうそく)でね」森の顔が暗くなる。「工場で一人で残業していて……その日はたまたま、奥さんは町内会の旅行で出かけていたんですよ。次の日の朝、従業員が出て来て初めて、倒れているのを見つけて」

「脳梗塞や心筋梗塞は、早期の治療が大事だ、と言いますよね」

「残念ながら、手遅れになってしまったんだね」森が本当に残念そうに言った。

「息子さんが戻って来たのは、その後ですね」

「ええ」

「一人息子ですよね？　最初から工場を継ぐ気はなかったんじゃないんですか？　それで、東京で警察官になったとか」

「いや、いずれは工場を引き継いでもらうつもりだったんじゃないかな。親父さんは、七十までは現役で頑張るって言ってたので。それから工場を引き継ぐとなると、息子さんは四十ぐらいまでは東京で仕事ができるわけで……どういう約束になっていたかは分かりませんけどね」

「いずれにせよ、息子さんとしてはいきなりだったんでしょうね」

「そうなりますね」森がうなずく。「奥さんが泣きついたんですよ。奥さんも工場の仕事を手伝っていたから、そのまま社長になって社員の面倒を見てもよかったんでしょうけど、急に旦那さんをなくしたせいで、ダメージが大きくてね。結局、仕事を辞めて商売の面倒を見てくれるよう、息子さんに泣きついたんです」

実際には、もう少し複雑な事情があったはずだ。もしも堀内が本当に、五年前の交番襲撃事件の犯人だったとしたら――田舎へ引っこむのは、絶好の逃げ場だっただろう。東京にいるよりも、こちらにいる方が身の危険は少なくなるはずである。つまり、堀内にとっても渡りに船だった。

「息子さんはそもそも、どんな感じの人でしたか？」

「子どもの頃は、かなりのいたずらっ子でね」森の顔が綻ぶ。「よくご両親から怒られてましたよ。工場の工具や機械をいじってね……そういうのは危ないから」

「子どもの頃から興味は持っていたんでしょうね。だから工場の中のものをいじりたかった」

「そうでしょう」森がうなずく。「だから、工場を継ぐのは自然の流れだったかもしれない」

「経営者としてはどうだったんですか？」

「それはねえ」森が首を捻った。「外から見ていると、経営状態はなかなか分からないものだから。だいたい、自分で商売をしている人は、いつでも『景気が悪い』とか言わないいんですよね」

「ああ、分かります」私は同意して二度うなずいた。「儲かってる、と言う人は絶対にいませんよね」

「だから実際のところは分からなくて……工場を畳むとなった時には、やっぱり驚きましたよ」

「経営者には向いてなかったんですかね」

「どうかねえ」森が言い淀む。「私は商売をしたことがないから分からないけど、まあ、まだ若かったんでしょうね。経営者としての経験を積む機会もなかったし、いきなり工場と社員を押しつけられて、ストレスも溜まっていたでしょう」

「今はどうしているんですか？」

「バイトしてるんじゃないかな」

「バイト？」

「そう、この近く——古河(ふるかわ)街道沿いにあるコンビニですよ。仕事が見つかるまでのつなぎだって言ってましたけど、なかなかいい就職先がないようでね。警察官をやっていても、再就職にはあまり有利にならないんですか？」

「どうでしょう。私は警察を辞めたことがないので、よく分かりませんが」

若いうちに警察を辞める人間は、少なくはない。安定した仕事とはいえ、若いうちには耐え切れないような内容もあるからだ。警察学校在籍時に辞める者、所轄に配属されてから実務が合わずに辞める者——この辺りについては「選別」とも考えられ、あまり引き止められることはない。この時点で合わないと考えるような人間は、さっさと辞めてしまった方がいい、という極端な考えもあるぐらいだ。一方で、家の事情で辞める人間に対しては、それなりに慰留工作が行われる。何故か優秀な人間に限って、「実家の商売を継ぐ」「親の介護がある」などの理由で辞めることが多い。

堀内はこちらだったのだろうか。辞めた時にはまだ二十六歳。この年齢でまだ交番勤務だったということは、所轄の刑事課や生活安全課が引き抜くほどの力を持っていなかったとも考えられる。もちろん、外勤警察官として極めて優秀で、交番勤務こそ天職と、本人も周りも考えていた可能性はあるが。

「潰れはしましたけど……仕事は真面目にやっていたんでしょうね」

「だと思いますよ。親父さんの代から支えていた社員も多かったし」

「まだ独身ですよね？」

「そうですね」

「恋人は？」

「そういう噂は聞かないなあ」森が首を捻った。

噂好きの町会長のおかげでそれなりの情報は手に入ったが、肝心の智樹の行方は分からない。私はもう一度写真を見せ、この男を見かけたらすぐに連絡して欲しいと頼んで家を辞したのだが、その時点で自信を失っていた。あやふやな推論だけをベースに動いてしまったのは、あまりにも早計だったのではないか。

このままこの街で聞き込みを続けても、時間の無駄かもしれない。しかし他に上手い手も思いつかない……腕組みをし、空っ風に耐えるために前屈みになって歩き始めた瞬間、「おい」と声をかけられた。「今会いたくない相手リスト」のベスト3に入る男、沖田だった。

2

昨夜は爆発寸前まで怒っていた沖田は、今朝は平常運転だった。まるで、一晩経ったら怒りが完全に抜けてしまったように。私は早速、「今会いたくない相手リスト」から彼の名前を外した。

「何で支援課がここにいるんだ？」その質問も、ごく普通の調子で発せられる。隠し事をしても仕方ないだろうと考え、私は正直に事情を話した。途端に沖田の表情が渋くなる。

「大丈夫なのか？　奴は、すぐにカッとなる人間だって聞いてるぜ」

あなた並みに短気ですよ、と皮肉に思いながら私はうなずいた。

「それでお前は、奴がここに姿を現すんじゃないかと思ったわけだ」

「彼は、人から教えられただけじゃ満足しないタイプなんです」

「それはよく分かる。俺も同じだ。刑事としての適性はあるんだろうな」沖田がうなずく。

「ええ……とにかく、捜します。こっちはこっちで、それに集中しますので」

「そう。そっちの仕事はそっちの仕事、だな」

さらりと言ったが、沖田は「余計な手出しをするな」と言外に匂わせていた。もちろん余計な軋轢は無用──私は素直にうなずいた。とはいえ、情報ぐらいは欲しい。

「堀内は摑まったんですか？」

「いや。家にいない」

「とすると、バイト先のコンビニですかね」

「今日はバイトは休みだそうだ──お前、堀内のことを嗅ぎ回ってるのか？」沖田が目を細める。

「いえ、益田巡査部長を捜していて、たまたま話を聞いたんです」私は「たまたま」を強調した。

「そうか。とにかく今日はバイトは休み、家にもいない……どこへ行ったかは、母親も知らないようだ」

「逃げたんですかね」

「情報が漏れたはずはないぞ」沖田が怒ったように言った。

「そうですか……たまたまいないだけですかね」

「そうであることを祈るよ。お前、このまま益田を捜すんだよな？」沖田が念押しした。

「ええ」

「そのついでで、堀内の居場所が分かったら、俺にも教えてくれ」

「喜んで」

「何言ってるんだよ。居酒屋のバイトの挨拶か?」沖田が鼻を鳴らし、笑いながら去って行った。どうやら機嫌は悪くない——堀内を捕捉するのは難しくないと思っているのだろう。

そんなに簡単に行くとは思えない。

相手は元警察官である。経験が少ない——ほとんど駆け出しの頃に辞めてしまったとはいえ、警察官独特の勘は養われただろう。悪を察知する能力、そして初対面の相手が警察官かどうかを見抜く能力。自分と同じ臭いを発している人間の正体など、すぐに分かるだろうが。

この辺を刑事たちがうろついていると、気づかれてしまう可能性が高い。そして沖田たちが気づく前に逃げれば……逃げ切れるかもしれない。この辺りは堀内の「庭」なのだ。

気にはなる。だが自分たちの相手はあくまで智樹——もしも堀内がすぐに摑まったら? そしてこの街を訪れた智樹がそれを知ったら、彼はどんな反応を示すだろう。

一瞬、私は最悪の状況を想像した。昨夜のうちにこの街へ来た智樹が堀内を捕まえ、拷問して全てを吐かせようとしたら——いや、彼は激しやすい人間だが、そんなことはしないだろう。まず刑事として、堀内を警察へ突き出そうとするはずだ。

だが……分からない。この事件の裏に何があるかは、未だにはっきりしないのだ。例えば、五年前の事件では「共犯」だった堀内と益田が、何らかの理由で反目するようになって、今回堀内が益田を殺した可能性だってあるではないか。

その可能性は低くない——急に私の中で大きくなってきた。五年前に奪われた拳銃は益田が処理したというが、堀内がそのありかを知っていてもおかしくはない。

勘が全部外れている可能性もあるが……私は急いで歩き出した。


午後一時。昼食も摂らずに歩き回り続けて、エネルギーが切れかけていた。智樹の手がかりはなし。一方、堀内に関する情報は着々と集まってきた。工場を引き継いだ時点で、だいぶ経営は苦しかったらしく、地元の銀行にもそっぽを向かれ、従業員も次々に辞めていったという。最後は堀内一人だけが残った状態で、結局は工場を閉めざるを得なかったようだ。堀内は明らかに、経営者には向いていなかったのだと思う。

風が強く、歩いているだけで疲れる。そのうち、駅近くで「HALAL」の看板を掲げた店を何軒か見つけた。「ハラル」は確か、イスラム教徒の食べ物——この辺にも、東南アジア系のイスラム教徒が入ってきているのかもしれない。工場で働いているのだろうか。

長住に電話を入れると、彼はいい加減飽き飽きした様子で、「いったんストップしませんか？　無駄足になってますよ」と言った。確かに、何の手がかりもなく歩き回っているだけではどうしようもない。何か作戦を立てないと……私たちは、置きっ放しの車のところで落ち合うことにした。

私が先に着いた。車に体を預け、背中を伸ばしてストレッチする。本当は膝のストレッチの方が大事なのだが……怪我して以来、肩や腰がひどく凝るようになった。意識せずに膝を庇うことで、体のあちこちに無理がきているのだろう。

「何やってるんだ、あいつ」私は腕時計を見て首を傾げた。電話を切ってからもう、十分ほど経っている。どこから電話してきたのか分からないが、そんなに聞き込み範囲を広げていたのだろうか。

スマートフォンが鳴る。電話ではなく、長住からのメッセージだった。


〈堀内を発見。尾行中。〉

何だって？　あいつが堀内を見つけた？　長住らしくないというか……そんなに視野が広いタイプではないはずだ。しかも「運」にも恵まれない。

すぐに電話をかけ直そうかと思って躊躇う。背後で電話が鳴ったら、堀内は即座に気づいて警戒するだろう。代わりにメッセージを送った。

〈今どこだ？〉

返事がない。そうか、初めての街だから、自分がどこにいるか、すぐに分かるはずもない。しばらくしてから返信があった。

〈古河街道から自宅へ向かって移動中。徒歩。〉

徒歩は言わずもがなだ。しかし、堀内は何を考えている？　警察が張っていることを予想していない——まったく知らずに呑気に家に帰ろうとしているのだろうか。勘が働くはずだと考えていたが、警察官としての堀内の勘は、とっくに錆びついてしまったかもしれない。

〈パチンコ屋で発見。〉

新しいメッセージが入って、私は一人うなずいた。バイトも休みで、朝から打ちに行っていたのだろう。荒んだ生活が想像できる。

堀内の自宅前に移動することにした。歩き出した瞬間に振り返ると……長住がいた。正確には、長住の前を一人の男が歩いている。下はグレーのジャージ、上はダウンジャケットというラフな格好。家でジャージ姿でくつろいでいて、外へ出るのに取り敢えずダウンジャケットを引っかけた感じである。もう午後に入っているのに、髪には寝癖がついており、足取りはだらだらと遅い。背は高いものの、うなだれているせいで圧はまったくなかった。五年前は制服に身を包み、ぴしりと背筋を伸ばして街をパトロールしていたはずだが、その面影はまったく感じられない。

警察を辞職、さらに実家の商売を潰してしまった負い目——いや、彼はそれ以前から壊れていたはずだ。

人を一人殺しているのだから。

距離二十メートル。私は一度、彼の家の方へ向かった。二十メートルの距離を一気に詰めたら、絶対に気づかれるだろう。後ろから長住が迫っているとはいえ、逃げられてしまう可能性も高い。ぎりぎりで目の前に現れて、逃げ場を消してやるつもりだった。

角を曲がり、その場で待機する。堀内の歩き方を思い出しながら、頭の中でカウントダウンする。二十……十……五から体重を前にかけ、ゼロと同時に一歩を踏み出した。

ぶつかる寸前、堀内がびくりと身を震わせて左へ避ける。私はさらに距離を詰めて、「堀内だな?」と声をかけた。

「……誰だ?」

「警察だ。警視庁犯罪被害者支援課。ちょっと話を聞かせてもらえないかな」

「警察……」堀内の目はどんよりしていた。事態が把握できていない――アルコールか薬物の影響下にあるような感じだった。

しかし次の瞬間、堀内が素早く動いた。かつての身のこなしの軽さを想像させる動きで、私の脇をすり抜けようとする。膝に不安がある私は、足を出さずに、体ごとぶつかっていった。二人の体が接触し、堀内がよろけて立ち止まる――私の方は、アスファルトに尻から落ちてしまった。

そこで、背後から迫っていた長住が、堀内の尻を思い切り蹴飛ばした。それで堀内は、前のめりになる格好で道路に這いつくばってしまう。私は慌てて彼の腕を摑み、動きを制した。長住が、堀内のダウンジャケットの襟を両手で摑み、強引に立たせる。

「おいおい、往生際が悪いぞ」

「離せよ！」

堀内の声はか細く、いかにも自信なげだった。抵抗する気すらないようで、長住が後ろから腕を固めると、その場に立ち尽くすだけだった。

「離してやれ」私は汚れたダウンジャケットの裾を叩きながら言った。

「こいつ、逃げますよ」長住が鋭い声で言った。

「逃げる気、あるか？」私は堀内に訊ねた。「こっちは、じっくり話を聞きたいだけだ……気づいているかどうか知らないけど、今この街には、警視庁捜査一課の刑事が大量に投入されている。俺たちから逃げても、すぐに他の刑事に捕まるぞ」

堀内が無言で私を見た。目の焦点が合っていない……これは本当に、薬物の影響かもしれない。酒の臭いがすれば酔っ払っていると判断できるのだが、アルコール臭くはなかった。

「五年前の事件についてだ。君が勤務していた世田谷西署で発生した交番襲撃事件――あれは、君が犯人なんだろう？　同僚と揉めて、拳銃を奪って撃った――そういうことだよな？」

「すみませんでした！」

堀内がいきなり泣き出した。力が一気に抜けてしまったようで、体が崩れ落ちる。長住は無理に支えようとしなかったので、堀内は四つん這いになって、か細い泣き声を上げ始めた。

「ちょっと頼む」

長住に声をかけ、私はスマートフォンを取り出し、二人に背中を向けた。かけた相手は沖田──事情を説明すると、いきなり爆発した。

「てめえ、何のつもりなんだ！」

二十四時間で二回目の爆発で、彼の名前は再び「今会いたくない相手リスト」にエントリーした。


沖田の目は真っ赤になっていた。泣いたわけではない。力が入り過ぎると白目の血管が切れて充血する──私もリハビリを頑張り過ぎるとこうなる時がある。

果たして、怒りだけでこれほど充血するものか。沖田は、どこかの壁に頭をガンガンぶつけて、悔しさを発散していたのかもしれない。

「何なんだよ、いったい。お前、いつの間に美味しいところだけ持っていくようになったんだ？」

それはあなたたちの方だろう、と言いかけたが辛うじて言葉を呑みこむ。追跡捜査係だって、積み残しの事件の中から、美味しいところだけ取っていく──とよく揶揄されているのだ。

「偶然です」これは事実だ。

「偶然だろうが何だろうが……捕まえたのはお前だ」

「それはどうでもいいです。総務部の人間としては、評価対象にもならないので」

沖田が鼻を鳴らし、私の肩越しに自分たちが乗ってきた車を見た。今、堀内はそこに押しこめられ、世田谷西署の刑事たちから簡単な事情聴取を受けている。しかし、いつまでもこのままではいられないだろう……既に異変に気づいたのか、近所の人たちが集まってきてしまっている。さっさとこの場を離れ、警視庁に連行しないと。

「お前、奴から話は聴いたのか？」

「簡単に、ですね」

「簡単バージョンでいい。どんな感じだったか、教えろ」

堀内が話した内容を整理して、沖田に説明した。堀内は警察学校にいる頃から、同期の島田翔太と折り合いがよくなかった。はっきりした原因はなく、相性としか言いようがない。堀内は「あいつは栃木の人間だから」と言ったが、群馬の人間と栃木の人間が、必ずしも仲が悪いわけではないだろう。北関東の隣県同士の意地の張り合いのようなものはあるかもしれないが……単純に人間として相性がよくなかったのだろう。

堀内によると、島田はとにかく怠惰な人間だった。所轄に配属されて、一緒に街をパトロールしてみると、決められたことすらやらない、やれない男だと分かった。放置自転車は無視。真冬に酔っ払って寝ている人間は、見なかったことにする。遅刻も日常茶飯事——それなのに、何故か堀内に対しては露骨に見下すような態度で接してきた。お前は要領が悪い、もっと手を抜いてもいいじゃないか、と。何度か注意したのだがまったく改善されず、堀内のストレスは爆発寸前まで高まっていた。

それで、一度自分が非番の時に、島田がどんな勤務をしているか見ておこう——決定的にまずい証拠を摑んで上に報告しようとしたようだ——と決め、あの夜を迎えた。午前三時、一人交番に詰めていた島田は、デスクに突っ伏して居眠りをしていた。

あり得ない。

それを見て切れた、と堀内は打ち明けた。多くの警察官が、慢性疲労の状態で必死に働いているのに、あのふざけた態度は何だ。絶対に許さない——気づいた時には交番に入りこんで、島田を殴りつけていた。島田は抵抗し、いつの間にか拳銃の奪い合いになって、引き金を引いてしまった。意識して撃ったわけではない——。

供述に矛盾はない。沖田も納得してくれるだろうと思ったが、彼は呆れたように目を見開くだけだった。

「何かおかしな点でもありますか？」

「いや、堀内っていうのも相当な変わり者じゃないかな?」

「そうですね……非番の日の午前三時に、自分が勤務している交番の監視に行くのは、異常な行動です」

「執念深いというか何というか、確かに異常だ」沖田がうなずく。「で? 今回、益田巡査部長から接触はあったのか?」

「見ていないと言っています。益田の存在は認知していましたが……尊敬する先輩の息子さん、ですからね」

「揉み消してくれた恩人、だろう」馬鹿にするように言って、沖田が煙草に火を点ける。「ま、後はこっちで叩くよ。拳銃の件もすぐに割れるだろうから、今回の事件の犯人にも辿り着けるはずだ。きちんと情報を共有する——ただし、お前たちとじゃないぞ。北多摩署の特捜とだ」

「分かってますよ」顔を捻って煙草の煙から逃れながら私は言った。「うちの仕事は、犯人を捕まえることじゃないですから」

「そう」沖田が、煙草の火先を平然と私に向けた。「お前が捜さなくちゃいけないのは、益田の息子だ。早く見つけないと、えらいことになるかもしれないぞ」

「どうしてそう思います?」

「奴は切れやすい。それに、五年前の一件について、自分でも犯人から話を聴きたいと思っているはずだ。ところが犯人はいきなりいなくなった——俺たちが身柄を確保した。捜査一課は、絶対に益田を堀内に会わせないだろうな」

「ああ……そうでしょうね」父親をとんでもない事件に巻きこんだ犯人を目の前にしたら、智樹はブチ切れるだろう。父親が殺された原因は、五年前の事件にあると信じこんでいるかもしれない。あらゆる可能性をつなげて考えれば、父親が殺されたのは堀内のせい、と結論を出すのではないか。

「ま、さっさと見つけ出すんだな。自信がなければ、失踪課に頭を下げて手伝ってもらえばいい」

「冗談じゃないですよ。これ以上話が広がったら、収拾がつかなくなります」私はほとんど聞こえないぐらい声を低くした。「これ、明らかに不祥事なんですよ。広報課が完全にコントロールできるまで、情報は徹底的に隠すでしょう。失踪課はマスコミとよく通じているという話ですから……絡ませるとまずいですよ」

「連中もプロだぜ」沖田が顔をしかめる。「その辺のバランス感覚はしっかりしてる。ま、お前が助けがいらないっていうなら、どうでもいいけど……俺たちはこれから、奴を東京まで移送する。お前はどうするんだ？」

「ここで益田部長を待つ意味は、あまりなさそうですね」彼がここに現れても、もう危険はないわけだ。責めるべき相手——堀内はもういないのだから。自棄になって堀内の母親に危害を加える可能性は……いや、そこまで心配していたらきりがない。

「そうか。しっかりやれよ」

沖田が私の肩を思い切り叩き、煙草の煙をたなびかせながら去って行った。まるで新米刑事に対するような態度だが……気にしないことにした。彼は怒りっぽいし、すぐに暴走するが、根は悪い人ではない。感情が、人よりもはっきり表に出てしまうだけなのだ。

さて、私の仕事は――考えることだ。智樹が行きそうな場所、会いそうな人間を割り出して、彼の足取りを追わねばならない。

手遅れにならないうちに。

3

夕方近くに支援課に戻る。私と長住が太田市で捕物に関わっているうちに、優里が智樹を追跡する態勢を整えていてくれた。

「本人を追跡する手は打ったわ。銀行やクレジットカードの追跡は指示したから、どこかでお金を使えば分かるはずよ。本人名義の車も手配済み」

「しかし、犯人じゃないからな……車を手配しても、どうしようもないだろう」

「高速を使えば分かるようになってるから、行き先のヒントにはなるでしょう？」

「それで、未だに音沙汰はなし？」これらの手配は無駄に終わるだろう、と私は予想していた。智樹は、痕跡を消す手段も十分知っているはずだ。

「そう。だからたぶん、太田には行ってないわね」

「結局無駄足か……」私は溜息をついてから両手で顔を撫でた。昼飯は食べ損ねてしまったし……長住は腹が減った様子を見せない。たぶん、私と別れて歩いているうちに、サボってどこかで食事を済ませたのだろう。食事が飛ぶと必ず文句が出るのに、今日は何も言わないのは、自分だけさっさと食べてきた証拠である。まあ、いいか。この時間に食べると、今日一日の食生活が滅茶苦茶になってしまう。何かで軽く誤魔化しておいて、夕飯は普通の時間に普通の量、食べることにしよう。

「手配は終えたとして、他にこちらでできることはないかな」

「その辺は、あなたの方が知恵が回るでしょう」私の相談を、優里はあっさり退けた。彼女は捜査部門に所属したことがないから、実際の調べものになると少し苦手なのは事実である。

　意外なことに、芦田が助け舟を出してくれた。実際には、私が考えていることを裏づけるだけの発言だったが。

「捜査一課に話を聴くのが一番早いぞ。あるいは、奴が以前所属していた所轄の人間。親しい人間なら、何か相談を受けているかもしれない」

「ですよね……」それはやるべきだと分かっていた。別の方法を探っていたのは、捜査一課の強面や、警戒心の高い所轄の連中から話を聴くのは気が進まなかったからだ。その時ふと、別の手を思いつく。西川辺りが同じ結論に達していて、既に動き出しているかもしれないが。「五年前に、世田谷西署に在籍していた人たちに話を聴きませんか？　当時、何が起きたか知りたいと思えば、そういう人たちが適任です。益田巡査部長も同じ結論に達するでしょうから、その線で接触できる可能性はあります」

「まあ、な」芦田が言葉を濁し、露骨に嫌そうな表情を浮かべる。一瞬天井を見上げ、言葉を切った。「しかしな……もしも益田部長が接触してくれれば、相手は必ず誰かに報告するか、あるいは相談するだろう。今のヤバイ状況が分かっていない警察官はいないからな。ということは、現段階では益田部長が接触した相手はいないわけだ」

「そうかもしれませんけど……」私は反論した。「とにかく調べます。今のうちに、あちこちに種を蒔いておく必要がありますから」

「まあ、そうだな」結局芦田は折れた。基本的に、あまり強く我を押し出す人ではないのだ。

取り敢えずの方針が決まったところで、一人忘れていることに気づいて優里に訊ねた。

「ダブルAは？」

「ずっと北多摩署」

「電話、鳴らして大丈夫かな」

「何で遠慮してるの？」呆れたように優里が言った。「電話ぐらい、いいじゃない」

「事情聴取に同席しているかもしれないし」

「気の使い過ぎよ」優里は自分のデスクの電話に手を伸ばした。登録してある短縮番号をプッシュし、すぐに梓と話し出す。

会話は短く終わり、優里の声を聞いているだけでは、どんな内容だったか推測できなかった。

「事情聴取は三十分ほど前に終わったそうよ。今、家に戻る直前だって。あなた、自分で直接電話してみたら？」

「もう、今回の逮捕については知ってるんだよな？」

「私の方で簡単に連絡を入れておいたわ」優里がうなずく。

自分のデスクの電話を使って、梓の携帯にかけた。

「お疲れ様です」

彼女の声には、特に疲れた様子はない。私は手短に今日の動きを説明した。既に知っていることばかりのようで、梓は特に驚かなかった。

「朝美さんの方はどうだった？　落ち着いてたか？」

「落ち着いてはいましたけど……第二フェーズに入ったと思います。私が経験したことのない第二フェーズです」

「被害者の妻から犯罪者の妻へ、か」

「ええ」梓が声を潜める。「大きな――大き過ぎる転換だと思います。この先のフォローは難しいと思いますけど、どうしましょうか」

「今現在、危ない感じはするか？」

「それはありません」梓が即座に否定した。

彼女がそう言うなら信じよう――そう思わせるぐらい、最近の彼女は頼りがいがある。

「分かった。今日はもう少しつき合ってから引き上げてくれ。明日、もう一度訪ねることにして、約束しておいてくれないか？」

「分かりました」

「特捜の方はどうだ？　明日も事情聴取か？」

「アポは入っていません。犯人を逮捕したので、取り敢えず朝美さんには話を聴く必要がなくなったんじゃないでしょうか」

「今日も無理はしてなかったか？」

「無駄なプレッシャーを受けるようなことはありませんでしたよ」

「それならいい。後は君の判断でいいから、適当に引き上げてくれ」

「分かりました」

受話器を置き、ほっと息を漏らす。さすがに疲れた……両手で挟みこむようにして頬を叩いたが、別に気合いを入れる必要はなかったのだと思い直す。今は少しだけ気を抜き、明日に備えてもいい。

課長室から本橋が出て来たので、私は立ち上がった。膝に鈍い痛み……ほぼ車の中で座っていただけなのに、太田市ではあまり意識しないまま長時間歩き回っていたせいだろう。スマートフォンの万歩計アプリを起動して、歩数を確認する気にはなれなかった。どうも今の私の膝は、一日一万歩を限界に悲鳴を上げるようだ。

「皆さん、軽く食事でも行きませんか？」

本橋が、唐突に軽い調子で誘いをかけてきた。こういう時は要注意である。昼間、皆が一緒の時には話せないような、ややこしい話題を持ち出してくることが多い。

「そうですね……でも、安藤もまだ現場にいますし……」私は言葉を濁(にご)した。優里は子どもがいるので、極力夜のつき合いは避けている。家が遠い芦田も、夜の会合にはあまり乗り気にならない。案の定、二人は遠慮した。

「じゃあ、二人でもいいでしょう」

本橋がうなずく。もともと、私にだけ話したいことがあったのではないだろうか。その辺りにいる人間全員に声をかけたのは、一応他の課員に対して礼儀を尽くした、というポーズだろう。

仕方がない。厄介な話かもしれないが、理不尽な話ではないはずだ。本橋はそういうタイプの上司である——難しい課題は与えるが、無茶苦茶は言わない。そういう話だったら、やるしかないだろう。最初から尻尾を巻いて逃げる気でいる必要はない。


本橋は、有楽町（ゆうらくちょう）にある洋食屋を選んだ。支援課が食事会などでよく使う店で、食べ終えた後、二人とも帰りやすい場所ということで、この選択になったのだろう。

本橋しかり、優里しかり、梓しかり。支援課には、心遣いの細やかな人間ばかりが集まっている。私は時々、自分だけがとんでもなく無神経なのではないかと心配になることがある。

昼飯を抜いてしまったので、私はまずミックスサラダを頼んだ。胃に優しい野菜を先に食べて、少し空腹を紛らせておく狙いである。ここのミックスサラダは、いかにも昔の洋食屋で出されていたようなものだった。レタス、トマト、ピーマンの輪切りにホワイトアスパラガス。どろっとしたフレンチドレッシングは酸味が強過ぎ、胃に優しいどころか嫌な刺激があった。

本橋は赤ワインをゆっくり呑みながら、料理を待っている。すぐに本題を持ち出す気配はない……どうにも嫌な予感がした。本橋はもったいぶるタイプではないから、言うべきことがあればすぐに口に出すはずなのだ。それほどややこしい話題なのだろうかと、私は身構えた。

取り敢えず、空腹は少しだけ紛れた。そこにビールを流しこんでやる。こういうサラダとビールは合わないものだとつくづく思った。早く塩気が欲しい……。

私はメーンにポークソテーを頼んでいた。分厚いロース肉をじっくり焼いたもので、ソースはかかっておらず、塩コショウを利かせただけの味つけである。しかしこれが、何とも言えず美味かった。大きく切り取って口に入れると、途端にいい脂特有の甘みが一杯に広がる。コショウの刺激が最高のアクセントになった。ポークソテーというと、あれこれ工夫したドミグラスソースをかけてくる店が多いのだが、大抵は、豚肉が本来持っている旨味を消してしまう。

本橋はポークカツ。薄く叩き伸ばした豚肉をさっくり揚げたもので、私も以前食べたことがあるが、トンカツ屋のそれよりもさっぱりした味わいだ。ソースよりも、塩と辛子だけで食べるのが合っている。

胃を驚かさないようにゆっくり食べるつもりだったが、結局は本橋よりもだいぶ早く食べ終えてしまう。食べ終えないと重要な案件に入らないと分かっているので、どうしても気が急いたのだ。そうなると、本橋がゆっくりとポークカツを味わっているのが気になってくる。

本橋が突然、皿から顔を上げた。

「気になりますか？」

「何か話があるんですよね？」

「なかなか難しい話です」

本橋がフォークとナイフを皿に置いた。ポークカツで残っているのは、右側の細長い部分だけ。ここはほとんど脂身だろう。

「実は芦田係長は、五年前に世田谷西署にいました。当時は刑事課の係長でした」

「ちょっと待って下さい」私は頭の中で記憶をひっくり返した。そんな話を聞いたことがあったかどうか……警察では頻繁に異動があるので、同僚がどんなキャリアを辿ってきたか、全て把握するのは難しい。「すみません、その経歴は初耳だと思います」

「そうですか……」本橋が目を伏せる。

「今回も、何も言ってませんでしたよね。何かまずいんですか？」

「まずいでしょうね」本橋が顔を上げ、認めた。

「あの件の捜査には、どれぐらい関わっていたんですか？」

「実際にはほとんど関わっていません。実は、発生から二週間後に異動で本部に戻ったんです」

「刑事三課の係長に、ですね」その後、支援課の係長に横滑りしてきたわけだ。

「ええ。極めて重要な案件で、所轄の刑事課は捜査の中心になっていたわけですが……どれだけ重要な事件であっても、一度決まった異動は変更になりません」

「当然ですよね」私はうなずいた。警察とはそういうものだ。しかし、何がまずい？　まずいといえば、五年前にまったく真相に迫れなかったことだろう。しかしこれも、考えてみると当時の捜査員には同情すべき点がある。警察官が意図的に事件をでっち上げたのだから、トラップを見破るのは難しかったはずだ。警察官は、警察の弱点をよく知っている。警察にとってもっとも厄介な犯人は警察官だと言っていい。

「今回の一件が起きてから、捜査一課から何度か事情を聴かれていたんですよ」

「まさか」私は思わず言った。そんな素ぶりはまったく見せていなかったのに。

「敢えて言うことでもなかったですからね。私は報告を受けていましたが、課内では言う必要はないと釘を刺しておきました」

　いつも上下左右の板挟みになってあたふたしている芦田の精神力の強さに、私は驚いた。普通、こういうプレッシャーのかかる状況では、つい誰かに情報を漏らしてしまうものである。話すことで、少しでも肩の荷を下ろしたいと思うのが人情だ。

「事情聴取は非公式——あくまで雑談レベルでした。しかしここにきて、状況が変わってきたんです。普通の事件ではなく、警察官同士のトラブルですからね。しかも事件の隠蔽——でっち上げという最悪の事態です」

「そうですね」美味いポークソテーを食べた満足感は、急速に萎んでしまった。「芦田係長は、しばらく難しい立場に置かれると思います。五年前の件でも、何か処分を受ける可能性もないではありません」

「まさか」私はつぶやいた。そんなことをすると、処分の範囲は果てしなく広がってしまう。きりがない、と言ってもいいだろう。

「何が起きるか、上がどう考えているかは今のところ分かりません。実際、上も決めかねていると思いますが……いずれ課員にはばれるかもしれませんが、その際はフォローしてやってくれませんか」

「いえ、逆にあからさまに行きましょう」私は唐突に思いついて言った。「さっき言ったように、当時の署員に話を聴く必要があります。まず、芦田係長をターゲットにしましょう」

「いや、それは……」本橋が絶句した。

「隠すから、バレた時に問題になるんですよ。最初に全部公（おおやけ）にしてしまえば、かえって攻撃を受ける心配はなくなるでしょう。明日にでも、芦田さんから話を聴きます」

「私はまったく逆のことをお願いしているんですけどね……」本橋が渋い表情を浮かべる。

「犯罪被害者に対しては、常に全身全霊で気を遣うべきです。しかし、同じ警察官の中では――立っている者は親でも使え、と言うでしょう？　大丈夫ですよ。芦田さんは、そんなに弱い人間じゃないですから」

言いながら、自分の言葉がいかにも嘘臭く聞こえた。強い態度で話を聴くつもりはなかったが、常にあちこちに板挟みになっている芦田は、胃潰瘍になってしまうかもしれない。

しかしこの際、多少は我慢してもらわなくてはならない。もしも胃潰瘍になったら――私はいい病院をたくさん知っているから紹介しよう。大怪我をした数少ないメリットは、病院に詳しくなることだ。

翌日、私は朝から芦田に話を聴いた。敢えて支援課の打ち合わせスペースを使う。何も悪い話をしているわけではないのだから。

彼は特に抵抗しなかった――昨夜、本橋から電話が入ったらしい。抵抗はしなかったが、思い切り渋い表情ではあった。

「話が広まらないように、課長にはお願いしていたんだが」まだ朝なのに、既に脂が浮いている額を掌で擦る。

「俺に話が通った時点で、秘密保持はできませんよ。いっそ、全員の前で告白したらどうですか？」

「俺は別に、悪いことをしたわけじゃないぞ」芦田が嫌そうに言った。

「陰で噂されるよりは、一時恥をかいた方がいいんじゃないですか」

「よせよ。何だか自供するみたいじゃないか」

「別に、芦田さんが事件を起こしたわけじゃないでしょう……それに俺は、世田谷西署の事件を担当するわけでもないですから。益田巡査部長の行方を捜すヒントが欲しいだけです」

「分かってるよ」芦田がペットボトルのお茶を一口飲んだ。

「益田警部補——父親の方ですけど、知り合いではあったんですか？」

「もちろん」

「向こうは地域課勤務でしょう？　普段接点はないじゃないですか」

「しばらく当直班が一緒だったんだよ」

「ああ」私は素早くうなずいた。所轄の当直は、各課の課長をキャップにしてローテーションで回っていく。異動などがない限り、各班のメンバーは基本的に変わらないはずだ。「どんな人でした？」

「ベテランの外勤警察官によくいるタイプだ。真面目で、融通が利かない」

「なるほど」

「面倒見はよかったな。警察学校を出たばかりで交番に回された若い警官は、だいたいどこかでヘマするじゃないか。そういう時も怒らず、上手くフォローしていた。そんなに給料も高くなかったのに、若手にはよく飯を食わせていたよ」

「世田谷西署の近くには、安く呑める場所もないでしょう」

世田谷西署は環八沿いにある。車で行き来するには便利な場所なのだが、呑み屋どころか食事ができる店もあまりないはずだ。しかも、どの駅までも歩いて十五分ほどはかかるだろう。

「当時は、京王線の千歳烏山駅近くが署員の巣になっててね。あそこは結構賑やかなんだ」

「ああ、そうですね」

「そこへ、地域課や警務課の若手を引き連れてよく行ってたよ。『俺は安い店しか知らないからな』っていうのが口癖だった」

「もしかしたら、威張りたいだけだったんじゃないですか？　奢ってやるから俺の演説を聞け、っていうタイプもいますよね」

「違う、違う」芦田が首を横に振った。「若い連中が、『益田さんはすごい』って言ってたぐらいだからな。何というか……聞く能力が高い人だったんだろう」

「ええ」

「相談しやすいタイプはいるだろう？　若い警察官なんて、悩みとストレスの塊（かたまり）みたいなものじゃないか」

「分かります」かつては私もそうだった。もうすっかり枯れた様子の芦田も同じだろう。生まれて初めて死体と対面し、犯人を捕まえて人間の醜（みにく）い性（さが）を目の当たりにして……それで精神的に参ってしまう人間も少なくない。そういう時にフォローできるのは、同じ警察官だけなのだ。「最近には珍しいタイプじゃないですか？　若手が悩んでいても我関せず、の人間が多いでしょう」

「そうだな」うなずいて芦田が認める。

だからこそ若手に慕われる——事件を起こした堀内もその若手の一人だったのだろうが、あの男は勘違いしていた。事件を起こしたら、素直に出頭すべきだったのに、隠蔽できるのではと焦って益田に相談してしまった……もちろん益田も間違った。すぐに諭して、自首させるべきだったのだ。

「あの事件の捜査も担当していたんですよね」

「担当、じゃない」芦田がすぐに否定した。「外勤の連中は、初期捜査の応援をするだけだ。現場保存や交通整理──そういうことは手伝ってくれたはずだけど、本格的な捜査が始まってからは、本来業務に戻ったと思う」

　突発的な事件が起きた場合、所轄で捜査の中心になるのはやはり刑事課だ。大きな事件──殺人事件などの場合は本部の当該部署が乗りこんできて、特捜本部を作る。警務課や地域課は、現場の刑事が仕事をしやすいように、後方支援に回るのが常だ。

「何か変わった様子はなかったんですか？　自分が関連した事件の捜査に、知らん顔して参加するというのは、俺にはちょっと想像できないな。ある意味、ものすごい精神力ですよね」

「正式に捜査していたわけじゃないからな」芦田がまたお茶を一口飲んだ。小さなペットボトルには、もう底に一センチほどしかお茶が残っていない。

「ですね……それと、犯人と被害者も同じ所轄の人間だったわけですけど、何かトラブルはなかったんですか？」

「交番勤務同士のトラブルだから、刑事課にまでは正式な情報は上がってきていなかった。噂も聞いていない。もしも噂が流れていたら、さすがに最初から疑惑を持たれていたと思う」

「警察官は、身内を疑わない──疑いたくないものですけどね」

「そういう甘さは否定できないな」芦田がうなずく。

「ちなみに、息子――益田巡査部長も、当時もう警察官になってました。当直で暇な時に、息子の話が出たりしませんでしたか?」

「ああ、それは聞いたことがある。警察一家の三代目だって自慢してたな。まあ、警視庁では珍しくもない話だから、俺は適当に聞き流してたけど」

芦田が当時の事情をもう少し早く――今回の事件発生直後に話してくれてたら……いや、意味はないか。これぐらいの情報で、捜査が動き出すわけもない。

「芦田さん、今回の事件が起きた時に、どうして益田警部補と知り合いだと言わなかったんですか?」

「そりゃ、言えないさ」芦田が嫌そうに言った。「理由は……お前にも分かるだろう?」

「まあ、分からないでもないですけど」

あれこれ詮索(せんさく)されたらたまらない――しかし結局、特捜はすぐに割り出して、芦田からも事情を聴いたわけだが。

「この件は、これぐらいにしておいてくれよ」芦田がペットボトルを握り締めた。

「俺たちの仕事は、事件を解決することじゃないんだから」

「もちろん我々の仕事は、益田巡査部長を見つけ出すことです……そのために、何でもいいから手がかりが欲しいんですよ」

「本当に何もないのか？」芦田が目を見開く。まるで、私が何の仕事もしていないと呆れるようだった。

「ないですね……結局、昨日も一日無駄になったようなものです」

「しょうがないだろう」慰めるように芦田が言った。「とにかく、ある程度手は打ってるんだ。いずれ行方は分かるだろうし、向こうから出て来る可能性だってあるはずだ」

「そうだといいんですが……」

「村野、電話」優里が声を張り上げて呼びかける。

私は立ち上がり、「誰だ？」と訊ねた。

「一課の重森管理官」

「ああ」私は芦田に向かって苦笑してみせた。「今度はこっちが事情聴取を受ける番のようです」

「俺は代わりにはなれないからな」

「ええ」代打を出すにも、相手ピッチャーとの相性はある。誰がマウンドに上がっても問題なし、シーズンの代打安打数の記録を更新しそうになるのは、イチローぐらいのものである。

4

重森の腹の内が読めなかった。堀内の逮捕は、彼の機嫌を上向かせているはずだが……自分が指揮する特捜本部の方にはいい影響が出ていないわけで、まだ一歩も前進していない、と考えているかもしれない。

「益田部長の行方は？」私を睨みつけながら重森が訊ねる。

「いろいろ手配していますが、まだ引っかかってきません」カードや車の手配をしたことを報告する――彼のデスクの前で、「気をつけ」の姿勢を取ったままで、何だか叱責を受けているような気分になる。実際重森は、こちらをチクチク痛めつけようとしているだけなのでは、と私は訝った。こういうストレス解消法もある。

「嫌な予感がするんだ」

「何がですか？」

「奴が自棄を起こさないか……父親が殺された時よりも、状況は悪化していると思う」

「確かにそうですね」これは認めざるを得ない。

「だから、早急に見つけ出す必要がある」

「一課では何かしているんですか？」私はつい訊ねた。

「そんな余裕はない。あくまで犯罪被害者家族として、そちらで捜してくれ。だいたい、お前が見逃したのが問題なんじゃないか」

四六時中張りついているのは不可能だった――言い訳はいくらでも考えつけたが、私は敢えて沈黙を守った。こういう時の言い訳ほどみっともないものはない。

「とにかく、一刻も早く見つけてくれ」

「承知してます……ちなみに、昨日逮捕された堀内はどうしてるんですかね」

「分からない。その件については、俺は直接関係しているわけじゃないから」目を逸らして重森が言った。実際には、非公式に情報を仕入れているはずだが。

「でも、こちらの事件につながっているわけでしょう」私は食い下がった。

「ああ、まあ……」重森が組み合わせていた両手を解いた。「奴は、涙を流してほっとしていたようだ」

「隠れてびくびくしていたのが、プレッシャーだったんでしょうね」事件から五年経ち、警察官を辞め、犯行現場である東京を離れて故郷に戻っても、心から安心できたはずもない。いつかは捕まる、もしかしたら自分から名乗り出た方がいいのではないか――様々な思いに心が切り裂かれたようになっていたのだろう。逆に言えば、よく五年間も、まともに生きてこられたものだ。いや、もしかしたら、どこかの時点で精神的なバランスは崩壊していたかもしれない。だからこそ、父親から継いだ商売を早々に潰してしまったのでは……いくら厳しい状況にあっても、父親の代から働いていた人もいたわけで、社員や取り引き先との関係が急に切れるとは思えない。堀内自身が深刻な問題を抱えていたのではないだろうか。

「とにかく、自供させるのは難しくないだろう。今日中には、ある程度はまとまると思う」

何だかんだ言って、重森は世田谷西署の特捜ときちんと連絡を取り合っているのだと分かった。

「銃の行方についてはどうなんですか」

「それは、お前には関係ないだろう」いかにも嫌そうに重森が言った。

「堀内の身柄を押さえたのは俺たちなんですが……」

「そいつは表彰対象になるだろうよ」重森が鼻を鳴らした。「ただしそれは、世田谷西署を経由して申請してくれ。俺には関係ない」

「別に表彰してくれとは言ってませんよ。どちらかというと情報が欲しいんですが」

「いい加減にしろ。支援課の仕事の枠を超えてるぞ」

「情報は、益田部長を捜す手がかりにもなります」

「俺には何も言えないな」これで話は終わり、とでも言いたげに、重森が両手を打ち合わせた。「とにかく、一刻も早く益田を見つけてくれ。奴が暴走してやばいことをしないうちに、な」

重森には釘を刺されたが、私はどうしても銃の件が気になった。智樹も同じことを気にしているに違いない。この筋を辿っていけば、彼を見つけられるのではないか。それはやはり無理な理屈だ、と自分でも分かっている。単に、この事件が気になるだけだ。

私は世田谷西署に向かった。西川に会えれば、何か情報が手に入るはず……沖田には会いたくなかったが。

世田谷西署に行ったことはなかったが、本当に不便なのだとすぐに実感することになった。京王線の千歳烏山駅で降りて歩き出したものの、なかなかたどり着かない。こういう「陸の孤島」のような場所にはバス便があるはずだが、それを調べている余裕もなかった。結局、駅を出てから署に辿りついたのは二十分後。このところ膝を酷使し続けていたせいか、今日も痛みが襲ってきた。

幸いなことに、沖田は取り調べに立ち会っていて、特捜本部には西川しかいなかった。

「昨日はご活躍だったそうだね」西川はいつもとペースが変わらない。いつも持ち歩いているポットからコーヒーを注いで奢ってくれたほどだった。環八の汚れた冷たい空気の中を歩いてきたので、熱いコーヒーがありがたい。しかも美味かった。コクがあって苦味も酸味もちょうどいい。

「美味いコーヒーですね」一口飲んで思わず言った。

「嫁が淹れたんだ」

「プロ並みの味じゃないですか」

「俺が退職したら、夫婦で喫茶店を始めてもいいな。嫁がコーヒーを淹れて、俺は金の計算をする」

「まだまだ先の話じゃないですか……取り調べは順調なんですか？」

「ああ。ペラペラ喋ってるよ。捕まってほっとしたようだな」

取り敢えず、不安定な人生はここで終わったと一安心したのだろう。こういうこともあるはずだ——警察に捕まった方がましな人生が。

「銃はどうしたんですかね」

「気になるか？」西川が面白そうに言った。

「そりゃそうですよ。この事件の肝じゃないですか……事件から五年後に突然出てきて、別の事件に使われたわけですから」

「益田警部補に預けてそれっきり、という話だったよな？　この供述は変わっていないようだ」

「奴がやった可能性はないですかね？　益田警部補と何かトラブルになって、前回奪った銃を使って襲った、とか」

「それは沖田も疑って、真っ先に聞いたよ。しかし、完全否定だ。そして今のところ、疑う材料はない」

「そうですか……」

「息子の行方が問題なんだろう？　気にすることないんじゃないかな」

「どうしてですか？」

「今回、息子はどうして姿を消したと思う？　きっと、訳が分からなくなったからだよ。パニックに陥ってるんだ。自分の父親が事件の黒幕だったと知って、冷静でいられるわけがないだろう」

「ですね……」

「五年前に親父さんを巻き込んだ人間が逮捕されたと分かったら、自分が何かできる訳じゃないと悟るだろう。犯人が野放しになっていたら、自分で捕まえてやろうと躍起になるかもしれないけど。まあ、気にする必要はないんじゃないか？　いずれ出てくるよ。その時は、大目に見てやらないとな」

「大目も何も、我々にとって益田智樹は犯罪被害者家族ですよ。支援課としてはフォローする——それに変わりはありません」

「それが分かってるなら、あまり無理しない——こっちの捜査に首を突っこまないことだな」西川が釘を刺した。「君が動くと、だいたいトラブルになるんだから」

「人を地雷原みたいに言わないで下さいよ」私は即座に抗議した。

「みたいに？　実際、地雷じゃないか」

ぐうの音も出ない。確かに私はこれまで、余計なことに首を突っこみ、人を怒らせてきた。しかしそれは、追跡捜査係も同じではないか？　今はこうやって穏やかに仕事をしているわけだが、西川だって世田谷西署の特捜をかなりカリカリさせてきたはずだ。

私たちは、同じ穴のムジナではないか。

支援課本来の仕事——被害者家族を支えるという意味からも、私は朝美に会いに行くことにした。今日も朝から梓が現場に行っているのだが、通告して、午後から合流することにする。
今日も朝美は午前中、警察に呼ばれていた。特捜としては、もう少し情報を絞り出したいのだろうが、朝美も知っていることは全て話してしまったようだ。事情聴取に同席していた梓の話によると、ほとんど話すこともなく、当惑している様子だったらしい。

　梓は、朝美がほとんど何も食べないのを気にしていた。

「昼も、特捜の方でお弁当を用意したんですけど、手をつけませんでした。急に痩せた感じがして……家でもほとんど食べてないんじゃないでしょうか」

「何か、好物はないのかな」

「たぶん、スイーツ……色々話をしたんですけど、甘いものの話をした時には、ちょっと盛り上がりました」

「分かった。何か仕入れて行くよ」

　ＪＲ立川駅で降りて、多摩モノレールの立川北駅に乗り換えるタイミングで――二つの駅は少し離れている――私はドーナツを買いこんだ。そうそう、この店で遅い夕食を食べたこともあった……今日はドーナツを詰め合わせてもらい、朝美への土産にした。モノレールに乗っている時に、膝の上に置いた箱から甘い香りが立ち上がってくるのには閉口したが――私はドーナツがそれほど好きではない。先日、血迷ってドーナツつきの夕食を食べた後は、夜遅くまで胸焼けに悩まされた。

　朝美の家に着いた時には、膝の痛みは悪化していた。世田谷西署と千歳船橋駅との往復で、結構なダメージを受けたようだ。小田急線から南武線と乗り継ぐ間はずっと座っていたのだが、それでも痛みが引くことはなかった。忌々しい膝……何だったら、もう人工関節を入れる手術をしてしまおうか、とも思った。自分の体の中に異物があることを想像するとどうにも嫌な気分になるのだが、考えてみれば差し歯だって異物である。

インタフォンを押すと、朝美ではなく梓が返事をした。声の様子は普通……取り敢えず異常はないと判断する。

ドアを開け、梓がうなずいた。現段階では万事問題なし、の合図。私はドーナツの箱を彼女の顔の前に差し出した。甘い香りから解放されて、少しだけほっとする。

「どうだ？」私はすぐに訊ねた。

「落ち着いています」

「了解」

短いやり取りの後、私は家に入った。ダイニングテーブルについてお茶を飲んでいた朝美に挨拶する。朝美は立ち上がり、丁寧に一礼してくれた。この態度を見た限り、精神状態は悪くない。

「お土産にドーナツを持ってきたんですけど、食べませんか？　ちょうどおやつの時間ですし」私は軽い調子で言った。

「ええ……そうですね」すぐには食いついてこなかった。こういう状況では、好きなスイーツにも心は揺さぶられないわけか。

「お茶、淹れます」

勝手知ったる様子で、梓がキッチンに向かった。やかんをガスにかけると、小さな皿を三枚用意してダイニングテーブルに置く。すぐにドーナツの箱を開けて、顔を綻ばせた。自分が食べたいだけだから、スイーツの話を持ち出したのではないか……梓はすぐに「これ、もらいますね」と言ってチョコレートがコーティングされたドーナツを取り上げ、自分の皿に置いた。もう一度箱を覗きこみ、「朝美さん、フレンチクルーラーがありますよ」と勧める。

「ああ」朝美の表情がようやく崩れた。私に顔を向けると、「いただきます」と言って頭を下げた。

「お好きなんですか」

「ええ。昔……智樹が子どもの頃、家族でよくドーナツを食べたんです」

「そうなんですか？」

「主人がああいう仕事でしたから、土日が休みになるわけでもなくて、長期の休みも取りにくくて……何でもない平日の夕方、智樹が学校から帰って来ると、三人で駅前のドーナツ屋によく行ったんです。智樹にとっては、父親との想い出というと、ドーナツぐらいかもしれませんね」

「朝美さんにとっても、大事な想い出じゃないですか」

「そう、ですね」朝美がドーナツを皿に移した。

お湯が沸き、梓がキッチンに立った。用意したのは紅茶……私はあまり好きではないし、甘さの極致にあるドーナツには濃いコーヒーの方が合うと思うのだが、この際しょうがない。

私は、なるべくシンプルで無難なもの——オールドファッションを選んで自分の皿に取った。食べる端からぼろぼろと崩れていく。こんな感じだっただろうか……ドーナツというより分厚いクッキーのようなものだった。最後まで食べると胸焼けしそうだった。

買ってきたのは五つ。三人で一個ずつ食べても二つ残る。食欲が湧かないという朝美も、好物のドーナツなら食べてくれるかもしれない。甘いものでカロリーを補給するのはあまりよくないかもしれないが、何も食べずに痩せ細るよりはましだろう。

朝美は事件が起きてから、急激に歳を取ってしまったようだった。まだ五十代の半ばなのだが、体から力が抜け、髪にも白いものが目立つようになっている。後で梓に入れ知恵しておこうと思った——取り敢えず、美容院へ行った方がいい。性別に関係なく、髪を整えれば背筋がピンと伸びるものだ。

私はゆっくりと時間をかけてドーナツを食べた。喉に詰まるのは仕方ないのだが、早くも胃が重くなってくる。やはり私は、ドーナツとは相性が悪いようだ。

ドーナツを食べ終え、紅茶をカップに半分ほど飲んだところで、私は切り出した。

「少しは落ち着きましたか？」

「ええ」朝美は即座に反応したが、本音かどうかは読めない。

「勇気を出していただいて、ありがとうございました。これはまだ極秘にしていただきたいんですけど……あなたが指摘していた世田谷西署の若い警官を、昨日逮捕しました」

朝美がすっと顔を上げる。表情は厳しく、まるで全ての責任が自分にあると思いこんでいるようだった。

「おかげで、五年前の事件は解決すると思います。ありがとうございました」私はさっと頭を下げた。ドーナツの甘い香りが、また顔の周りで漂う。「一つ、教えてもらっていいですか？」

「何でしょうか」朝美がすっと引いた。

「どうしてこのタイミングで話してくれる気になったんですか？　大変なことですよね？」

「ずっと悩んでいたんです。主人もそうだったと思います。私は……どうして主人があんなことをしたか、まったく分かりませんでした。そういう人じゃない……仮に間違いを犯せば、必ず正直に申告するような人だと思っていました」

「そういう主義を曲げなければならないほど、大変な事件だったんだと思います」

魔が差した、ということだろうか。益田は、面倒見のよさでは定評があったようだが、人を殺した事実を隠して庇うことまでするだろうか……とっさの判断で、後から引き返せなくなってしまったのだろう。しかし彼は、ずっと悩んでいたはずだ。事件から一年後に妻に打ち明けたのもその証拠である。

「五年前の事件の後、主人はすっかり変わってしまいました。元々は明るい人だったんですよ。家では仕事のことは話しませんでしたけど、その他のことは……でもあの事件が起きてから、口数が少なくなって、夜もうなされることがありました。一時は、体重が五キロも減ったぐらいです」

「ストレスですね」

「私がきちんと言えばよかったんです」朝美の目が潤む。「ちゃんと上の人に事情を説明して、拳銃を返して……でも、そんなことをしたら、主人も逮捕されたはずですよね」

「そうですね。拳銃絡みの事件でしたから、そうなっていたと思います」私はうなずいた。

「だから言えずに——でも、言うべきだという気持ちはずっと持っていたんです。結局、あんなことが起きてしまったんですけど」

「残念でした」

「残念だと思ってくれるんですか？」朝美がすがるような視線を私に向けた。

「過去の事件については、私はコメントする資格がありません。今回はとにかく、ご主人は犯罪の犠牲者ですから——亡くなったことを残念に思っています」

「主人が亡くなってすぐに、私はあのせい——五年前の事件のせいだと思いました。関係があるかどうかは分かりませんけど、あれで何かの歯車が狂ったのではないかと……いつか大変な不幸があるんじゃないかって、ずっと心配していたんです」

朝美が思い切って益田に自首を勧めていたら、どうなっていただろう。益田も犯人隠避の疑いで逮捕されていたはずだ。事件の重要性を鑑みると、実刑判決を受けていた可能性も否定できない。しかし、今回のように殺されるようなことはなかったはずだ。どちらが幸せだったか——もちろん、逮捕されても生きている方がいい。生きていてこそ、新しい道が開けるのだから。

朝美が皿の上に指を這わせ、ドーナツの屑を一ヵ所に集めた。紅茶のカップに手を伸ばしたが、手が震えて摑み損なってしまう。

「この件は申し上げていなかったんですが、実は今、息子さんと連絡が取れなくなっています」朝美に明かしていいかどうか迷いながら、私は結局言ってしまった。

「智樹が？」朝美がはっと顔を上げた。「どういうことですか？」

「分かりません。一昨日の夜、ご主人が五年前の事件に関係していたことを、同僚が迂闊に伝えてしまったようです。その後で連絡が取れなくなって、現在も連絡がつきません」

「何があったんですか？」掠れた声で朝美が訊ねる。

「ご主人の行為にショックを受けたんだと思いますが、彼の性格から考えて、事件の真相を一人で掘り返そうとしているのかもしれません」

「ああ……そうかもしれません。昔からそうなんです」

私はうなずいたが、謎解きを楽しむ子どもとはどんな存在なのだろう？

「連絡はないんですね？」

「ありません」

「どこか、行き先に心当たりはないですか？」

「それは……身を潜めているだけなら、頼れる友だちは何人もいるはずですよ。転校は多かったですけど、そのせいで、すぐに友だちが作れる能力が養われたみたいです。小学校時代から今まで、ずっとつき合いのある人もいるようですから」

「そういう人、ご存じでしたら何人か教えてくれませんか？」

「構いませんけど、連絡先までは分かりません……名前は覚えていますけど。転校が多かったですから」

「どこの学校に在籍していたか分かれば、我々の方で連絡先は割り出せますよ」

警察なら、特定の人間の連絡先を探り出すことは難しくない。ただし効率は悪い……どうも今回、話がスムーズに進まない。

「それと一つ、気になることがあるんです」朝美が打ち明けた。

「何ですか？」私は身を乗り出した。

「主人の銀行口座です」

「小遣い制じゃなかったんですか？　月八万円でしたよね」沖田が強引に突っこんでこの情報を引き出したのだと思い出す。

独身の私にはよく分からないが、妻帯者で月八万円の小遣いは多いような気はする。しかし昼食や泊まりの時の夜食などを小遣いの範囲で賄っていたら、それほど懐（ふところ）に余裕があったわけではあるまい。

「ずっと……ここ十五年ぐらいは同じ額でしたけど、主人は口座を開いていたんです」

「自分用の銀行口座ということですか？」

「ええ」

「今までご存じなかったんですか？」

「ちょっと前に――そろそろいろいろなことを整理しないといけないと思って、取り敢えず調べ始めたんです」

　私は無言でうなずいた。夫婦の間でこういう情報――金に関する情報などは、どれだけ共有されているものだろう。妻を亡くした途端、家の中のどこに何があるか分からないと途方に暮れる夫が多い、という話は私も聞いたことがあった。

「主人のパソコンを調べてみたんです」

「今まで見たことはなかったんですか？」

「主人の私用ですから……でも、パスワードは設定していなかったので、普通に立ち上げることはできました。ブラウザのブックマークを確認していたら、インターネットバンキングのログイン画面があって」

「ＩＤとパスワードが分からないと、ログインできませんよね？」

「それも見つかったんです」

　朝美が立ち上がる。リビングルームの片隅にある小さなデスクに向かい、引き出しを開けた。見ると、ノートパソコンもそこに置いてあるのだった。私もすぐに椅子から離れ、朝美の背中越しにデスクの様子を窺った。朝美が一つしかない引き出しを開け、手帳を取り出す。黒い表紙の小さなスケジュール帳のようなもの……朝美がパラパラとページをめくり、私に示した。本当は素手で持つべきではないかもしれないが、そこまで神経質になる必要はないだろうと思い直し、手帳を受け取る。

当該のページには、様々な情報が記されていた。インターネットバンキングのログイン用ＩＤとパスワード、スマートフォンのロック解除用パスワード、重要な連絡先——署の代表番号や地域課の直通番号などが書かれている。本人の備忘録というより、万が一何かあった時に朝美が確認できるようにするためだったのだろう。こういう分かりやすい場所にしまってあったのがその証拠だ。

「直接確認しますが……何を見つけたのか、教えてもらえますか？」

「ですから、主人の銀行口座です」

「へそくり、ということでしょうか」

「たぶん……でも残額が結構多かったんです」

「失礼ですが」どうせ直接見るのだと思いながら、私は前置きした。「おいくらでした？」

「百万円を超えていました」

私は頭の中で素早く計算した。八万円の小遣いで十五年……仮に、小遣いが八万円になったタイミングで口座を開いたとして、年間六万円強を貯金すれば、これだけの額に届く。月平均にすれば五千円。八万円の小遣いの中から五千円を捻出するのは、それほど大変ではなかったはずだ。どうしても貯めようという意思が強ければ、何かを我慢するぐらいはできただろう。

「ご主人は、煙草は吸わなかったんですか？」

「四十歳の誕生日にやめました。きっちりその日にやめると宣言して、本当にやめたのでよく覚えています」

「お酒は？　後輩の人とよく呑みに行っていたそうですけど……後輩相手なら、奢ることになったと思います」

「よくと言っても、月に二回か三回ぐらいだったと思いますよ。皆さん、ローテーションに勤務をしているので、なかなかタイミングが合わなかったんでしょうね。それに、安いお店を探す嗅覚があったようですから。お金が足りなくなったことはなかったと思います」

いわゆるセンベロ——千円で泥酔できるまで呑めるような店を見つけるのも得意だったのだろうか。

「とにかく、高いお店に行かなかったのは間違いありません。小遣いを増やしてくれとか、月の途中で足りなくなって追加してくれ、ということは一度もありませんでした。どんなに呑んでも、タクシーで帰って来ることもありませんでした」

「勤務先の近くに住んでいたから、そういうことができたんですね」

「はい……それはともかく、ちょっと妙なんです」

「どういうことですか？」

「実際に見ていただいた方が……パソコンを立ち上げます」

電源ボタンを押してから、朝美は椅子を離れた。そこに座るよう、私に促す。私は軽く頭を下げてから、椅子に腰かけた。木製の椅子で、座面は当然硬く、座り心地は悪い。早くも落ち着かない気分になったが、何とか気持ちを落ち着け、背筋を伸ばして画面を凝視する。すぐにデスクトップが現れたので、私はブラウザを立ち上げた。ブックマークをざっと確認する——このノートパソコンはそれほど頻繁に使われてはいなかったようで、ブックマークには数えるほどのサイトしか登録されていなかった。インターネットバンキングのログイン画面はすぐに見つかったので、傍に置いた手帳を見ながらＩＤとパスワードを打ちこむ。一瞬緊張する時間だが、何とか無事にログインできた。

そもそもがこういう仕様になっているのかもしれないが、過去三ヵ月分の出入金の記録しか閲覧できない。現在の残高、百二万六千二百二十一円。一番新しい入金は先月——一月の末だった。額は二万円。たぶん給料日直後、小遣いをもらったタイミングだろう。

「問題は、もう少し前なんです。十二月末のところを見て下さい」

朝美に言われるまま、画面を切り替える。すぐに異変に気づく。後ろから覗きこんでいた梓が先に声を上げた。

「二十万円、引き出されてますね」

「ああ」私は振り返り、朝美に訊ねた。「この二十万円ですね？」

「ええ」

「何か、大きな買い物をしたんですか？」

「違います。だから気になったんです」

朝美の不安が、私にも押し寄せてくるようだった。

女。

クソ真面目な男も、突然女性に溺（おぼ）れてしまうことがある。それまでろくに金を使わなかったのが、急に女性に金を注ぎこむようになることも珍しくはないのだ。そして女性の影は、常にトラブルの元になる。浮気相手と揉めて殺された――一番シンプルで説得力のある動機である。

「急にお金が必要になったことは？」

「ないです――ないと思えます」

私はしばらく画面をいじっていたが、直近三ヵ月よりも前の記録は分からなかった。しかしこれは、銀行に確認すればいい。

「主人には、私が知らない面もたくさんあったんでしょうね」朝美が不安そうに言った。

「そういうことは、どんな夫婦でもあるんじゃないでしょうか……銀行の方は、こちらで調べてみます。何か分かったらご連絡しますので、朝美さんも、何か思い出したら教えてもらえますか？」

「もちろんです」

　これが何かの手がかりになるのかどうか……今のところ、まったく自信はない。小さな秘密ぐらい、誰でも持っているだろう。一見いかにもおかしそうなことに思えても、実は些細な問題——実は何でもないことだった、というオチがつくのも珍しくない。

　梓はこの情報に懐疑的だった。家を出てモノレールの駅の方へ歩き出した瞬間、「村野さん、浮気を疑ってませんか？」と切り出したのだ。

「ああ」

「そういうのもあるかもしれませんね……でも、それを調べるのが、私たちの仕事なんですか？」いかにも嫌そうに梓が言った。

「調べて、結果的に浮気が分かる可能性もある、ぐらいに考えておけばいいんじゃないか？」

「何だか釈然としないんですけど……」

「こういうことはよくあるよ」少しでも励(はげ)まそうと、私は明るい声を出した。「夫婦の間でも、隠し事はたくさんある。どっちかが死んだタイミングで発覚してトラブルになることも珍しくないんだ」

「それこそ、警察には関係ないことでしょう──民事不介入で」

「本当にそうかどうかは、調べてみないと分からないんじゃないかな」私はやんわりと忠告した。「ちょっとでも引っかかったら調べてみるのが警察官の基本だよ」

「ですかねえ……」

梓はまったく納得していない様子だった。この件も長くなり、いい加減疲れてきているのかもしれない。肉体的にはともかく、精神的に……あまりにも長く一つの事件に引っかかっていると、次第に魂がすり減ってくるのだ。

しかしこの件に関しては、朝美の勘が当たっていた。翌日の午前中、私は新たな謎に直面することになった。

5

益田が口座を開設していた銀行の支店に行き、過去──益田が口座を開設した七年前からの記録を全て出してもらった。最初の頃は年に数回、数万円ずつを入金して、徐々に残高が増えているだけだった。百万円を超えたのは三年前。四年間で百万円というと、年間二十五万円、月二万円強の計算になる。その後もほぼ年二十五万円のペースで預金残高は増え続け、一年前には百五十万円を超えた。問題はその後である。半年前から、数ヵ月に一回の割合で、二十万円ずつ現金が引き出されていたのだ。小さな金額ではない。一年で、残高は百万円を割りそうになっていた。

二十万円が引き出された日付には、特に規則性はないようだった。

「意味が分からないですね」

梓が、掌で顔に風を送りながら言った。銀行側が用意してくれた小さな会議室で資料を見ていたのだが、暖房が利き過ぎて暑いぐらいだった。

「想像でもいい……君はどう思う?」

私は口座の記録を彼女の方に押しやった。梓は手をつけようとせず、嫌そうな表情を浮かべて見下ろすだけだった。

「やっぱり浮気……」ぼそりと吐き出す。さながら汚い言葉を言わざるを得なかった時のように、口をへの字に捻じ曲げている。

「その可能性は否定できないな」

「もしもそうなら、これ以上突っこんで調べる必要はないですよね」

「本当に浮気なら——そして、その浮気相手が益田さんを殺していなければ、だな」

「じゃあ、まだ調べないといけないわけですね」梓が溜息をついた。この件にはどうしても乗り気になれないようだ。

「君が喜びそうな可能性もあるぞ」突然思いついて私は言った。

「何ですか?」梓が記録を私の方へ押し戻した。汚れものを嫌がるように、指先だけを使っている。

「脅迫されていたとは考えられないかな? 脅迫者に金を払うために、自分の口座から金を引き出していたとか」

「それはあるかもしれませんね」梓の目に、急に輝きが戻った。やはり事件の話は、警察官を興奮させる……。

「何の根拠もない話だけど、五年前の事件が絡んでいる可能性はないかな。例えば殺された島田翔太の関係者が、事件の真相を知って脅しにかかったとか」

「不思議ではないですね」梓は急に乗ってきた。「でも、こんなに小分けして金を渡すものでしょうか? 普通、脅迫する時は、一気にまとまった額を要求しますよね」

「割賦で払うことにしたとか」

「本気でそんなこと、思ってるんですか?」梓が目を見開く。

「金の問題だぜ? 誰だって必死になるだろう。例えば口止め料として一千万円を要求されて、それをいくらかずつ払うように交渉をまとめたかもしれない」

「何年かかるか分からないじゃないですか」梓が顔をしかめる。住宅ローンなら家が残るが、これはただ消えてしまう金だ。

「だから、あくまで仮定の話だ——とにかく、ちょっと益田警部補の周囲を調べる必要がある」

「特捜に通告して、調べてもらった方がいいんじゃないですか」

「こっちで調べて、分かったら教えよう」

「無理にこっちでやらなくてもいいと思いますけどねえ……」梓がぶつぶつ言った。先ほど燃え上がったやる気は、あっという間に消えてしまったようだった。

「手柄じゃなくて、真実が欲しいだけだ」

「村野さん、カッコつけ過ぎですよ」

「君も、ずいぶんずけずけ言うようになったね」

私が指摘すると、梓の耳が赤くなった。しかし自説を曲げるつもりはないようで、不満気な表情で私を見る。

「そんなに長引かせないようにしましょうね。きりがないですから」

「益田警部補の行動が分かれば、奥さんが立ち直るきっかけにもなるんじゃないか？」

「分かりました。でも、できるだけ短期間で調べるようにしましょう」梓も譲らなかった。

「俺は、これから有休を取るかもしれない」

「何ですか、いきなり」

私は資料を集めてバッグに入れた。事情が分からない様子の梓を見ながら、まだ修業が足りないぞ、と私は顔をしかめてみせた。

「あの……意味が分からないとまずいことですか？」梓が探りを入れるように訊ねた。

「課長の許可が出れば出張。許可が出なければ、有休を取って自腹で出かける」

「まずくないですか？」

「まずいよ」私は認めた。「だから、この件で大事なポイントは、君が口をつぐんでいることなんだ。君まで巻きこみたくないからね」


懸念していたものの、本橋は出張を許可してくれた。現場が栃木と近いことから、大目に見てくれたのだろう。ただし、半日——今日限り。

今回は、一人で現地へ向かうことにする。ややこしいことになる予感はしないし、仮に向こうで特捜の連中とぶつかった場合も、私一人なら何とか言い抜けできる。支援課の人間が何人も動き回っていたら、組織的に調べていることになってしまい、特捜はいい顔をしないだろう。正式な、かつ激しい抗議を受ける可能性もある。

それにしても……私は奇妙な感覚を抱いていた。目的地は、栃木県足利市。警視庁のある霞ヶ関から、東京メトロ日比谷線と東武線を乗り継いで一時間半で到着するこの街は、堀内の生まれ故郷である太田市と隣接している。

群馬と栃木の人間の諍いがあったというが、馬鹿みたいな話ではないか――北関東の人間同士の奇妙なライバル心に関する考えが引っこむと、堀内が抱えていた恐怖に思いが至る。自分が殺した相手の家族が、すぐ隣町に住んでいるのは、悪夢のような偶然だっただろう。東京を離れたからといって安心はできず、常にビクビクしながら暮らしていたはずだ。

堀内にも、逃げ場はなかったのだ。

実家の事情を無視して、もっと遠い街――関西でも九州でも――に引っ越せば、距離が気持ちを和らげてくれただろう。しかし巡り合わせで、自分が殺した島田の実家近くに住まざるを得なかった。彼が商売で失敗したのは、様々な要因が積み重なって、精神的に不安定になっていたからかもしれない。

足利市内には、二つの大きな駅がある。JR両毛線の足利駅と、東武伊勢崎線の足利市駅。両駅の間は一キロ近く離れている。私が東武線を使うことを決めたのは、被害者・島田の実家がこちらに近かったからだ。

足利市駅を出て広い道路を北の方へ歩いて行くと、すぐに大きな橋が目に入る。渡良瀬川(わたらせがわ)が駅のすぐ近くを流れているのだ。この橋を渡った先に島田の実家がある――橋を歩き始めた瞬間、私は「これは拷問だ」と心の中で嘆(なげ)いて首をすくめた。遮(さえぎ)るものが何もない中、寒風が強烈に吹き抜けていく。渡良瀬川自体は、水量の少ない細い川で、河原の方がずっと広い。二月……緑はまったく見当たらず、枯れた光景がまた、寒さを加速させるようだった。

首をすくめながらようやく橋を渡り切った時には、情けないことに息が上がっていた。両手はダウンジャケットのポケットに突っこんでおいたのにかじかみ、耳がじんじんと痛い。北関東の寒さを舐めていた……思わず近くの自動販売機で温かいお茶を買い、両手を温める。

この辺りは静かな住宅街で、マンションなどが建ち並んでいる、地方都市の常で車ばかりが目立ち、歩いている人はほとんど見かけない。少し歩くと、両毛線の踏切が見えてきた。事前に調べてきた限り、島田の実家はその手前の交差点を左へ曲がってすぐの場所にある。

スマートフォンの地図アプリで確認しながら歩いて行く。特捜の連中が、被害者の実家で事情聴取しているのではないかと想定していたのだが、都内のナンバーをつけた車は見当たらなかった。これ幸いと、私は玄関ドアの前に立ち、小さく深呼吸してからインタフォンを鳴らした。

反応なし。

事態が急に動いたので、家族は東京へ行っているのかもしれない。この辺は確認できなかったので仕方がないのだが、一時間半も電車に揺られてきたのに空振りかと考えるとがっくりしてしまう。こうなったら、誰かを摑まえるまでここで粘るしかないか……。

踵を返そうとした瞬間、ドアの向こうに人の気配がした。慌てて振り向くと、ドアが十センチほど開いていて、向こうに目が見えた――私の顔よりもだいぶ低い位置に。

私は慌ててバッジを示し、「警察です。警視庁の村野と言います」と名乗った。

「何でしょう……」か細い女性の声だった。

「少しお話を伺いたいんですが、お時間いただけますか？」

「話すことは……昨日も刑事さんに話しましたよ」

「追加で質問があるんです」

話を転がしながら、私はこの聞き込みが早くも失敗に終わったと悟った。今回の犯行は、島田の家族や関係者による復讐ではないのではないか――少なくとも家族は関係ないのではないか。

　ようやくドアが大きく開いた。顔を覗かせたのは、七十歳ぐらいの女性。小柄で、髪には白髪が混じり、寒そうに肩をすぼめている。

「失礼ですが、島田君のお母さんですか？」

「はい」

「他にご家族は？」

「私だけです」

　アウトだ――この女性が、夜中に交番を襲って益田を撃ち殺す可能性はゼロに近い。しかし、このまま引き下がるわけにはいかなかった。会えたついでに、もう少し情報を収集しておこう。

「お線香を上げさせていただいていいでしょうか」

　女性はしばし躊躇ったものの、最終的にはうなずいて私を中に入れてくれた。靴を脱いで短い廊下に入った瞬間、むっとするほどの暑い空気が襲ってくる。そこに、特有の獣臭が混じっていた――猫を飼っているな、と分かった。猫アレルギーの人だったら、この時点で回れ右して引き返すだろう。

　廊下の奥にある六畳間に通された。案の定、猫……それも、私の視界に入るだけで三匹もいる。暖房が強く入っているせいで、獣臭さが増幅されているようだ。

　奥に仏壇。私は正座して、きちんと焼香した。顔を上げて確認すると、島田の他にもう一人、彼によく似た顔の初老の男性の写真があった。島田の父親だろう。

ゆっくりと振り返り、頭を下げる。

「ありがとうございました。ちょっとお話を聴かせていただいていいですか？」

「……どうぞ」

六畳間に続くリビングルームに通される。ソファを勧められたので浅く腰かけ、彼女がお茶を用意するためにキッチンに消えたところで手帳を取り出した。名前は……そうそう、島田美音子だった。年齢は六十四歳とある。六十四歳？　その年齢にしてはかなり老けて見える。夫と子どもを亡くしたショックが、彼女から若さを完全に奪ってしまったのだろうか。

大きく開けた窓から、小さな庭が見える。盆栽の棚があるのが分かった。私は盆栽のことなどさっぱり分からないが、よく手入れされているようだ。そう言えば家の中も……埃一つ落ちていない。猫がいると毛で汚れたりするものだが、その分丁寧に掃除しているのだろうか。

あるいは、生活の空白を埋めるために、掃除に時間をかけているのかもしれない――朝美のように。

美音子がお茶を用意して戻って来た。自分の分はない。向かいの一人がけのソファに腰を下ろすと、両手をしっかり握り合わせた。

「ご主人は、栃木県警にお勤めでしたね」私が急いで集めたデータでは、島田が殺された時にはまだ健在だったはずだ。「いつ亡くなられたんですか？」

「二年前です。六十四歳でした」

「退職して間もなく、ですね」

「息子が殺されてから……その直後に癌が見つかったんです。地獄でした」

さらりと「地獄」という言葉を口にする。彼女自身は何気なく言ったつもりかもしれないが、その顔には修羅の表情があった。地獄と言うのは、決して大袈裟ではないだろう。

「ご親戚とかは？　近くにお住まいじゃないんですか？」

「主人の方の親戚はいますけど、亡くなってからは疎遠になって……私の実家は福島ですから、ちょっと遠いんです」

「それで、猫ですか？」柔らかいものが足に触れてびくりとする。見下ろすと、三毛猫が私の靴下に頭を擦りつけていた。

「一人になってから飼うようになりました。誰かいないと……人じゃないですけどね」

「猫の世話も大変でしょう？」

「少し手間がかかるぐらいがいいんです」

やはり時間を持て余しているのだろう。一人きりになって二年、猫三匹との暮らしが続く中、突然息子を殺した犯人が逮捕されたと連絡が入った——待望の連絡だったはずなのに、今の美音子にはまったく元気がない。

「私は、犯罪被害者支援課という部署の人間です」改めて名刺を渡した。

「被害者支援課……」

「文字通り、犯罪の被害に遭った人やその家族のお世話をする部署です」

「そういうところがあるんですね」

五年前に息子が殺された時、栃木県警の当該セクションは何をしていたのだろう……しかしこれは難しい問題だ。地元で起きた事件ではなかったわけで、県警が被害者家族に対応すべきだったかどうかは、判断が難しい。しかし、私たち——警視庁の支援課が対応したわけではなかったことも分かっている。この家族は、管轄権の間で宙ぶらりんになっていたのだろう。島田の夫が警察官であるという事情は抜きにしても……仕事と私生活は違う。支援課の面々にしても、自分や自分の家族に不幸があった場合は、上手くフォローできないはずだ。

「息子さんは、こちらで高校を卒業してから警視庁に就職したんですよね？」

「はい」

「お父さんと同じ、栃木県警に入るつもりはなかったんでしょうか」

「主人が嫌がったんです。同じ職場に息子がいるのはやりにくいと思ったんでしょうね。それで息子は警視庁に……あの、ちょっといいですか？」

「何か？」

美音子が立ち上がり、ダイニングテーブルに向かった。のろのろとした動き……煙草とライター、灰皿を持って戻って来る。異臭の原因の一つがこれか。猫の臭いと入り混じると、こんな臭いになるかもしれない。

「どうぞ」

「お恥ずかしい話ですけど、これだけはやめられなくて……一度はやめたんですけどね」

息子か夫の死をきっかけにまた吸い始めたのだろう。こんなことでストレスを乗り越えられるなら、いくら吸ってもらってもいい……美音子が煙草に火を点けると、すぐにきつい臭いが漂い出した。私はあまり気にならないが、神経質な人間だったらこの時点でギブアップだろう。そして猫は、私の右足の甲（こう）を枕に決めたようで、大人しくしている。人間より体温が高いので、足が暑くなってきた。ダウンジャケットだけでなく、背広も脱ぎたいぐらい……暖房も強烈だ。

集中しろ、と自分に言い聞かせて訊ねる。

「高校までの友だちは、皆さんこちらにいるんですか？」

「半々ぐらいでしょうか。東京へ行っている人も多いので」

「特に仲がよかった人はいますか？」

「何人かは……高校の時は柔道部に入っていたので、その時の友だちとはずっと連絡を取り合っていたはずです」

「すぐに会える人はいますかね？」

「そうですね……こっちで学校の先生をやっている子はいますけど」

「教えて下さい」私は手帳を取り出した。いつの間にか指先が汗で濡れており、ボールペンを取り落としそうになる。

美音子は迷わず、一人の男の名前を告げた。勤務先の高校名も。

「かなり仲がよかったんですか？」

「うちとは家も近所で、高校時代はよく泊まりに行ったり来たりしてました」

「親友ですか？」

「そう言っていいと思います……あの、今さらこんなことを調べてどうするんですか？」

「警察の方でも、いろいろと補足捜査があるんです」自分でもよく分かっていないので、はっきり説明できず、私は曖昧に言った。

「何だか……こういうの、いつまでも続くんですね。きついです」

「分かりますが、ご協力下さい」

美音子が目を見開き、抗議するように私を睨んだ。煙草を一吸いして、天井に向かって煙を吹き上げる。それから溜息をつき、煙草を灰皿に置いた。白い灰皿はピカピカに磨き上げられている——掃除はこんなところまで徹底していた。

「生意気を言うつもりはありませんが、私はこれまで、多くの犯罪被害者と接してきました。ご家族を亡くした人にも、です。様々な反応がありますが、一番多いのは、自然に悲しみが薄れて、ゆっくり日常を取り戻すパターンです。特に、一周忌がきっかけになって、何とか立ち直る人がたくさんいました」

「ああ……分かります」惚けたような表情で美音子がうなずく。

「でもあなたの場合は、いろいろなことが立て続けに起きた……息子さんとご主人を続けて亡くされて、しかも突然、息子さんを殺した犯人が逮捕された——気が休まる暇がありませんよね」

「はい」

「大丈夫、とは言いません。不幸があった時に、強くなる人と脆くなる人がいます。ある人がどちらのタイプなのかは、誰にも分からないんです」

「私は……脆いですよ」

「脆いと思っている人が、案外簡単に立ち直ることもあります」

「そうですか……」

　私は手帳をめくった。万が一のためにと書きこんでおいたデータがここで役に立つ。名刺をもう一枚取り出し、裏に電話番号を書きつけて渡した。

「これは？」美音子が名刺を取り上げ、目を細めて電話番号を確認した。

「栃木県の犯罪被害者支援センターの番号です。犯罪被害者救援に対する取り組みは警察でもやっていますが、それは主に、犯罪が起きた初期段階です。長期的には、民間の支援センターというところがフォローする——少なくとも東京ではそういう決まりで運営しているんですが、栃木県の支援センターでも、相談を受けつけているはずです。一度、電話してみたらどうですか？」

「でも、五年も前の事件で……」

「五年経って、事件はまったく新しい様相を呈してきたんですよ？　遠慮せずに電話してもらっていいんです。もしも対応が悪かったら、私に電話して下さい」

「でも、村野さんは東京の人ですよね？」

「事件は東京で起きたんですから、私たち警視庁の人間にも、最後までかかわる義務があると思います」

　美音子はさっと頭を下げた。まだ長い煙草を灰皿に押しつける——帰るタイミングだ、と判断して立ち上がると、足を枕に寝ていた猫が慌ててはね起きる。見下ろすと、不機嫌そうな目で私を見上げていた。そんなにむっとされてもな……。

新しい事実は出てこなかったが、支援課としての仕事は果たせたかもしれない。

そうやって自分を納得させるしかなかった。

6

学校というのは、意外に遅くまで人が残っているものだ。

島田の高校時代の柔道部の友人、吉木翔也が勤める高校は、栃木市にあった。地図で確認して、今度は両毛線に乗って栃木駅に向かう。途中で電話して、吉木がまだ学校にいることを確かめた。幸い、高校は駅のすぐ近くで、今度は膝に負担はかからなかった。

職員室に顔を出すと、すぐに一人の男が立ち上がる。これが吉木か……長身でがっしりした体型。いかにも柔道選手らしい雰囲気があるのは、首が太く短いせいだろうか。吉木は両手を広げて、前に押し出すような仕草を見せた。ここから出てくれ――職員室では話したくないのだろうと判断し、私は踵を返して廊下に出た。その瞬間、体が震えるような寒気に襲われる。学校の廊下というのは、どうしてこう寒いのだろう。

「お待たせしました」吉木はすぐに出て来た。

「職員室では話しにくいですね」

「ええ……ちょっとこちらに」

吉木が先に立って歩き出す。向かった先は、一階の廊下の奥にある理科実験室だった。ポケットから鍵を取り出すと、すぐにドアを解錠する。

中は、廊下よりもひんやりしていた。しかし、暖房を入れてくれ、と言うわけにもいかない。理科実験室は広く、エアコンを入れても暖まるまでには時間がかかりそうだ。仕方なく私は、ダウンジャケットを着たままでいることにした。失礼にはなるのだが、外での聞き込みと同じようなものだ、と考える。

一方吉木は、この寒さにまったく影響されていないようだった。コーデュロイのジャケットは暖かそうだが……もしかしたら防寒用の下着も着ているのかもしれない。

腰を下ろすと、吉木の方から切り出した。

「島田のことですよね」

「そうです」

「びっくりしました……あいつには二回びっくりさせられたことになりますよ」

「亡くなった時と今回と、ですね」

吉木が無言でうなずく。顔色は悪い……よく日焼けしていて精悍な顔つきなのだが、こういう話題では元気一杯というわけにはいかないだろう。

「高校の柔道部で一緒だったんですよね」

「ええ」

「仲は良かったんですか？」

「一年生で柔道部に入って、最後まで残った四人、です」

「練習、厳しかったんですか？」

「当時はろくでもない先輩が多くて」吉木が苦笑した。「練習がきついというより、先輩の可愛がりがきつかったんです。それで一人辞め、二人辞めで……最後に四人だけ残りました」

「残った四人の結束は固かったんでしょうね」

「そう、ですね」吉木は自信なげだった。「でも、高校を卒業した後は、ばらばらになってしまったけど」

「島田さんはすぐに東京へ出た――警視庁へ就職しました」

「私は地元の大学へ進学して、残る二人のうち一人は大阪の大学へ、もう一人は仙台で就職しました」

「じゃあ、今は完全にばらばらですか」私はぼんやりと思い浮かべていた「友人による復讐」という仮説が崩壊するのを感じた。

「そうですね。年賀状のやり取りぐらいです。これだけ離れると、ＬＩＮＥやメールもやらなくなりますね」

「島田さんが亡くなった時は、どうでした？」

「さすがにあの時は、あっという間に連絡が回りましたけどね。同窓会を通じて……びっくりしました」

「お葬式には行かれたんですか？」島田の葬儀は、故郷の栃木で行われたはずだ。東京では署の独身寮で暮らしていたので、遺体は両親が住む故郷に送られたわけだ……葬儀はかなり大規模になったのでは、と想像する。父親の仕事の関係もあり、栃木県警の職員も相当参列したはずだ。

「行きました。変な話ですけど、あんなに参列者が多い葬式は初めてでした。変に迫力がある感じで……」

「仕事の関係で、警察関係者も多かったんでしょうね」

「そうだと思います」吉木がうなずく。

「島田さんとのつき合いはどうだったんですか？」

「いや、卒業してからはそんなに深くは……あいつが帰省して来た時に酒を呑むことはありましたけど、私が仕事を始めてからは、なかなかそんな時間もなくて」

「学校の先生も忙しいですよね」

「毎日死にそうですよ」吉木が寂しげに笑った。「楽だ」と言われる公務員の中にも、異常に勤務時間が長く、過重労働を強いられる人はいる。

「気楽に友だちと会う時間もないわけですか」

「島田も、あまり頻繁にこっちに帰って来てたわけじゃないですからね。警察官の仕事も忙しいでしょう？」

「彼はローテーション勤務で、土日が必ず休みではなかったですからね。ちなみに、高校時代の友人で、特に仲が良かった人は他にいますか？」

「仲がよかったのは、やっぱり柔道部の四人ですかね」

「恋人は？」

「高校時代はいなかったと思いますよ。その後は……東京でどうしていたかは分かりません」

いなかったはずだ。五年前には、島田本人の交友関係もかなり綿密に調べられたはずだが、恋人の存在は浮上していなかったと聞いている。やはり、この線はよろしくない。島田と親しい人間が復讐を企てた——あくまで机上の空論だったようだ。

「あの、今頃どうかしたんですか？」吉木が疑わしげに言った。

おっと、危ない。私は何も言わずにうなずくだけにした。犯人の堀内が逮捕されたことは、今だに公表されていないのだ。関係者で知っているのは、島田の母親、美音子だけである。

「関連調査というものもありまして」私は適当に話を誤魔化した。

「そうですか……何で捕まらないんですかね」吉木が首を捻った。

「申し訳ない」実際には捕まっているのだが、と思いながら私は頭を下げた。「初期段階の捜査に参加していなかったので、何とも言えないんですが」

しばらく高校当時の話を聞いてから、私は吉木の下を辞した。結局、この数時間は無駄骨か……すっかり暗くなって、寒さが一際身に染みる。豪快に空振りした後で膝をついてしまう選手がいるが、私の場合、一回転して背中から倒れこんでしまったような気分である。

さて……取り敢えず東京へ帰らないと。両毛線の栃木駅に出て、戻るルートを考えた。ここからだと、両毛線で小山まで出て、東北新幹線に乗るのが一番早いはずだが、両毛線の小山行きは一時間に一本、ないし二本しかない。ちょうど、四時四十六分の小山行きが出てしまって、次は四十分後だった。反対方向、高崎行きは十分後だが、高崎回りだと大きく迂回することになって時間がかかる。

思い直して東武線の方を調べると、五時過ぎに出発する特急があった。これで北千住まで出て、日比谷線か千代田線に乗り換えれば霞ヶ関までは遠くない。調べると、北千住までは一時間ほどである。よし、これにしよう。今夜どうするかは、本橋に連絡を取ってから考えればいい。

全席指定なので、慌てて特急券を購入する。これで一安心……乗りこむと、まだ新しい車両で座席もゆったりしている。リクライニングもかなり利くので、体を休めながら帰れそうだ。無線ＬＡＮが使えるから、ここからメールで連絡を取ってもいい。

電車が走り出すと、私はすぐに座席を少し倒して目を閉じた。座り心地はよく、足元も広い……すぐに眠りに引きこまれたが、ふいにそこから引っ張り出された。やけに喉が渇いている。今日もかなり歩いたから疲れたのだろう……どこかに自動販売機はないかと席を立ち、デッキに出てみたのだが、「自動販売機、車内販売はありません」という張り紙がすぐに目に入った。こんなことなら、駅で飲み物を買ってくればよかった。そう考えた瞬間、ダウンジャケットのポケットにまだお茶が残っていることを思い出す。手を温めるために買った後、飲まずに忘れていたのだ。

席へ戻って一息つこうとした瞬間、スマートフォンが鳴る。芦田だった。何もなければ彼はもう引き上げているはずだが……嫌な予感がして、私はすぐに電話に出た。退庁時間ぎりぎりになって、出動が必要な事件が起きたのかもしれない。

「今、どこにいる？」芦田の声は切羽詰まっていた。

「そちらへ戻る途中です。ちなみに空振り——」

「何時にこっちへ着く予定だ？」芦田は私の話をまったく聞いていない様子だった。

「北千住に六時過ぎですけど……どうかしたんですか？」

「世田谷西署の特捜が会見を開くことになった」

「ああ——そうですよね。もう身柄を押さえているのに、いつまでも伏せておくわけには行きませんよね」

「実際、どこかの社が嗅ぎつけたらしい。今、広報が調整中だが、八時から世田谷西署で会見予定だそうだ」

「そうですか」それが私に何の関係がある？　あれはあくまで、世田谷西署、そして捜査一課のものなのだ。

「お前、会見に顔を出してくれないか？」

「俺がですか？　特捜に鬱陶しがられそうですが」

「課長の指示なんだよ」

「何が狙いなんですか？」勝手なことを、と思いながら訊ねる。

「マスコミの連中の動きが知りたいんだ。世田谷西署の事件と現在の事件がつながっていることが発表される予定なんだが、それ以上の事実を摑んでいる社がいないかどうか……気をつけないと、益田警部補の奥さんの所に取材が殺到する」

「そちらの方が大問題ですよ」五年前の交番襲撃事件は、警察官同士の争いだった。しかもその時に奪われた銃が今回の事件で使われた——マスコミ的には飛びつきたくなる事件だろう。当然、取材の矢は朝美にも向く。特にテレビのワイドショーなどは要注意だ。メディアスクラムを心配しなくてはならない。

「もう、手は打った。支援センターの方で、宿を用意してくれることになったから……新宿(しんじゅく)のホテルだから、部屋に籠っていれば、マスコミの連中にはバレないだろう」

「支援センターは、そんなに予算豊富だったんですかね」私は首を傾げた。

「向こうの予算については分からんが……念のために安藤もつけることにした。同宿させる」

「分かりました」

しかし、何も遠くにいる私を呼びつけなくても……長住を行かせればいいではないか。あの男でも、会見のニュアンスを感じ取るぐらいはできるだろう。それを告げると、芦田は「奴は午後から別の現場に出てるんだ」と言った。

「何かあったんですか？」

「暴行事件で、支援センターに相談してきた女性がいるんだ。所轄が捜査を始めたから、事情聴取に同席している」

「あいつには向かない仕事ですね」支援課のかかわる仕事で一番多いのが、女性に対する暴行事件、そして交通事故である。長住のように無神経な人間に被害者女性を担当させていると、そのうちトラブルになるかもしれない。

「俺もそう思うが、しょうがない」

「いい加減、異動させてやったらどうですか？　その方があいつにも我々にもいいですよ」

「俺の一存では決められないからな」芦田が弱気に言った。「それで、どうだ？　行けるか？」

「間に合うと思います」

北千住から千歳船橋まで、一時間もかからないだろう。間に合うどころか、ゆっくり食事を摂る時間もあるはずだ。

時間があるのと、気持ちに余裕があるのは、また別問題なのだが。

小田急線の各駅停車しか停まらない千歳船橋駅は小さく、駅前の商店街もささやかなもので、ゆったり食事ができるような店はあまりなかった。結局、チェーンの安いトンカツ屋に入り、ロースカツ定食を注文する。まあ、味は期待しないで……ハードルを低く設定しておいたので、乱暴な揚げ方も、肉の硬さもそれほど気にならなかった。

世田谷西署に着くと、特捜が使っている会議室に顔を出し、追跡捜査係の西川を摑まえた。彼は私を見て意外そうに目を見開いたが、いつものように淡々と出迎えてくれた。座る前に私は、周囲を見回して沖田を捜してしまった。それを見た西川が声を上げて笑う。

「沖田にびびってるのか？」

「また怒鳴りつけられたんじゃ、たまりませんからね」

「奴は今、飯を食いに行ってる。ぎりぎりまで戻って来ないよ」

「会見なのに？」

「会見の主役は一課長で、奴が喋るわけじゃない。一息ついて酒でも呑んでるかもしれないな」

私は思わず顔をしかめた。この重大な局面で、酒なんか呑む気になるものか？　まあ、あの人ならいかにもありそうな話だが。

「ところで、何で君が？」

私は事情を説明した。西川は特に怒ることもなく、黙って話を聞いてくれた。

「分かった。会見が開かれる会議室に、君が潜りこめるように席を用意しておくよ」

「助かります」

「しかし、マスコミの連中を心配することはないと思うよ。五年前の事件を今も取材している奴なんかいないはずだ。当時の担当記者は、全員異動してしまっただろうし……今は、一課担の記者は全員、北多摩署の特捜に集中してるんじゃないか？」

「でしょうね……今回、どこまで事実関係を明かすことにしたんですか？」

「全部」西川がさらりと言った。

「全部って……」私は思わず顔をしかめた。いくら何でも、それでは大騒ぎになってしまう。北多摩署特捜との調整は済んでいるのだろうか——いや、会見で喋るのは、全ての殺人事件捜査を統括する捜査一課長である。どこまで明かすかは彼の考え一つで決まるのだ。

「隠すと、後で厄介なことになるからな。だいたいこの時点でも、二つのポイントを隠している」

「そうですね。そもそも堀内が逮捕されてから時間が経っています。逮捕事実を公表しないのも異例ですよね？」

「覚せい剤や極左の事件の場合は、そういうこともあるけどな」

「もう一つは、北多摩署の事件で使われた拳銃の件——出どころはとうに割れていたわけですよ。マスコミの人間なら、銃のチェックにそれほど時間がかからないことぐらい、分かるでしょう」

「ま、今は、その辺の事情を厳しく突っこむほど、気概のある記者もいないだろう」

「しかし今回は、警察官による犯行、そして隠蔽ですからね……やばいでしょう」

「やばいけど、連中が熱くなって取材するのはこれからだよ。基本的に、君はそれほど心配することはないだろう。それより、頭を低くしておけよ。こういう会見に出て来る人間はだいたい決まっている——捜査一課の関係者でもない、マスコミの人間でもない君が紛れこんでいると、怪しいと思う人間がいるかもしれない」

「そうなったら、何も言い訳しないでさっさと逃げますよ」

「逃げ足の速さは大事だな」

西川が真顔でうなずく。本気なのか冗談なのか、私にはさっぱり分からなかった。

会見用に用意された会議室は満員になっていた。椅子は全て埋まり、部屋の背後の壁にはテレビカメラが何台も並んでいる。五年前の事件をついに解決——ということで、報道陣の興味を惹いたのだろう。しかしこの中に、既に事情を把握しているらしい記者がいるのだ。この後彼らは、朝美を摑まえて話を聴こうとするだろう。既に安全な場所に避難させたのだが、いつまでも続けておくわけにはいくまい。今後の展開を考えると頭が痛かった。

八時を二分ほど過ぎ、広報課の若い課員が入って来た。続いて捜査一課長と世田谷西署長が部屋に入り、前方に用意された長テーブルにつく。少し遅れて、係長の打越が一課長の横に座った。テーブルにはマイクが二本。一方の広報課員はマイクを持たず、地声で怒鳴るようにして開会を告げた。

「それでは、世田谷西署管内における交番襲撃事件に関する記者会見を開きます。まず、捜査一課長から発表があります」

一課長が立ち上がって素早く一礼した。顔を上げると、会見場をざっと見回してマイクを手に取り、腰を下ろす。長くなる、と無言で記者たちに宣言したようなものだった。

「当該事件について、容疑者の身柄を確保しましたので発表します。容疑者は堀内敬太、三十歳。住所は群馬県太田市、職業無職——警視庁世田谷西署地域課に勤務していた元警官です」

一瞬で会見場の熱が上がった感じがした。警官が警官を殺した？　ショックが記者たちを揺らしている。この中の誰かはその情報を既に知っている可能性が高いのだが……記者たちの背中を見ているだけでは、まったく分からなかった。

一課長は淡々と事実関係を話していたが、額には早くも汗が滲んでいた。テレビカメラの照明のせいだけではないだろう。今の一課長は、陰で「ビスマルク」と呼ばれている。とにかく冷静というか冷酷な人で、部下にも他の部署にも容疑者にも厳しいのが、ドイツの「鉄血宰相」のイメージと重なるのだろう。その課長が額に汗している姿は、私には衝撃だった。

説明が始まったばかりの段階で、早くも会見場を飛び出して行く記者がいる。急いで連絡しようというのだろう。ということは、あの記者はこの情報をまったく知らなかったわけだ。普通は、会見の情報が流れただけでピンとくるはずなのに……五年前から特捜本部を抱えている署で記者会見となったら、まずは「犯人逮捕」を考えるはずである。西川が言ったように、最近はそれほど熱心、かつ鋭い事件記者はいないのだろうか。

一課長はまず、世田谷西署の交番襲撃事件について説明を終えた。改めて発生日時、犠牲者の名前、犯行状況を伝え、被害者の同僚である堀内を逮捕した経緯を話す。ただしその説明は、それほど詳細ではなかった。確かに微妙な状態での逮捕であり、説明しにくい内容なのだが。

そこから一課長は、事件の本質に踏みこんでいった。

「この事件で、堀内は署の同僚——先輩に相談し、二人で事件を何者かによる交番襲撃事件に偽装することを相談した」

当時は交番に防犯カメラもなく、時間帯的に目撃者もいそうになかったことから、この偽装工作はそれほど難しいものではなかった、と説明を続ける。そこまで一気に——書類に目を落としたまま喋り続けたものの、そこで一課長は急に言葉を切った。書類から顔を上げ、すっと息を吸う。その音がマイクで増幅され、緊張感が私にも伝染した。

「この時に相談を受けたのが、当時世田谷西署地域課に勤務していた益田護警部補だった。益田警部補殺害に使われた銃が、この時被害者の島田巡査から奪われたものと一致した」

途端にざわめきが広がる。この会見に顔を出しているのは、ほとんどが各社の警視庁記者クラブ捜査一課担当だろう。都内の凶悪事件は全て取材する——まさに捜査一課と同じだ——ので、古い事件とはいえ、すぐに事情が分かったはずだ。

会見する人間が喋っている間は質問しないというのがこういう時の暗黙の了解のはずだが、早くも質問が飛んだ。一人の記者が手を上げ、直後に短距離のスタートダッシュでもしそうな勢いで立ち上がる。

「課長、つまり益田警部補は、自分が処理した銃で射殺されたということですか？」

「今、そう説明した」一課長が記者を睨む。

「質問は説明が終わった後でお願いします」進行を仕切る広報課員も冷ややかな声で言った。

立ち上がっていた記者がゆるゆると腰を下ろす。周りの記者も彼を凝視（ぎょうし）していた——やはり「この馬鹿が」という感じ。会見のマナーを守らない人間に対しては、同業者は冷たくなるのだろう。

「引き続き、北多摩署の交番襲撃事件に関して説明します」一課長の声は平静に戻っていた。「益田警部補を射殺した拳銃の銃弾は現場で発見されていた。これを鑑定したところ、ライフルマークが、世田谷西署の島田巡査から奪われた拳銃のものと一致した。北多摩署特捜の犯人については、まだ特定するに至っていない。質問が出るだろうからあらかじめ言っておくが、世田谷西署特捜の事件で逮捕された堀内は、今回の件には関与していないと証言している。なお、犯行当日には群馬の自宅にいたことは分かっている」

ざわめきが一段と高まり、さらに何人かの記者が会見場を飛び出して行った。一課長はそれを無視して、淡々と説明を続ける。

会見は延々と続いた。記者たちも朝刊早版の締め切りで焦り始めたのだろう、会見の途中からは、ノートパソコンのキーボードを叩く音が満ちた。

壁の時計で午後九時ちょうどに、広報課員が会見の終了を宣言した。一瞬だけ質問が途切れた隙を狙ったかのようなタイミングだった。一課長と署長——結局一言も喋らなかった——を先導するように打越が先を歩き始め、会見場を出て行く。記者たちが立ち上がってさらに質問をぶつけようと迫ったが、打越たちの方が少しだけ動きが早かった。記者たちの声だけがむなしく響く。

取り敢えず、際どい質問は出なかった。こういう場で、自分だけが摑んでいる情報を開陳するような間抜けな記者はいないだろう。せっかくの特ダネを他紙にも教えてしまうことになるからだ。

会見が終わると私は特捜本部に戻り、芦田に連絡を入れた。

「どの社が事前に情報を摑んでいたかは分かりませんでした」

「朝美さんの話は出なかったか？」

「会見では出ませんでした。しかし、被害者の自宅ということで家は割れているはずですから――」

「今頃は、そちらへ殺到しているかもしれないな」

「もう隔離（かくり）したんでしょう？」

「ああ。それは心配するな」

「取り敢えず、今夜は安藤に任せていいんですね？　だったら私は引き上げますが」

「ああ。お疲れだった。今日はかなりの移動距離だったな」

「歩いたわけじゃないですけどね」

特捜には沖田も打越もいたが、私は西川だけに挨拶して帰ることにした。何も棒で藪（やぶ）を突く必要もない。それに沖田も打越も、忙しそうにしている。

「西川さんは余裕ですね」

「まあな。というか、ここの特捜の犯人は捕まえたんだから、うちはいつ撤収してもいいんだ」

「そうですか……どうもお騒がせしまして」私は立ったまま一礼した。「何かありましたら、またお願いするかもしれませんが」

「お互い様だな」

嫌われ者同士の結束か……自分で「嫌われ者」と言っていたら世話はないが。

外へ出て、今度はバスを拾おうかとも考えた。バス停はすぐ近くのはず……しかし、敢えて歩くことにした。今日はずっと電車に乗っていて体が凝り固まった感じがしているから、ちょうどいい運動だ。痛みがない限り、できるだけ歩いた方がリハビリになる、と医者も言っていた。今日は痛みは……昼間は少し感じていたのだが、今はないことにしよう。

周囲には特に見るべきものもない。環八沿いにはマンションも結構あるが、こういうところだと煩くないのだろうか。夜中まで車の流れは減らないはず……余計な事を考えるな、と私は自分を戒(いまし)めた。

車が多いせいか、電話が鳴ったのに気づかないところだった。慌てて背広の内ポケットからスマートフォンを引っ張り出す。その瞬間、私は目を見開いた。

智樹。

7

「どうも」

電話に出ると、智樹が低い声で切り出した。反省しているようにも傲慢なようにも聞こえる。こういう時は、こちらの第一声が肝心だ。一瞬考えた末、私は単に事実を告げるだけにした。

「捜してたんだ」

「もしかしたら大騒ぎですか？」

「俺の周辺だけはね」

「どうして村野さんの周辺が？」

今の答えはよくなかった、と反省した。やはり智樹は、以前と同じようにピリピリしている。よほど気をつけないと、電話を切られてしまうだろう。理想は、今どこにいるか割り出して、今夜中に接触することだ。取り敢えず会話を引き伸ばして、できるだけ智樹をリラックスさせないと。

私は、マンションの脇の道に入った。環八沿いの歩道にいると、車の音が邪魔になってろくに話もできない。できるだけ環八から離れることにした。

「もしもし？」少し黙っていたので、智樹は不安になったようだった。声に焦りが感じられる。

「悪い。今、歩いているんだ——さっきの話だけど、俺が君と一緒に聞き込みをしていたのが、捜査一課にはバレていたようなんだ」

「ああ」智樹があっさり言った。「そうだろうと思いました。一課は間抜けじゃないですからね」

「網の中で歩き回っていたようなものだろうな……とにかく、俺がこのところ、君と一番深く接触していた人間なのは間違いない。だから一課は、君がいなくなったら俺が捜すべきだと思っている」

「で、捜してたんですか？」

「手は打った。でも君は、上手く網から逃れていたみたいだな」

「素人じゃないんで」馬鹿にしたように智樹が言った。

「大丈夫なのか？」

「何がですか？」

「君の精神状態に悪影響を与えそうな情報が発覚したじゃないか」

「その件は——正直、まだ信じられませんけどね。親父があんなことをしたなんて……そういう人じゃないんですよ。そういうことから一番遠くにいる人なんです」

「色々な人に話を聴いた。確かに、絶対に規則は破りそうにない人だよな」

「俺の中で、制服警官というとまず親父のイメージなんですよ」

「親父さんは、後輩を大事にして、面倒見もいい人だった。相談されて、大事な後輩を庇って、結果的に罪を犯した——警察官としては間違っているけど、人間としては親父さんの行動は理解できる」

「警察官として間違っていたら、親父のアイデンティティは崩壊じゃないですか。骨の髄まで警察官、という人だったんだから」

「そうか……あれからの五年間は、親父さんも辛かったと思う。それで？　君はどうして一課の網から逃れたかったんだ？　五年前の事件の犯人を、自分で捕まえようとした？」

「まあ」智樹が言葉を濁す。「考えが浅かったですね。一人で犯人に辿りつけると思ってたんだから……さっき、テレビでニュース速報が流れましたよ」

ということは、マスコミもこの事件を大事と捉えていたわけだ。犯人逮捕でニュース速報というのは、よほどの事件の場合である。

「実際、犯人は逮捕された。ついさっきまで、捜査一課長が会見していたよ」自分がその場で見ていた事実は伏せて、私は言った。「そういう状況になったし、そろそろ戻って来ないか？　さっさと頭を下げておけば、怒られるだけで済むと思う。単に、仕事を少しサボっただけなんだから」

「それでまた軟禁するつもりですか？　もう状況が変わったんですよ。俺は被害者の息子じゃなくて、犯罪者の息子になったんだ」

「益田部長……」一瞬、かけるべき言葉を失う。彼の指摘は紛れもない事実だ。

「ちょっと気になることがありましてね」

「何だ」

「親父が誰かに脅されていた、という情報があるんです」

「そんな話、誰に聞いた？」追及しながら、私の頭の中では二つの要素が一気につながった。益田が自分用の口座から金を引き出していた事実。「脅迫されていた」という智樹の情報。益田は、脅迫者に支払うために金を引き出していた——そう結論づけるのに無理はない。

「誰でもいいじゃないですか。俺にも独自のネタ元はあります」

口座の話を告げるべきか迷ったが、結局黙っておくことにした。話せば、智樹は自分の得た情報が正しいと確信して、さらに突っ走るだろう。取り敢えず彼には、捜査一課に戻って来てもらわねば困るのだ。犯罪者の息子という事実はさておいて、まずしっかり保護下に置かねばならない。

「それで、これからどうするつもりだ？」

「問題は、親父を殺した犯人がまだ見つかっていないことです」智樹の声はしっかりしていた。「だから、まだ捜しますよ。親父を殺した犯人は、必ず俺の手で挙げます」

「無理するな。仲間を信じて任せろよ」

「信じてないわけじゃないです。でも俺は、一課にいると両手を縛られたままなんです。それが嫌なんだ」

「ショックで冷静な判断ができなくなっているだけじゃないのか？」

「突然家族が——それも一番信じていた人が犯罪者になったんですよ？　どんな気持ちになるか、分かります？　村野さんは被害者のことばかり見てるから、犯罪者の気持ちは分からないでしょう」

「俺にとって君は、今でも犯罪被害者の家族なんだ。その原則に従ってフォローする」

「これじゃ、いつまで経っても平行線ですね……とにかく俺は、親父を殺した犯人を捜します。捜査一課よりも絶対に先を行きますよ」

「待て、今どこに——」

電話は切れた。自分はこんなに説得力のない人間なのかと、私は啞然とした。

気を取り直して、連絡すべき相手を考えた。本橋……今電話しても仕方がない。となると重森だ。

重森は例によってすぐに電話に出た。私が用件を話すよりも先に、「お前、世田谷西署の会見に出てたそうだな」と切り出す。

「ええ」

「どんな雰囲気だった？」

「騒然としてましたよ」

「そうか……北多摩署も大事だ。一階が記者たちで溢れて、副署長がてんてこ舞いしてる」

「そちらの事情は、一課長が全部把握しているでしょう。会見で過不足なく説明したはずですよ」現段階では言えない事の方が多いはずだが。

「それで納得しないのが、記者という人種だろうが」重森は不機嫌だった。

「ご自分で降りて行って話したらどうです？」

「俺には話す権限がない」不機嫌な口調で重森が言った。

どうも、彼と話すタイミングではなかったようだ……しかし、改めてかけ直すのも筋が違う。本題に入ろうとした途端、重森が「で？　何の用だ」と言って出鼻を挫いた。私は一つ咳払いして「益田巡査部長から電話がありました」と告げた。

「それを先に言え！」

重森が爆発する。勝手に先に話し始めて、こちらが喋るのを許さなかったのはあなたでしょう……反論が喉元まで上がってきたが、さすがにそれは言えない。

「そうか」

そうか？　爆発から一転して静かな一言に、私は膝から力が抜けるように感じた。どうして怒らない？　いや、怒られたいわけではないのだが。

「どこにいるかまでは聞き出せませんでした」

「言うわけがないだろうな」

「益田警部補が脅されていた、と言っていましたが……」

「どういうことだ？」

「益田警部補が、自分の口座から少なくない金を引き出していたことは報告しましたよね？」

「ああ、そちらの課長から聞いている。恐喝していた人間にその金を払っていたということか？」

「そう考えるのが自然かと思います」

「確かにな……で？　奴はそれを自分で割り出したと言っていたのか？」

「独自のネタ元があると言っていましたよ」

「分かった——居場所は分からないんだな？」重森が念押しした。

「ええ」

「仕方ないな」重森があっさり言った。「いずれにせよ、益田はお前に甘えているんだと思う」

「そうは思えませんが」私は顔をしかめた。

「いや、自分が何をやっているか、俺たちには言えないがお前には言ってきた――これはつまり、奴がお前には心を許して甘えている証拠だよ」

そう言われれば納得できないでもない……信頼関係があると言ってもいいだろう。私はスマートフォンを握り直した。足元が凍えるほどの寒さなのに、手だけが熱く、汗をかいている。

「いずれまた、電話がかかってくるんじゃないか？」

「そうですかね」

「一人で犯人を捕まえる――そんなこと、できるわけがない。泣きついてきたら、叱り飛ばすなり慰めるなり、支援課独自のノウハウで上手く対処してくれ」

「それでいいんですか？」あまりの変わりように、私は呆然とした。まるで、智樹のことなどどうでもいいような感じではないか。「私は捜しますよ」

「ああ、それは支援課というかお前独自の考えで……一課として口出しできることじゃない」

「一課としては問題じゃないんですか？」私は少しだけむきになっていた。「無断欠勤になりますよ」

「そんなもの、何とでも調整できる。奴は有休も溜まってるしな。犯罪被害者の家族を、きつい目に遭わせることもないだろう」

「今は犯罪者の家族でもあるんですよ」智樹もそういう考えに染まっているようだった……。

「馬鹿言うな。益田警部補は、世田谷西署の特捜から見れば犯罪者かもしれないが、うちにすればあくまで犯罪被害者だ」

「……重森さん、そんな人でしたっけ？」

「俺のことを何だと思ってるんだ！」

最後に彼らしい咆哮を残して、彼は電話を切ってしまった。

いったいこの変化は何なのか……私は首を振ってから歩き出した。ほどなく、細い道路が環八を斜めに横切る交差点にたどり着く。ここを左へ折れれば千歳船橋駅に行き着くはずだ。とはいえ、環八を横切る横断歩道はなく、歩道橋を渡って行かねばならない。痛む膝には、階段は最大の障壁なのだが……仕方がない。横断歩道を探して歩くのは時間の無駄だ。

気合いを入れて歩道橋を登る。地上から十メートルほど高くなっただけで風はひときわ強くなり、寒さが身に染みる……どこか遠くでスマートフォンが鳴る音が聞こえた。遠くで、と思ったが、実際には私の背広のポケット内で鳴っていたのだった。

梓だった。ホテルに落ち着き、状況を報告しようとしているのだろう。

「お疲れ。今、ホテルか？」私は訊ねた。

「はい。それはいいんですけど、たった今、益田巡査部長から朝美さんに電話があったんです」

「何だって？」私は思わず立ち止まった。北──世田谷西署の方を向いて手すりに身を預けてみたが、もう庁舎は見えない。「俺の方にも電話があったんだけど、その後かな」

「それは分かりませんけど……朝美さんが教えてくれました」

「部屋は別なんだよな？」

「ええ」

それでは本当に電話があったかどうか、証明しようがない。しかし朝美が、そんなことで嘘をつくとは考えにくかった。今のところ信用できる二人の人間──私と朝美に、立て続けに電話したと考えるのが自然だろう。

「内容は？」

「益田警部補を脅していた人がいるはずだけど、心当たりはないかって……どういうことなんですか？」

「恐喝者の存在を察知したらしい。俺にも同じ内容の電話があった」

「それが事件の背景なんですかね……」梓が自信なげに言った。

「分からない。ただ、恐喝者がいてもおかしくないだろう。銀行の金の動きがいかにもそれっぽい」私は腕時計を見た。午後九時半。「朝美さんとはまだ話せるかな」

「大丈夫だと思います」

「少し時間をかけて、やり取りの内容を聴き出してみてくれないか？　もしも思い当たることが出てきたら、何時でもいいから電話してくれ」

「分かりました。他に私が知っておいた方がいいことはありますか？」

「朝美さんは、ニュースは観たかな」

「九時のニュースを観たと思いますけど……あ、まずいですよね」

テレビで、自分の夫が犯罪者として紹介される——改めて大きなショックを感じているはずだ。いや、その後に息子からの電話というより大きなショックがあって、吹っ飛んでしまったかもしれないが。

「しっかり話してフォローしてくれ。君ならできる」

「分かりました」

電話を切り、私は家路を急いだ。

その夜、梓から電話はかかってこなかった。

第四部　落伍者

1

翌日、支援課に出勤しても梓から連絡はなかった。こちらから電話して急かすのも何だし……向こうからかかってくるのを待つことにした。

しばらくバラバラに動いていたので、情報のすり合わせをすることにして、本橋、芦田、長住、優里と集まる。打ち合わせ用のテーブルは四人がけなので、私は自分の椅子を転がして来た。

まず、昨夜智樹から電話がかかってきたことを報告する。

「そういうことは、昨夜のうちに言って欲しかったですね」本橋が顔をしかめる。

「すみません」私はすぐに謝った。「ただし報告しても、昨夜の段階でできることは何もありませんでした」

「そういうことなら、仕方ないですか……」本橋がうなずく。「居場所について、何かヒントは?」

「ありません。ただ、私に電話してきた直後のようですが、益田巡査部長は母親にも電話しています。安藤が彼女から相談を受けました。内容は、私が聞いたのと同じようなものです」

「一応は安心、ですかね」本橋の表情が少しだけ緩んだ。

「そうですか？」

「少なくとも、自殺を心配する必要はないでしょう。何かきっかけがあれば戻って来るはずです」

　今の智樹は、単に引っこみがつかなくなっている状態ではないだろうか。自分一人で何とかしてやろうと意気込んで飛び出したものの、特捜本部が先に犯人に辿りつけば、出て来ざるを得なくなるだろう。相当決まりが悪い経験になるだろうが……その際にこちらでフォローすべきかどうかは分からない。これは一種の、「仕事のやり方」に関する問題だからだ。ただ、重森はこの失踪を問題視せずに処理すると言っていたから、さほど大きなトラブルにはなるまい。

　智樹が早く姿を現せば、だが。長引くと厄介なことになる。

「一つ、捜査の本筋の件で言っておきたいことが……ある」芦田が遠慮がちに切り出した。

「どういうことですか？」

「昨夜も、北多摩署の特捜の連中と話をしたんだが」芦田の顔色は暗かった。彼の中では「取り調べ」の感覚だったかもしれない。「あの当時――五年前に、署を辞めた若手がいたことが話題になってね」

「あの二人以外の若手、ですね？」私は確認した。堀内が警察を辞めたのは事件から一年後であり、「当時」とは言い難い。

「ああ」芦田がうなずく。表情は暗いままだった。「あの二人よりも年次が一年下の巡査だった。勤務態度の問題があってね」

「処分されるような話ですか？」

「そこまでじゃない。しかし遅刻が多かったし、指示を守れない、先輩に口答えをする――」

「要するに、駄目な若い警察官だった、ということでしょう」長住が呆れたように言った。「何が問題なんですか？　そんな奴は、若いうちに辞めて正解じゃないですか。もちろん、今もどこかで誰かに迷惑をかけてるんでしょうけどね。一つの仕事で駄目な奴は、他の仕事でも駄目ですよ」

私は長住の顔をまじまじと見た。何でこいつは、急に仕事論を語っているのだ？長住自身、この職場では「駄目な奴」なのに……好きな職場に行けば、自分が十分な力を発揮できると思っているのだろうか。

一ヵ所で駄目な奴は、どこへ行っても駄目なはずだ――彼が言っている通りに。

「そいつは交番勤務で——ということは、地域課にいた益田警部補の部下のようなものだったわけだ」

「何かトラブルでも？」

「辞めさせたのは、実は益田警部補なんだよ」芦田が手帳を取り出してめくった。

「あの事件が起きてから一ヵ月後——俺が異動してから二週間後に、その若い警官は辞表を提出している。益田警部補が、辞めるように説得したんだ」

なかなかきつい仕事だったはずだ。上司に言われたのか、益田個人の判断だったかは分からないが、大きなトラブルにならずに辞めるよう諭す——しかも益田は、交番襲撃事件に絡んでしまった負い目を背負っていた時期である。そんな中で、ややこしい仕事を上司から押しつけられたら、ストレスはマックスだっただろう。

「当時の地域課の人間に確認したんだが、辞めさせるように上に進言したのは、益田警部補本人だった。言い出した人間ということで、彼が直接説得に当たることになったようだな」

「トラブルなく辞めたんですか？」

「いや、だいぶ揉めたらしい。その若い警官の感覚では、自分は特に問題を起こしていない——何が悪いんだと開き直っていたようだから」

「警察学校では何を教えてるんですかねえ」長住が呆れたように言った。「警察官としての基準は、最初にしっかり教えるでしょう」

「勝手に基準の解釈を変える人間もいるよ」芦田が私を見た。「なあ？」

「俺が何かしたって言うんですか？」私は体を揺らした。毎日使っている椅子が、急に座り心地の悪いものに感じられる。

「ずっとやりっ放しじゃないか」芦田が目を見開く。「自覚症状がないとしたら、相当まずいぞ」

「まあまあ」本橋が割って入った。「村野警部補は、他の部署に嫌われているだけです。警察官として、間違ったことはしていません」

これまたひどい言い草だ……しかし私は、反論を呑みこんだ。今は、芦田が持ってきた新しい情報が気になっている。

「芦田さんは、その若い警官のトラブルは知ってたんですか？」

「ああ」芦田がうなずく。「刑事課にまで伝わってきたぐらいだから、相当駄目な人間だったんだろうな。まあ、警察学校を無事に終えても、その後で駄目になる——警察学校で選別しきれなかった人間もいるわけだ。堀内なんか、その代表みたいなものじゃないか」

「そうですね。それで？」私は先を促した。疲れているのか、芦田の話は無駄に長くなりがちだった。

「益田警部補とはだいぶ激しく遣り合っていたようで、捨て台詞を吐くようなこともあったようだ」

「それでも、懲戒解雇ではなく辞職にしたんですね？」

「まあ、若かったからな……その後の再就職のためにも、馘じゃなくて辞職の方がよかったわけだ」

「まったく、甘やかしてますねえ」

長住が茶々を入れる。芦田は長住を一瞬睨んだが、何も言わずに続ける。

「この男――木戸雅紀という男だが、一年先輩の島田や堀内にはだいぶ可愛がられていたようなんだ。署の独身寮でも一緒だったし、仕事の態度は悪いが、先輩には可愛がられるタイプ――そういう人間はいるよな」

「分かります」私は言った。「可愛がられていたというのは、どういうレベルですか？」

「俺は具体的な話は知らないが、よく二人とつるんで遊んでいたようだ。だから島田が殺された時には相当のショックを受けていたようだが……予め言っておくが、こいつも初動捜査を除いて、捜査には参加していない」

私は腕組みして目を瞑り、この情報を検討した。芦田がわざわざこの場で報告しているのは、木戸という人間に対してある程度疑いを抱いている証拠だろう。

「特捜は、この男をマークしているんですか？」目を開き、芦田に訊ねる。

「話は聴くつもりだ、と言っていた」

「益田さんに対する恨みは……」

「周辺には零(こぼ)していたらしい。自分が悪いことは棚に上げて、益田警部補にはめられた、と文句を言っていたという証言がある。というより、当時の地域課長に直接クレームをつけていたんだ」

「課長にクレーム？」私は目を見開いた。「とんでもない度胸の持ち主ですね」

「辞める日に、捨て台詞を吐いていったそうだ。周りが引くほどだった……と、当時の地域課長は言っている」

「かなりの恨みなんですね？　つまり、殺したいほどに……」

「いや、もちろん何の証拠もない。五年前の恨みがどれだけ大きくても、それが益田警部補を殺すだけの動機になるかどうかは分からないしな。警察を辞めてからは、昔の同僚と接触していないようで、噂も入っていない」

「現在、接触は可能なんですか？」

「特定の人間の居場所と連絡先を割り出すぐらいなら、大した手間じゃない。今朝から事情聴取を始めたいという話だった」

　これで一気に犯人にリーチできるだろうか……分からない。芦田が指摘する通り、五年間も恨みを持ち続けることは、実際にはなかなか難しいのだ。もちろん、キャリアを途中で折られた衝撃は大きいだろうが、五年も経ってから「悪の張本人」と恨んでいた人間を殺すだろうか。

一つ考えられる可能性は、警察を辞めてからの木戸が、転落一途の人生を送っていたことである。仕事を転々とし、あるいはそもそも職がなく、家族にも見捨てられて酒浸りの生活だったりすれば、転落の原因になった男をさらに強く恨むようになってもおかしくない。様々なシチュエーションを想定しているうちに、私は一つの可能性にたどり着いた。

「木戸は、堀内とも島田とも仲が良かったんですね？」

「そう聞いてる」芦田がうなずく。

「五年前には、事件の真相は知らなかったんでしょうか？　実は堀内から真相を打ち明けられていたとか……」

「分からん」

「仮にそうだとして、何故益田警部補を殺さなければならないんですか？」本橋が割って入った。「今ひとつ、動機の流れがつながりませんね」

気持ちの流れが常に合理的であるわけでもないが……むしろ、合理的な考えが破綻した時に犯罪は起きる。

「とにかく、あまり気にしてもしょうがないでしょう。うちとしては、益田朝美さんをマスコミから守ること、もう一つ、益田智樹巡査部長を捜すこと、この二つに集中して仕事をしましょう」

「それで言えば、安藤はどうしますか？」私は訊ねた。「昨夜からつきっきりで、疲れていると思います。一回引き上げさせますか？」

「監視抜きになりますが、心配いりませんか？」

本橋が何を懸念しているかはすぐに分かった。もしかしたら朝美は、未だに私たちに心を開いていないかもしれない。密かに智樹と裏でつながっていたり、追いかけ回すマスコミの前に勝手に姿を見せて、警察に対する不満をぶちまけたりする可能性もある。最悪、朝美が奪われた拳銃の隠し場所を実は知っていた——益田の犯行に加担していた可能性もあるのではないか？

考え過ぎるとキリがない。

「安藤に様子を聞いて、心配ないと判断したら引き上げさせます。今日はこのまま非番にしてもいいですか？」

「構いませんよ。無理は禁物です」本橋が私たちの顔を見回した。「どんなに大事な仕事でも、体と心に無理をさせてまでやるものではありません」

これはあくまで理想論——支援課の仕事は、体はともかく心を削られるものなのだ。

私の心には、あとどれぐらい削る余裕があるのだろう。

梓に電話をかけて、事情を聴取した。彼女自身は、まだ心配なようだった。

「一人にしておかない方がいいか？」

「絶対大丈夫とは言えないんですけど……そもそも部屋は別ですから、百パーセント監視しているとも言えないんですよね」

「狭い部屋でずっと一緒にいたら息が詰まるだろう……まだ監視しておく必要があるなら、こっちから交代要員を出すよ」

「私、まだ頑張れますよ」梓が不満そうに言った。「昨夜だってちゃんと寝てますし。自分の家よりホテルの方が居心地がいいぐらいです」

「だけど、超過勤務が続いている状態はまずい。とにかく、引き上げる方向で考えてくれないか？　どうするか判断したら、電話してくれ」

「分かりました」

梓はまだ納得していない様子だったが……電話を切って、私は立ち上がった。濃いコーヒーが欲しい——しかしすぐに、優里に呼び止められた。

「朝美さんのこと、どうするつもり？」

「監視を置くまでもないと思うけど、判断が難しいな」

「百パーセントの監視じゃなくていいでしょう。私と西原が、交代で部屋に行ってみるわ。ちょっと話をしにいく、という感じで」

「頼めるか？」

「もちろん」優里が不思議そうな表情を浮かべた。「それが私たちの仕事でしょう。あなたも、時間をずらして行ってみたら？　それで結構、ちゃんと監視している感じになるはずよ。夜は夜で、また考えればいいでしょう」

「分かった。じゃあ、頼む。後でダブルAから連絡があるから、その際に引き上げるようにはっきり指示するよ」

「あの娘、頑張ってるわね」優里が嬉しそうにうなずいた。

「肉体的には頑張ってる。後は、頭を絞ることを覚えればいいんじゃないかな」

「ハードルが高いわね」

「体だけ動かしていればいいっていう若手時代なんか、あっという間に終わるんだよ。その後は頭を使って仕事しないと、すぐに役立たずの烙印を押される」

木戸のように——話を聞いた限りでは、いずれは役立たずと判断されて警察を辞めざるを得なかっただろう。彼の場合、早いか遅いかの違いだけだったはずだ。

「ちょっとコーヒーを買ってくる」私は、椅子の背に引っかけておいた上着に袖を通した。外——隣の警察庁のビルにあるコーヒーショップにまで足を運ぶつもりだった。支援課にはインスタントコーヒーの用意しかないのが、私としては不満……皆に声をかけて金を出し合い、コーヒーマシンを買おうかとも思っているのだが、ランニングコストを考えると提案しにくい。

ほんの少し歩くだけなので、背広の上着を着ていれば十分だろうと思ったのだが、読みが甘かった。三月も近いというのに、この寒さ……今年は一向に、寒さが緩む気配がない。ズボンのポケットに両手を突っこみ、前屈みになりながら先を急ぐ。

コーヒーを買ったものの、すぐに戻る気にはなれなかった。この寒さでは、戻るまでにコーヒーが冷えてしまうかもしれない。店内に腰をおろし、冷たくなった手をカップで温めながら、ゆっくりとコーヒーを飲む。スマートフォンはテーブルに置いたまま——いつ誰から連絡があるか、分からない。

すぐに電話が鳴った。朝美だった。予想していない相手だったので、少し動揺しながら取り上げる。

「村野です」

「今、息子から電話がありました」緊迫した口調だった。

「何を言ってましたか？」私はスマートフォンを強く耳に押し当てた。

「これから千葉まで行く、という話でした。もうすぐ全てが片づくから、そうしたら戻ると」

「片づくというのは……どういうことですか？」

「分かりません」

「どんな様子でした？　怒っているとか、焦っているとか…」

「興奮した様子でした。もしかしたら、主人を殺した犯人が分かったんですか？」

「いえ、現段階ではまだです」木戸を犯人と指摘するのは難しい。智樹は独自の捜査で、犯人が千葉にいると割り出したのか？　それなら大手柄というか、彼は数十人が動いている特捜に一人で勝ったことになるのだが……。

「千葉というのは、どういうことでしょう？　何か心当たりはありますか？」

「いえ、まったく」

「今はどこにいるか、分かりますか？」

「それを聞こうとしたら、電話が切れました」

「そうですか……分かりました。ところでそちらは、様子に変わりありませんか？」

「今のところは」

「息苦しくないですか？」

「大丈夫です。ホテルになんか泊まったことがないから、変な感じですけど」

「うちの安藤を、一度引き上げさせます。一人で大丈夫ですか？」

「ええ」

「後で他の人間が顔を出しますが、取り敢えず、部屋からは絶対に出ないで下さい。マスコミがそのホテルを嗅ぎつけるとは思えませんけど、念のためです。ご不便をおかけして申し訳ありませんが」

「私は大丈夫です。息子のこと、よろしくお願いします。昔から怒りっぽい子なので……何かあったら……」

「至急、動きます」

電話を切り、私はコーヒーを持って店を出た。一応、梓を朝美の部屋に突っこませ、もう少し詳しく話を聞かせよう。

右手に危なっかしくコーヒーカップを持ち、左手だけでスマートフォンを操作して梓を呼び出す。彼女は、朝美がまず自分に相談しなかったことに対して不満そうだったが、不機嫌になっている場合ではないとすぐに自分を納得させたようだ。

よし、取り敢えず支援課で対策を考えよう。いつの間にか、寒風は気にならなくなっていた。

2

木戸のことを知るなら、北多摩署の特捜に聞くのが一番早い。何度も重森に電話をかけるのは気が引けるが、キーワードとして浮上してきた「千葉」に関しては、早急に調べる必要がある。自席に戻ると、私はすぐに重森に電話を入れた。

「木戸雅紀という人間が問題になっているそうですね」私はそろりと切り出した。

「容疑者ってわけじゃないぞ……それよりどうして、その名前を知ってる？」

「私のすぐ横にいる人が、そちらから何度も話を聴かれてるじゃないですか」

途端に芦田が青褪める。余計なことを言うな、とでも言いたげに首を横に振った。見られていると話しにくい……私は椅子を回して彼に背中を向けた。

「実は今朝、また益田巡査部長から連絡がありました」

「お前にか？」ゆったりしていた重森の口調が急に尖る。

「いえ、母親にです」

「内容は？」

「これから千葉に行く、と。いかにも緊急の用件があるような感じでした。犯人を逮捕しに行くような……」

「それで？」

「木戸は今、どこにいるんですか？　千葉ですか？　益田巡査部長が木戸の存在を割り出して、直接会いに行った可能性もあると思います」

「木戸のことはこっちでケアする。心配するな」

「いや、我々にも知る権利はあると思います」私は引かなかった。「益田巡査部長の情報は、こちらに入ってきたんですよ」

「そんな理屈は通らない」

「益田部長の身柄を押さえるためには、彼がどこへ行くか知る必要があります。木戸は千葉にいるんじゃないんですか？」私は繰り返し訊ねた。

しばらく押し引きが続いたが、結局重森は木戸の自宅住所を教えてくれた。

「一人暮らしですよね」芦田の情報によると、木戸は佐賀県の出身だ。

「ああ」

「今、仕事は何を？」

「そこまでお前に言う必要はないだろう――いいか、余計なことはするなよ」重森が釘を刺した。

「支援課としての仕事をするだけです」

「こっちにはみ出してくるな、と言ってるんだ」

「うちの職掌は曖昧なので――」

「いい加減にしろ！」

重森は怒鳴って電話を切ってしまった。本気で怒っているわけではないと判断し、すぐに芦田に報告する。

「特捜は、木戸の住所を割り出していました。益田部長がそちらに向かっている可能性もあります」

「どうする？」芦田が心配そうに訊ねた。

「行きますよ」私はすぐに上着を着こんだ。「益田部長を捜し出すのは、支援課の仕事ですから」

「そこに現れると思うか？」芦田は明らかに懐疑的だった。「だいたい、益田はどうして木戸の存在を割り出せたんだ？　特捜でも、こいつの件が話題に上がったのは昨夜なんだぞ。益田はそんなに優秀なのか？」

「最近では珍しい熱血漢ではありますけど、どれぐらい優秀かというのは……」

芦田の疑問ももっともだ。しかし今はそんなことを考えている余裕はない。取り敢えず千葉に向かわなくては。最悪の場合、益田の暴走を止めなくてはいけない。

木戸の自宅は野田市……言われてもピンとこない街である。私は芦田と一緒に現場へ向かったのだが、千葉県に住んでいる芦田にも、馴染みのない街のようだった。

「同じ千葉なのに、そんなものですか？」首都高で前が空いたタイミングで一気にアクセルを踏みこみながら私は訊ねた。首都高六号線というのは、どうしていつもこんなに混んでいるのだろう……しかしここが、野田市への最短ルートなのだ。

「お前、中目黒に住んでるからって、都内の自治体全部の情報を知ってるか？　葛飾のどこに何があるか、分かるか？」

「東京と千葉じゃ、人口が全然違うじゃないですか」

「屁理屈だな」芦田が鼻を鳴らす。「とにかく、路線が違うと別の世界だ」

常磐道に入るとようやく道路が空いたので、私は法定速度を少し超えるまでスピードを上げた。柏インターで降りて、国道一六号に入ると、コンビニやファミレス、車のディーラーなどが建ち並ぶ、郊外の典型的な光景が広がった。一六号なら、八王子だろうが横浜だろうが似たような光景のはずである。そういえば昔、「一六号文化」などという言葉が少し流行りかけたことがあったな……。

「その後、木戸に関する情報は入っていないんですか？」

「俺は聞いてない——それより、特捜はかなり怒ってるんじゃないか？　俺は、他の部署を怒らせるのは好きじゃないんだよ」思い切り弱気な発言だった。

「誰かが怒ったら、課長が謝ってくれますよ」

「それは課長の仕事じゃないんだぞ。お前は課長に甘え過ぎだ」

「人間には、甘えていい時があるんです」私は事故の直後に学んだ。泣こうが喚こうが、許される時はある……もちろん、本橋にいつも迷惑をかけていいわけではないが。本橋の方で私をけしかける時もあるのだから、彼とて自分が防御壁になる覚悟は持っているのだろう——私は自分に都合よくそう考えた。

「野田六キロ」の標識が見えてきた。この辺りは建物も少なく、地形の起伏もなくて、ずっと平坦な土地が広がっている。千葉といえば南関東なのだが、私は最近やたらと縁のある北関東の光景を重ね合わせていた。

ほどなく、また典型的な郊外の光景が蘇ってきた。気をつけないと、自分がどこにいるかも分からなくなってしまう……基本的には一戸建てが中心で、背の高いマンションなどは見当たらない。一戸建て以外には、基本的に二階建て、三階建ての低層マンションやアパートがあるぐらいだ。木戸の自宅は、東武野田線の愛宕駅付近だった。実際には、駅と一六号の中間地点。ナビの画面を確認しながら目的地を目指す。

特捜は、さすがに動きが早い。家に近づく間に、私は都内のナンバーをつけた覆面パトカー三台とすれ違った。私たちより早く現場入りしたのだろうが、どこかで張っているわけではなく、パトロールするように走っているのはどういう意味か……既に自宅での不在を確認しており、別の場所にいるのが分かってそちらに向かっているとか。

「少し離れたところに停めませんか？　車で家の前に乗りつけると、一課の刑事たちと出くわして、面倒なことになるかもしれません」

「そうだな」芦田が同意した。「俺はいいけど、お前、膝は平気なのか？」

「甘やかさないように、医者から厳しく言われています」

だいたい、一キロ、二キロと歩くつもりもなかった。取り敢えず、木戸の家から見えない場所に車を停めれば大丈夫だろう。

住宅街の細い一方通行路に車を乗り入れる。この少し先に木戸のアパートがあるはずだが、かなり離れないと目立ってしまう……覆面パトカーが一台、停まっているのが見えた。私は少しだけスピードを上げて、木戸のアパートをパスした。覆面パトカーには二人が乗っていたが、気づかれていない――と自分に言い聞かせる。

「そこに入れてしまえ」芦田が右のほうを指差す。

「いいんですかね？」かなり広い敷地内に、古びた二階建ての建物がある。入り口の看板には「福祉センター」とあった。

「福祉センターに来た人間だと思われればいいんじゃないか？　文句を言われたら、黙って頭を下げておけばいい。他に車を停められそうな場所はないぞ」

「分かりました……どうせなら、ちゃんと声をかけて堂々と置かせてもらったらどうですか？　公務なんですし」厳密には公務とは言い切れないのだが、こういうことでは勢いも大事だ。

　駐車場はかなり広く、スペースには余裕があった。芦田に覆面パトカーを見張っていてもらうように頼んでから、私は建物に入ってバッジを示し、少しの間車を停めさせてくれるように頼んだ。ただし、夕方五時半まで。センターはその時間で閉まるので、駐車場も閉鎖される。その旨を告げると、芦田は真顔で、「一分たりとも遅れられないな」と言った。役所仕事とはそういうものだ……仕事終わりの時刻に関してだけは、異常に神経質になる。

　福祉センターから木戸の家までは、百メートルほど。私たちはこの距離を保ったまま、アパートを観察することにした。人通りも車通りもほとんどないので、何か動きがあれば見逃さずに済むだろう。

「ここへ来る間、覆面パト三台とすれ違ったのに気づきました？」

「ああ。全部別のナンバーだったな。家の前に停まっているのも別ナンバー——取り敢えずこの辺で、最低四台は警視庁の覆面パトが動いている」

「ということは、少なくとも十人ぐらいは参加しているわけですね」

「大捕物だな」芦田が顔をしかめる。

　犯人を逮捕する場合、刑事を何人投入するかはケースバイケースだ。一人で行くことは絶対と言っていいぐらいないが、二人だけで出向くことはないではない。相手が凶暴でないと分かっていて、かつ容疑も認めそうだという見通しの場合は、できるだけ大事にはしないものだ。一方で、犯人が同じ場所に何人もいるような場合、機動隊まで投入することもある。複数の人間がいると、警察の出現で思いもよらぬ行動に出ることがあるからだ。さらに、後の表彰対象を増やすために、敢えて大人数で逮捕に向かわせることもある。

今回はどう考えればいいのか——おそらく、容疑はかなり濃厚だと見ているのだろう。一気に勝負をかけるためには、水をも漏らさぬ配置が必要であり、そのためにこれだけ大人数を投入した——そんなところだろう。街中を流していた覆面パトカーは、周辺の状況を調べていたに違いない。

スマートフォンが鳴る。急いで背広のポケットを掌で押さえたが、私のスマートフォンは振動していなかった。芦田がスマートフォンを取り出し、背中を丸めるようにして話し出す。ここで話をしているとまずいと思ったのか、福祉センターの方へ歩き出した。私は慌てて「係長」と声をかけ、車のキーを手渡した。ややこしい話になるなら、車の中で話した方がいい。

一人になると、急に寒さが身に染みる。妙に暗い……見上げて、分厚い雲が空を埋めていることに初めて気づいた。湿気もあり、そのうち雪が降り出しそうな気配である。覆面パトカーにはスタッドレスタイヤを履かせているから、走る分には問題ないが、他の車はどうだろう。自分は大丈夫でも、他の車がスタックして道路が車で埋まってしまうのが首都圏だ。

木戸の家の前に停まった覆面パトのドアが開き、助手席から一人の男が降りてくる。距離があるせいで、相手の顔ははっきりとは見えない。背が高く、ひょろっとした体型……ゆっくりドアを閉めると、木戸の家の周辺を歩いて回り始める。裏の方から逃げられるかどうか、確認しにいったのだろう。

私はそのまま覆面パトカーを見張り続けた。思いついてスマートフォンを取り出し、カメラを起動して思い切りズームしてみたが、運転席に座る人間の顔までは判別できない。車に置いてきたバッグにはコンパクトデジカメが入っているので、後であれで覗いてみよう。スマートフォンのカメラよりも、高倍率で見えるはずだ。

芦田が戻って来た。

「辞める直前の木戸の様子が分かって来たぞ」

私は素早く周囲を見回した。ここで芦田とややこしい話をしていても、聞く人はいないだろう。

「だいぶ揉めてたんですか？」

「周囲に対して、益田警部補を露骨に批判していたようだ」

「批判、ですか」

「訂正」芦田が急いで言った。「批判じゃなくて、悪口を言いまくっていた。相当頭に来ていたのは間違いない」

「殺してやりたいぐらいに？」

「実際、『あのオッサン、殺してやる』と言うのを聞いた人もいたぐらいだ」

「酔ってたらそれぐらい言うかもしれませんけど……ちょっと本気を感じますね」

「そういう乱暴な人間だったんだろうが、気にはなるな」

「それは分かりましたけど、今、誰からの電話だったんですか？」

「重森管理官だ」

「わざわざ芦田さんに連絡してきたんですか？」何か妙だ。私と芦田が一緒の係であることを、彼は当然知っている。芦田に情報を流す意味が分からない。これまで事情聴取に協力してくれたお礼のつもりかもしれないが、芦田に情報を流したら、そのまま私の知るところになる――少し考えれば分かることだ。

もしかしたらわざとやっている？　私の耳に自然に情報が入るように、芦田を触媒として使っている？　意味が分からない。ストレートに私に言えばいいだけの話ではないか。芦田に疑問をぶつけてみる。

「もしかしたら、重森管理官の罠かもしれません」

「内輪の人間を罠にかけてどうするんだ」芦田が呆れたように言って、首を横に振った。「それより、ここへ大勢来ている意味が分かったぞ。ここ数ヵ月、木戸は何度か数十万円ずつ金を受け取っているらしい。勤め先の給料とは別に、自分で銀行に入金している」

「これで一致する感じですね」私はうなずいた。「益田警部補は自分の口座から使途不明の金を引き出していました。一方で木戸は、給料とは関係なさそうな金を自分の口座に入れている」

「木戸が益田警部補を脅して、金を奪った――か」

「シナリオとしては無理なく成立します。あと一つ二つ、物的証拠が出てくれば、木戸の逮捕状は取れるでしょう」

「そうじゃなくても、本人を引っ張って叩けば、すぐに吐くかもしれない。元警察官の容疑者というのは、意外に脆いからな」

「ですね……ちょっとここを見てもらっていていいですか？　俺も電話したい相手がいるんです」

芦田が無言で車のキーを渡してくれた。福祉センターの駐車場に戻り、ロックを解除して後部座席に座る。かすかに暖房の名残りがあったが、それでも凍え切った体を暖めてくれるほどの効果はなかった。両手を勢いよく擦り合わせてからスマートフォンを手にしたが、摩擦熱はすぐに失われてしまった。

電話帳をスクロールし、登録したばかりの番号を呼び出した。あまり友好的な会談ではなかったので、相手が機嫌よく話してくれるかどうかは分からない——そもそも、名乗った瞬間に電話を切られる可能性だってある。

悲観的な予感は外れた。

「警視庁の村野です。昨日は失礼しました」

「ああ、いえ……」島田の母親・美音子は、私を歓迎している感じでも、すぐに受話器を叩きつけてしまいそうな感じでもなかった。

「お聞きしたいことがあって電話しました。もしも覚えていたら、教えていただきたいんですが……息子さんの同僚——後輩がそちらを訪ねて来たことはありませんか？　木戸雅紀という男なんですけど」

「はい」

「来たんですか？」スマートフォンを握る手に力が入る。「いつですか？」

「半年ほど前です。警視庁に勤めていた頃の後輩で、線香をあげさせて欲しいと言われて……いきなり訪ねて来たから心配だったんですが、ちゃんとした人に見えたので」

見知らぬ人をいきなり家に入れるものか？　いや、線香をあげたいと言われて断ることは難しいだろう。

「話はしましたか？」

「仕事場の後輩だと言っていたので、昔の様子を聞きました」

「本人のことは話していましたか？　実は、あの事件が起きてからすぐに警察を辞めていたんです」

「すぐですか？　警察を辞めたという話は聞きましたけど、それがいつかは知りません」

あの男はいったい、何をしようとしていたのだ？　不審な行動を怪しみながら、私は質問を重ねた。

「辞めたのは、事件から一ヵ月後ぐらいです。事件とは全く関係ない事情なんですけど……その時は、何をしていると言ってましたか？」

「再就職した、としか言ってませんでしたけど」この辺の事情——警察を辞めた後の彼の職歴については、まだ完全には分かっていない。どうやらバイトを転々としていたようなのだが。

「他には何か？　元気だった頃の息子さんの話をしたんですか？」

「ええ。息子は一年先輩でお世話になったからって、いろいろ話してくれました。他愛(たわい)もない話ですけど……それと、犯人はもうすぐ分かるかもしれないって」

「どういうことですか？」

「さあ」急に彼女が不機嫌になった。「そんなこと言われたら、私もどういうことか聞きますよ。でも、『きっと分かる』『たぶん分かる』って曖昧なことを言うだけでした。何だか、からかわれているみたいな感じがしたので、すぐに帰ってもらったんですけど、気味が悪かったですね」

「本当に犯人が分かったんでしょうか」

「どうでしょう。何だかちょっと変な感じがしましたけど……」

「警察には言いましたか？」

「言ってません」美音子が即座に否定した。「警察に言うような話じゃないと思いましたから」

「その時その男は、名刺か何かを渡しませんでしたか？」

「あると思います」

「教えて下さい」あれだけ家を綺麗に整理している美音子なら、必ず名刺をどこに保存したか覚えているはずだ。

「今は分かりません――ちょっと探してみないと」

「分かったら電話していただけますか？　いつでも構いませんので……いや、電話代がもったいないですから、こちらから電話します」

「十分ぐらい待ってもらっていいですか？」

十分で家のどこかにある名刺を探し出せる自信があるわけだ——私は「もちろんです」と言って電話を切った。名刺が重要な証拠になるとは限らない。そんなものは、街の印刷屋に頼めば二十四時間で印刷できてしまうものだ。しかも印刷屋は内容を精査しないから、どんな内容でも作り放題だ。しかも、そんなに高いものでもあるまい。人を信用させることを最優先する詐欺師なら、金をかけて立派な名刺を作るだろう。

外へ出ようとドアに手をかけた瞬間、車のウィンドウをノックされた。芦田が外で屈みこんでいたので、慌ててドアを押し開ける。

「どうかしましたか？」

「向こうの覆面パトが動いた」

「交代かもしれません……ちょっと行ってみますか？」

「そうだな。今のうちに様子を見ておこう」芦田が珍しく積極的に言った。

昼間なのに気温は全然上がらない。一瞬、顔に冷たいものが触れた。

「雪ですか？」言いながら私は掌を上に向けた。小さな冷たさが手に染みる。

「少し降ってきたけど、心配ない。スタッドレスタイヤを履かせてるし、トランクには長靴も二足入っている」

「長靴？　何でそんなに準備がいいんですか？」支援課が使う覆面パトカーは、それほど出動頻度が高いわけではない。

「松木じゃないか？　あいつなら、何でも過不足なく準備してるだろう」

「ですね……行きますか」

確かに、アパートの前から覆面パトカーは消えていた。交代ではない……交代だったら、次の要員が来てから代わるはずだ。もしかしたら状況が変わったのではないかと考えながら、少し歩調を早める。

ごく普通の二階建てのアパートだった。ドアとドアの間隔、それに奥行きから見て、1DKか1LDKの部屋か……一人暮らしだったら十分な広さだろう。

裏に回ってみる。道路に向いていない方が窓で、洗濯物を干してある部屋もあった。

「何号室でしたっけ？」

「一階の一〇一号室」

私は道路に面した方に引き返し、ドアにある部屋番号を確認した。福祉センターに近い方から若い番号順になっている。木戸の部屋も分かった——そこでもう一度、窓の方に向かう。隣の民家との間には低いブロック塀があるだけ。そして一〇一号室の窓には洗濯物などは干していなかった。私はブロック塀の隙間に身を押しこみ、窓に手をかけてみた。

「おい」芦田が低い声で、鋭く警告を飛ばす。「まずいぞ。勝手に調べてバレたら大問題だ」

「大丈夫です。今は誰もいませんから」

「お前は……課長は慣れてるかもしれないけど、俺はいつもビクビクものなんだぞ」

「いい加減、慣れて下さい。もうつき合いも長いんですから」

芦田が何かぶつぶつ言ったが、内容までは聞き取れなかった。

窓はしっかり施錠されている。中を覗きこんでみようと思ったが、残念ながらカーテンがかかっていた。中を確認するには、大家に鍵を借りねばならないだろう。いずれにせよ、いつまでもこんな狭いスペースでうろうろしているとまずい。私は外に出て、ほっと息をついた——その瞬間、スマートフォンが鳴る。慌ててポケットから取り出すと、美音子だった。こちらでかけると言っておいたのだが、律儀にかけ直してくれたのだろう。

「村野です……ちょっと待っていただけますか」

美音子の返事を待たずに、送話口を掌で押さえ、道路に出た。いつの間にか大きくなっていた雪の粒が、目に飛びこんでくる。痛くはなかったが、冷たさで震え上がるようだった。アパートから少し離れたところで、スマートフォンをやっと耳に当てる。

「すみません、かけ直しましょうか？」

「いえ、大丈夫です」声にはかすかに焦りがあった。まるで、警察との用件は一刻も早く済ませたいと思うように――そのためには、電話代ぐらい自分持ちでも構わないということか。

私は手帳を取り出した。近くにあった工場の壁に手帳を押しつけて安定させ、ボールペンを取り出して構える。スマートフォンを左耳と左肩に挟みこむようにしたが、あまりにも薄いので、首を激しく曲げざるを得なくなる。立ったまま、スマートフォンで話しながらメモを取るのは難しい……。

そこへ芦田がやって来て、私の手帳をひっ摑み、低い声で「復唱しろ」と命じた。不自然な首の角度から解放され、私は短く息を吐いて会話を続けた。

「お願いします。名刺に書かれていることをそのまま読んでもらえますか？」

「住所からでいいですか？」

「はい」

私は、美音子が読み上げる住所を復唱した。できるだけ大声で、一音ずつ区切るように発音を明瞭に――芦田が手帳にペンを走らせる。住所は柏市、名前はトーアマート柏の葉キャンパス店――巨大スーパーチェーンだ。そこの売り場に立っているのか、あるいは……名刺があるということは、店長クラスなのかもしれない。

「ありがとうございます」電話番号まで復唱し終えると、私は丁寧に礼を言った。

「ちなみに、裏はどうですか？」

「英語ですね……読みますか？」

「一応、ざっと読んでいただけますか？」

聞いてみると、表に書いてあることを単純に英語にしただけだった。これで勤め先は——少なくとも半年前の勤め先は分かったことになる。どうして縁のなさそうな街に住んでいるのか不思議だったが、店に通うには便利なのだろう。

「この会社、知ってますか？」電話を切って芦田に訊ねる。

「知ってるさ。スーパーだろう？　うちの近くにもある……しかしバイト先としては変だな。バイトだったら名刺なんか持ってないだろう」

「そうですね」この辺の事情は、本人か会社に聞かないと分からない。「特捜も、もう勤務先を摑んだんじゃないですか？」

「家よりも会社で捕まるかもしれないと判断してそちらへ向かった——あるかもしれないな」

「俺たちも向かいますか？」

「そうだな……」芦田が顎を撫でる。「ここで張りこんでいても意味がなさそうだし、行ってみるか」

「三十分ぐらいでしょうね」野田市と柏市が隣接している事実だけを根拠に、私は当てずっぽうで言った。

実際には三十分かからなかったが、危ないところだった。雪は急速に激しくなってきて、柏市に入った辺りからは、視界が白く染まるぐらいだったのである。まずいな……運転しながら、私は目を細めた。首都圏を麻痺させるのに、大規模なサイバーテロなど必要ない。雪が一センチ積もると、普通の生活は破綻する。私自身、雪道の運転はほとんど経験がないから不安だった。

不安になっているのは運転している私だけで、芦田は移動の時間を有効に活用して、着実に仕事を進めていた。ネットで当該店舗について調べ、支援課に電話して課長に状況を報告し……到着する寸前には電話がかかってきて、相手の声に耳を傾け始めた。最後に「分かりました」と告げて電話を切り、困ったような表情を私に向けてくる。

「少しだけ状況が分かった――課長が自分であちこちに電話を入れて、調べてくれたんだが」

「ええ」

「トーアマート柏の葉キャンパス店には、北関東統括本部という本社直轄の組織も入っているそうだ。奴の勤務先は、店ではなくてその統括本部、ということだ」

「課長が自分でそこまで調べてくれたんですか？」私は首を傾げた。

「人に指示して調べさせるより、自分で調べた方が早いと思ったんだろう。あの人も、捜査官としては優秀だから」

それは否定するものではないが、本橋が一線で捜査を担当していたのは、十数年も前である。警視庁で、ノンキャリアで課長になるような人間は、早い時期に一線を離れて管理職としてのキャリアを歩むようになるものだ。一度そういう線に流れてしまうと、自分で直接捜査に手を出すのは面倒になるものだが、彼は例外である。

雪が降りしきる中、車はつくばエクスプレスの柏の葉キャンパス駅に近づいた。この辺りも広々としている——つくばエクスプレスが開通する前には、何もない場所だったことが想像できた。今でも開発途中という感じだが、駅前には巨大なショッピングセンターができて、高層マンションもぽつぽつと建っている。十年もすると、新しい街として完成するのだろう。

駅を通り過ぎてしばらく行くと、トーアマートの巨大な建物が見えてきた。広大な駐車場に車を乗り入れた時、私は特捜の覆面パトカーが四台、固まって停まっているのを見つけた。

「いましたね」小声で言って、できるだけそこから離れた場所に車を停める。

「特捜の連中は、今日になって勤務先を割り出したんだろうな」芦田が言った。

「そうですね。しかし木戸も用心がないというか……何を考えていたんでしょうね」

「栃木に行ったことか？」

「何らかの情報収集だと思いますけど、なにも本物の名刺を置いていかなくてもいいじゃないですか。秘密行動をする時は、身元を隠すのが基本ですよ」

「その辺は、本人に聴いてみないと分からないな」

芦田がドアを押し開けた。私もすぐに外に出たが、雪が激しい……歩き出しながら、ダウンジャケットのフードを被る。縁についているフェイクファーが、顔の周りでふわふわ揺れて不快なのだが、頭が濡れるよりはましだ。一方芦田は、準備よく折り畳み傘を広げている。

「今日は無事に東京へ帰れるかね」

「どうですかね。雪道の運転には自信がないですよ……芦田さんはどうですか？」

「俺は鹿児島出身だぞ？　雪なんて、十八で上京するまで、テレビの中でしか見たことがなかった」

積もるまで降らないか、道路が白くなるまでにある程度の目処がつくか——どちらかになるよう、祈るしかなかった。

「特捜の連中は、統括本部かな？」

「それは、木戸がどこで働いているかによるんじゃないですか?」私は指摘した。「もしかしたら、店員として働いているかもしれないし」

「店員っていうのは、だいたいパートやアルバイトだろう。そういう人間が名刺を持ってるとは思わない」

「社員が、研修の名目で店で働くこともあるそうですけどね」

「警察を実質的に追い出された人間が、簡単に就職できるものかね」芦田が首を捻る。「俺は、バイトを転々として何とか食いつないでいるもんだと思ったよ」

「俺もそんな風に想像してました」私は同意した。「遅刻が多いこと——だらしない性格は、仕事が変わっても直りませんよね。警察みたいに厳しい規律の職場で叩き直されなかったとしたら、他の職業ではどうしようもないでしょう」

「性根を叩き直すとしたら、あとは自衛隊にでも入るしかないだろうな」

軽口を叩き合いながら、建物に入る。二階建てで、一階部分が食料品、二階は日用雑貨と洋服の売り場——郊外型のトーアマートは、だいたいこういう造りになっているのではないだろうか。

芦田が、一階のサービスカウンターで統括本部の場所を確認した。二階の一角、子供服の売り場を通り抜けてそちらに向かう。「従業員以外立ち入り禁止」の札がかかっている扉を見つけて手をかけようとした瞬間、勢いよく外に向かって開き、刑事たちが飛び出してきた。私は慌てて飛び退いたが、芦田がそのうちの一人ともろにぶつかり、尻餅をついてしまった。

最後に出て来たのが重森だった。

「手伝え！」私の顔を見るなり叫ぶ。

「何事ですか？」

「いいからついて来い！」

説明している暇さえないようだった。慌てて後を追い、走る重森の横に並ぶ。

「どうしたんですか！」とにかく説明を聞かないと何もできない……私は声を張り上げた。「タッチの差だ。木戸に逃げられた！」

3

私は重森を強引に自分たちの車に乗せた。現場の指揮をとるべき管理官が、関係ない支援課の車に乗ったら大問題なのだが、気にしている場合ではない。電話や無線を通じても指示はできる。

「他の連中の車を追え！」

重森の命令に反応して、私はすぐにサイレンを鳴らした。広い駐車場の中でカーチエイスでもするように、次々に覆面パトが出ていく。私は必死で彼らに食いついた。

雪はまだ積もるほどではなかったが、それでも不安になる。今、アクセルを深く踏んだ瞬間にリアタイヤが少し滑ったのではないか……。

「雪は気にするな！」重森が怒鳴った。「急ブレーキ、急ハンドルを避ければ簡単には滑らない。最近のスタッドレスタイヤは優秀だ」

「管理官……ご出身は？」

「北海道だ。高校の時に向こうで免許を取って車を乗り回してたから、雪のことはよく分かっている」

だったら自分で運転してくれればいいのに……ワイパーが動いているが、フロントガラスの隅には、既に雪が薄らと白い筋になって凍りついている。それほど気温が低いのだ。ハンドルを握る手に、思わず力が入る。

重森のスマートフォンが鳴った。怒鳴るようにやり取りしてすぐに通話を終えると、「一六号の方へ向かえ」と指示した。後部座席でスマートフォンの地図を見ていた芦田が「ここから左へ出ろ。そのまま行けばすぐに一六号だ」と教えてくれた。

慎重に、しかし速く……矛盾した条件を抱えこんだまま、私は先を急いだ。

「木戸は車で逃げてるんですか？」

「たぶん、バイクだ。奴は自宅から仕事場までバイクで通っている」

「逃げられたというのは……」

　重森が黙りこむ。ちらりと横を見ると、むっつりとした表情で唇を引き結んでいた。

「管理官？」私はしつこく確認した。「木戸はどうして逃げ出したんですか？」

「動機は知らない――いや、犯人だからに決まってるだろうが。俺たちが統括本部に入って行く直前に、奴はどういうわけか察知して裏口から逃げ出したようだ。窓から外を見た社員が、木戸を見つけて教えてくれた」

「それで飛び出して――」

「お前たちにぶつかった、と。それで、お前はこんなところで何をしてる？　益田とは関係ないだろう」重森の声が尖った。

「益田部長は、木戸の存在を把握している様子です。木戸のところで張っていれば、益田部長が現れるかもしれない――そういう判断です」

「そうか」

「益田部長のことを、あまり心配していないようですね」

「犯人を捕まえれば、益田も出て来ざるを得なくなるだろう。だから、一刻も早く木戸を捕捉するんだ」

「木戸が犯人だと考えていいんですね？」私は念押しした。

「限りなく黒に近いグレーだな……いいから黙って運転しろ！　雪道では、普段よりも集中するんだ！」

「了解です」

私は唇を引き結び、ハンドルを握る手に力を入れた。街は白くなっている――首都圏で、こんなに激しく雪が降るのも珍しいだろう。路肩は既に、白く染まり始めていた。今のところ、雪のせいでスタックしている車はなかったが、時間との勝負になるかもしれない。いや、そもそも木戸が危ない。車ならともかく、バイクで雪の中を走るのは危険過ぎる。

一六号に出る直前で、前を走る覆面パトに追いついた。一六号との交差点は赤信号――しかし覆面パトは、右側の右折車線に強引に突っこみ、そちらから交差点に侵入して左折した。リアタイヤがグリップを失い、尻がかすかに滑る。クソ、危ない運転を……冷や汗をかきながら、私は同じルートを辿った。急に車内に寒風が吹きこむ。バックミラーを覗くと、芦田が開けた窓から右手を突き出し、交差点を左折してこちらに入ってくる車に合図を送っていた。

二台の車の狭い隙間を縫うようにして交差点に突入し、左折する。前方では、覆面パトのサイレンが街を赤く照らし出していた。木戸が乗っているバイクは、どれぐらいの排気量なのか……百二十五cc以下では高速に乗れないが、それは大したハンディにならないだろう。高速に乗ってしまった方が、追跡がしやすい。一般道で一方通行に無理やり突っこんだり、細い道に入った方が、振り切れる可能性が高くなる。

道路は空いていた。重森が身を乗り出すようにして「あれだ！」と叫ぶ。私は目を凝らして、複数の赤ランプの向こうに一台のオートバイ――正確にはヘルメットを見つけた。車のルーフ越しに見えているということは、シートが高く、かつ直立したポジションを強いられるオフロードタイプのバイクだろう。街中を快適に走るには一番適している。

窓を細く開けてみる。排気音から排気量を推測できないかと思ったのだが、他の車の音に紛れて何も聞こえなかった。

一六号は、この辺りではほぼ直線道路だ。珍しく車も少なく、信号にも引っかからない。前をいく覆面パトが一気にスピードを上げる。ちらりとスピードメーターを見ると、八十キロを超えていた。車なら何ということもないスピードだが、バイク、しかも雪が降っているという悪条件では、恐怖を感じ始める速度域だろう。私は少しだけ前屈みになりながら、必死で前をいく覆面パトに食らいついた。

前の覆面パトが急に右車線へ出る。そして左車線へ戻ろう……として車体が揺れた。もう一台の覆面パトが一気に前に出たのだ。さらにスピードを上げ、左車線からバイクを追い抜いて行く。

「前のバイク、停まりなさい！」右車線を走る覆面パトから声が飛ぶ。もちろん、こんなことでは停まるはずもなく……クソ、どうするつもりだ？

もう一台の覆面パトが、私たちを一気に追い抜いていった。そのままバイクまで追い越し——前に出て強引に停止させるか、挟み撃ちにするつもりだと分かった。

「まずくないですか？」前方を凝視しながら私はつぶやいた。

「何が」苛ついた口調で重森が言う。

「事故を起こしたらアウトですよ」

「奴らはプロだ」

重森はその一言で私を納得させようとしたようだが、到底安心できるものではなかった。交通部の一線の白バイ隊員などならともかく、刑事部の人間は運転のプロとは言えない。私は右、左の順番でハンドルから手を放し、ダウンジャケットの胸の辺りで掌を拭った。

「慌てず急げ」重森が無理な注文をした。

「他の連中に指示しなくていいんですか？」

「奴らに任せる」重森が腕組みした。「この状態で余計なことを言ったら、むしろ危ない」

それはそうだ。現場の判断で何とかする——それが挟み撃ちなのか、前を塞ぐことなのか、私には予想できなかった。

「この先、柏インターだ」後部座席の芦田がぽつりと告げる。

「木戸のバイクは、大きい――高速に乗れるんですか？」私は重森に訊ねた。

「分からん。そこまではチェックしていない」

　高速に乗ろうとしているのでは、と私は予想した。一般道を走っている方が危険は大きい。どこかで信号に引っかかるわけだし、それを無視して暴走したら、いずれは事故を引き起こすだろう。高速なら、少なくとも他の車にだけ気をつけていればいい――とはいえ、どこへ行こうが永遠に逃げられるわけではない。当然ナンバーはチェック済みのはずで、一時は逃げられたとしても、その後は追跡可能だ。

　信号――黄色から赤に変わる直前で渡り切った。鼓動が高鳴り、喉が渇く。ちらりと標識を見ると、柏インターまで二百メートルとあった。

　バイクが左車線に入り、一気にスピードを上げる。しかし二台の覆面パトカーが両車線を塞いでいるので、前に出られない。あのスピードで車同士の隙間をすり抜けようとするのは自殺行為だ。バイクのブレーキランプがパッと明滅し、慌ててブレーキをかけたのが分かる。

　木戸は、黒いダウンジャケットにグレーのズボンという格好だった。足元は……分からないが、普通のビジネスシューズではあるまい。足の甲でのギアチェンジが必要なバイクの場合、シューズは専用のがっちりしたものでないとライディングが不安になる。ちらりと見えた手は素手——グラブをはめる間もなく逃げ出したのだろうが、木戸はかなりのダメージを受けているはずだ。雪が降っているということは、気温は氷点下に近く、今頃は手を自由に動かせないぐらい、かじかんでしまっているだろう。そういう状況になると、事故を起こす恐れが高くなるのだが……。

木戸が右車線に出て、中央分離帯に近いところから追い抜こうとする。いち早く察した覆面パトが右に寄り、ブロックした。木戸は当然、隙間を利用して前に出ようとしたものの、これもブロックされる。

ガソリンスタンドの先に、常磐自動車道の案内看板が見えてきた。高速の渋滞は、首都高六号線の方に続いている。木戸も当然この情報を見ただろう。渋滞に紛れるために、六号線の方に逃げるかもしれない。渋滞でも、バイクは強引なすり抜けで前進できる。覆面パトは、いかにサイレンを鳴らそうが絶対に追いつけない。

木戸は、左の歩道に近い方から追い抜こうと、一気にそちらに寄った。車の場合、縁石との距離を運転席からは完全には把握できないので、左側に寄るにも限界はある。

その時、二台の覆面パトが同時に高速道路のアプローチに突っこんでいった。狭い車線を完全に並走して塞ぐ格好になる。そのまま道路の分岐まで進むと、急停止してブロックした。なおも左側から突っこもうとした木戸のバイクが一気に速度を落とし、車体を傾けて右へ出る。高速への侵入は防いだ。

「急げ！」重森が叫ぶ。

私は、自分が追跡の最前線に立ったことに気づいた。もう一台の覆面パトが横の車線を走る。捜査一課の覆面パトは計四台いたはずだが、残り一台はどうしたのか……考えてもしょうがない。私は一気にアクセルを踏みこんだ。

その時、一台の赤い車が猛スピードで前に出て、私たちの横に並んだ。危ない——ちらりと見ると、大胆な曲線を描くボディのハッチバックだった。日本車ではないなと思った瞬間、あることに気づいて二度見する。智樹？　間違いない。ハンドルを握っているのは智樹だ。

「益田巡査部長です」私は前を向いたまま言った。

「クソ！」重森が叫ぶ。

「益田巡査部長ですね？」私は再度確認した。

「間違いない」

「何でここにいるんですか？」

「分からん」

何らかの方法で木戸がここにいることを知ったのか？　どうやって？　気にはなっ

たが、考えても仕方がない。智樹が一気に私の車を追い抜いていく。後ろ姿を見ると、ルノーのエンブレムが確認できた。四角いマフラーは、バンパーと一体化したデザインの左右二本出し。おそらく、軽量・高出力のホットハッチモデルだろう。覆面パトがエンジンパワーで負けることはないはずだが、小回りはルノーの方が利きそうだ。ごちゃごちゃした市街地に入ったら、智樹の方がずっと有利だろう。

建物が少なくなり、田園地帯と言ってもおかしくない光景が広がってきた。橋を渡る——この川が、柏市と野田市の境界になっているようだ。

「芦田さん、このまま一六号を走って行くと、どこに出るんですか」

「八王子」芦田が真面目な口調で答える。

「いや、そこまでじゃなくて」

「高速に乗るとしたら、次は東北道の岩槻インターだ。まだかなり先だぞ」

「自宅ですかね？　こっちの方向ですよね」

「ああ。しかし、家には行かないだろう。わざわざ網にかかるようなものだぞ」

私はUターンを警戒した。邪魔する車さえいなければ、バイクは狭い道路でもUターンできる。それで私たちが置き去りにされる可能性は高い。

ここにきて道路が混み始めており、木戸は身動きが取れなくなっているようだった。前を二台のトレーラーが塞いでいる。活路を求めるつもりか、突然左折した。しかし交通量が多いせいで、車の流れが少し遅くなっていたため、こちらも十分対応できた。私たちも含め、三台の車がバイクを追う——しかし左折する際に一気にスピードを落とさなければならなかった。一六号と鋭角な形で交わる細い道路で、その角度は九十度以下——感覚では四十五度ぐらいで、ほとんどUターンするような形になる。しかも車のすれ違いができないほど細いので、一列になってバイクを追うしかなかった。結局、私が最後になってしまう。

　重森がスマートフォンを取り出し、電話をかけた。相手が出ると、短く「怪我人を出すな！」とだけ指示して乱暴に電話を切る。静かな住宅街に入っている上に、道路上には「スクールゾーン」の表記があった。下校時間だし、子どもたちの列に突っこみでもしたら大惨事になるだろう。私は左の掌を額に当てた。汗で濡れている。

　バイクは右左折を繰り返した。こちらは完全に振り回されている。他の覆面パトが近くで待機しているであろう状況を考えても、一度振り切られたら厄介なことになるのは間違いない。

　やがて、前を行く覆面パトカーが急停止した。私も慌ててブレーキを踏みこみ、シートベルトが胸に食いこむ痛みを味わう。どこかで停まった……どこだ？　重森がドアを乱暴に押し開け、外へ出て行く。彼が叩きつけるようにドアを閉めた瞬間、前の覆面パトがまた動き出した。しかし一気にスピードを上げるのではなく、左折する

——その先に広い駐車場があった。いったいどこに来てしまったのだろうと訝りながら、私は覆面パトに続いて駐車場に車を乗り入れた。その際に、「野田市南地域会館」の看板が見えた。

瞬時に血の気が引く。

「芦田さん、地域会館って……」

「ヤバイぞ」芦田の声はかすれていた。

おそらくここは、公民館だろう。市の職員が常駐しているはずだし、もしかしたら今使っている人がいるかもしれない。俳句の会を楽しむ高齢者の中に木戸が乱入したら……考えただけでぞっとする。

建物の入り口のところに木戸のバイクが停まっていた。そのすぐ横には智樹のルノー。

最悪だ。

4

中に入ろうとした瞬間、地域会館の職員らしき女性が飛び出して来た。ブラウスにベストという軽装で、顔は真っ赤になっている。

「銃が！　銃が！」

二度叫ぶ。私は瞬時に頭に血が昇るのを感じた。そう、これは想定しておくべきだった。木戸が益田を射殺した犯人だったら、未だに銃を持っていてもおかしくない。

「どこですか！」重森が怒鳴る。

「二階です！」女性が怒鳴り返した。

重森が振り返り、「避難指示だ！」と私に命じた。私はうなずき、建物の出入り口のすぐ左にある事務室に向かった。中にも三人……中年の男性が受話器を耳に当てている。私はバッジを示して「警察です！」と叫んだ。途端に男が受話器を置く。

「外へ避難して下さい！　急いで」

三人が一斉に立ち上がった。男性一人、女性二人……男性が一番年上に見えるので、ここの責任者だろうと判断する。外へ飛び出そうとする男の腕を摑み、確認した。

「今、館内の利用者はいますか？」

「いません」

それで血圧がすっと下がったようだった。取り敢えず職員を避難させれば、一般人に被害は出ない。

「警察には連絡しましたか？」

「今、電話しようと思ってたんですが……」

私が声をかけたので、受話器を戻してしまったわけだ。

「こちらで連絡します。とにかく外へ出て下さい。車があるなら、中に入って、すぐに敷地から出られるように準備しておいて下さい」

男が顔を強張らせたままうなずき、飛び出して行く。これで一安心……むしろ状況はこちらに有利になった。木戸は自ら網にかかってしまったようなものである。この建物の裏口を知っているなら話は別だが。そう、彼は建物の中を一周して外へ出て、バイクへ戻って来る可能性もある。こちらをまんまと撒いて、逃走を再開——私は一度外へ出た。途中で芦田と出くわす。彼は私に向かってスマートフォンを振り、「支援課には連絡しておいた」と告げた。私はうなずき、「外で待機します」と言った。

芦田が私の全身を眺め渡し、「その方がいいな」とつぶやいた。

お前は役立たず——その膝では、荒事になったら対応できない、と言われているも同然だ。事実なのだが、やはりむっとする。こういう時に置き去りにされないように、膝のリハビリをきちんとしておくべきだったと悔いたが、どうしようもない。実際、膝には刺すような痛みが生まれて、いつの間にか足を引きずっていた。

しかし、外で待機しているのも危険だ。もしも、一人で待っている最中に木戸が飛び出して来たらどうする？　一対一の対決でも自信がないのに、あの男は銃を持っているかもしれない。

出入り口で足が停まってしまったが、次の瞬間、私は再起動した。

銃声。二階だ。

芦田が走り出す。私も慌てて跡を追った。痛む膝に心の中で恨み節を浴びせながら、私は階段を一段飛ばしで上がった。

「やめろ！」重森の叫び声が聞こえた。右……足を引きずりながら階段を登りきり、私はすぐに廊下を右へ向かった。すぐ側の部屋のドアが開いており、声はそこから出てきたようだった。部屋に飛びこむ――目に入ったのは、部屋の前方にいる二人の男だった。一人は智樹。背後にいるのが木戸か……智樹は腕を絞られ、身動きが取れなくなっていた。いや、現役の刑事である彼なら、それぐらいで動きを封じられる訳がない。

彼の頭には、銃口が押しつけられていた。

「銃を下ろせ！」重森が叫ぶ。返事はない。返事できないのも当然だ――木戸はヘルメットを被ったままである。

「木戸だな？」重森が確認したが、やはり反応はない。

智樹は必死の表情だったが、まだ冷静さを保っているようだった。下手に動けば撃たれる――それが分かっているので無理に逃れようとはせず、取り敢えず姿勢を崩さないようにしているのだろう。

　私は素早く、部屋の中を確認した。二人がいるのは、部屋の前方にある小さなステージ。ここは何だろう……何か発表用の部屋か？　片隅にはカラオケの機械もあった。高齢者が集まり、カラオケ大会に興じるような目的の部屋か。広い部屋には椅子もテーブルもない——いや、折り畳んだ椅子が、部屋の窓際にぎっしりと積み重ねられていた。

　ステージの横——上手に出入り口があるのが見えた。そこにつながっているのは控え室かもしれないし、倉庫かもしれない。気づかれずに外から入りこめれば、あそこを突破口として使えるのではないか？

　私は部屋を出て、二階全体の様子を確認することにした。階段を上がり切ったところにある案内板で見ると、先ほど入った部屋の横に、確かに小さな部屋がある。用途は書いていないが……廊下を曲がって脇に回りこみ、「用具室」と書いてあるドアを見つけた。やはり倉庫のようなものなのだろう。

　手をかけると、ドアに鍵はかかっていなかった。よし……中は暗く、ジメジメした空気が流れている。しかも妙に寒い。隣の大きな部屋から漏れ出てくる灯りだけが頼りだった。薄暗さに目が慣れるのを待って、ゆっくりと前に進む。折り畳み式のテーブルなどが置いてあり、体を斜めにしないと前に進めないほどだったが、何とかステージの端まで出る。これ以上出ると気づかれてしまう……積み重ねてあったテーブルの陰に身を隠して、二人の様子を確認した。

ダウンジャケットにグレーのズボンという格好、それにヘルメットを被っているので、間違いなく先ほどまでバイクを運転していた人間だと確認できた。斜め後ろから見る格好になるのだが、異常に緊張しているのが分かる。ツーストライク——わずか二球でぎりぎりまで追い詰められたバッターのようなものだ。とはいえ、木戸には絶対的な武器——拳銃と、智樹という人質がある。

智樹はやはり、最後に暴走した。犯人を追い詰めるまではよかったのだが、向こうが銃を持っている可能性までは考えていなかったのだろう。これではどうしようもない。他の刑事たちも銃は携行していないはずだし、木戸を止めるのは至難の業だ。こうなったら、時間稼ぎをするしかない。木戸もいつまでもこうしてはいられないはずだ。そして今必要なのは、木戸を上回る武力である。時間稼ぎをしている間に、銃を持った制服警官を大量にここへ集めれば、木戸はギブアップするかもしれない。

「木戸！　益田を放せ！」重森の説得が続く。「お前、分かってるのか？　そいつは益田警部補の息子だぞ」

智樹の体がぴくりと動く。まるで、触れて欲しくないことに重森があっさり触れてしまったように。

「今ならまだ手遅れにならない。益田を解放して銃を捨てろ!」
木戸は、説得を受け入れる気配がない。智樹の腕を摑んだまま、じりじりと後退
——こちらに近づいて来た。この小部屋の存在は把握しているのだろう。どうする?
このままここに入って来たら、私はどうしたらいい? 膝を怪我する前——捜査一課
時代には荒事に巻きこまれることもあったが、最近はすっかりご無沙汰である。
クソ、何とかするしかない。私の仕事は智樹を——犯罪被害者家族を魔手から救出
することなのだから。
「木戸、早まるなよ」重森の声に焦りが滲む。あまり説得力はない。こういう場合、
落ち着いた声で相手を焦らせないのが最重要ではないだろうか。「いいか、これ以上
罪を重ねるとろくなことにならない。銃を放せ!」
木戸が一歩後ろに下がった。相変わらず智樹の腕をきつく摑んでおり、智樹もそれ
に従わざるを得ない。どうする? 私は二人の様子を観察した。木戸が銃を持ってい
る以上、どうしようもない……千葉県警の応援を待つしかないのか? しかしこうい
うのは、時間が経てば経つほど、解決が難しくなる。人質事件は、できるだけ早く対
処するのが捜査の常識だ。
木戸がさらに下がる。この用具室に逃げこもうとしているのは明らかだった。用具
室に入る直前で智樹を解放し、ここを抜けて逃げ出すつもりだろうか……通り抜けて

逃げようと思ったら行き止まり、という可能性は考えていないのだろうか。しかし木戸は、ゆっくりとこちらに近づいて来る。

智樹はどうしている？　完全に木戸の陰に隠れてしまっているので、様子が分からない。しかし、先ほど正面から見た限りでは怪我している様子もないし、まだ冷静さを保っているようだった。

智樹に賭けるか。

勝手に余計なことをすれば、叱責だけでは済まないかもしれない。人命がかかっているのだから——しかし私は、思い切って賭けに出た。

立ち上がり、積み重ねられたテーブルの隙間から飛び出す。両手を広げてステージの上に立ち、「おい！」と怒鳴った。

木戸が振り返る。その瞬間、拳銃を握った右手がわずかに浮いた。智樹が素早く身を沈めると、引っ張られるように木戸がバランスを崩す。智樹は躊躇せずに動いて、今度は木戸の右腕を固めに行った。

「確保！」重森の声が響き渡る。部屋の後方で待機していた刑事たちが、一斉にダッシュしたが……まだ距離がある。

智樹は木戸の右手首に近い部分を両手で摑んでいたが、木戸はまだ拳銃を放さない。その銃口は、よりによって私の方を向いていた。智樹が腕を絞り上げると、手首が徐々に下を向く——次の瞬間、銃声が響き渡り、智樹の手が緩んだ。木戸は姿勢を立て直し、今度は智樹に銃を向けようとする。

私は飛びこみ、痛みのある右足で木戸の右腕を蹴りつけた。木戸はそれでもまだ拳銃を掴んでいたが、姿勢が崩れる。そこでまた、智樹が右腕を掴む。下へ引っ張るように力をかけ、銃口を床に向けさせた。私は少し引いて勢いをつけ、今度は木戸の左膝を横から蹴りつけた。人間の膝は、前後からの衝撃にはそこそこ強いが、横は脆い——医者から聞かされた話が、こんなところで役に立った。膝関節を破壊するまではいかなかったようだが、木戸が私の方に倒れてくる。そのまま智樹が体重をかけ、上に乗る格好で押し倒した。左脇に腕を抱えこみ、右手一本で手首を握って、腕を絞り上げている。ヘルメットの奥から呻き声が聞こえた。それでもまだ銃を離そうとしない……私は横から回りこみ、木戸の右手を蹴りつけた。それでようやく拳銃が吹っ飛び、ステージの上を滑っていく。

それでもなお、智樹は腕を放さなかった。今度は両手で完全に腕を抱えこみ、ギリギリと絞り上げる。木戸の呻き声が大きくなった。まずい——脇固めが完全に極まっている。このまま絞り上げ続ければ、肘か肩が破壊されてしまう。

「やめろ！」叫んで、私は智樹を引き剝がそうと近づいたが、それより先に、壇上に上がって来た刑事たちが、智樹を乱暴に突き飛ばす。その勢いに巻きこまれて私も倒れ、床で後頭部をしたたかに打った。痛みとくらくらする感覚に悩まされながらも、何とか立ち上がる——数人の刑事が、木戸に覆い被さるようにして完全に制圧していた。

「益田！」

重森の叫び声。智樹が立ち上がると、銀色に光るものが宙を飛んだ。智樹が腕を伸ばしてそれをキャッチし、木戸の方に這い寄って行く。四つん這いのみっともない姿勢になりながら、何とか木戸の右手に手錠をかけた。それで力を使い果たしたのか、智樹はステージ上で仰向け、大の字になってしまう。胸が大きく、速く上下した。

私はその場にへたりこんだまま、ステージの下にいる重森に視線を向けた。笑っている？　無事に犯人を確保して安心しているのか？　いや、決してそういう感じではないような気がする……結局、この管理官の本音は読めないままだった。

「大丈夫か？」

芦田が私の腕を摑んで引っ張り上げてくれた。膝がきつい……右膝を浮かしたまま、片足で何とか立つ。芦田が支えてくれないと、立っていられない感じだった。

「無理しやがって」

「しょうがないでしょう」軽く抗議したが、我ながら説得力がない。

「これ、課長に報告しないといけないだろうな」

「自分でやりますよ。係長にご迷惑はおかけしません」

「まあ、何とか上手くやろう」

木戸が強引に立たされる。ヘルメットを脱がされると、顔は汗で濡れ、髪はぺたりと頭蓋に貼りついている。何というか……情けない男だった。顔は暗く、細い目に凶暴な雰囲気が宿っている。しかし全体には力がなく、元警官という感じはまったくなかった。辞めて五年も経つのだから、もうそういう気配を失ってしまっていてもおかしくはない。私ぐらい長く警察にいると、独特の雰囲気を脱ぎ捨てるのにかなり時間がかかるだろうが、木戸が警察官でいたのは、わずか数年だけなのだ。

重森がステージに上がって来た。両脇を刑事に抱えられた木戸の前に立ち、「銃刀法違反の現行犯で逮捕する」と低い声で告げた。先ほどまでの焦った様子はすっかり消え、落ち着いた態度だった。

その時私は、智樹がゆっくりと立ち上がるのを視界の隅で捉えた。両肩を怒らせ、静かに木戸に近づいて行く。まずい——私は片足で飛び跳ねるようにして智樹に近づき、肘を摑んだ。私の体重がかかって、智樹の体がぐらつく。

「そこまでだ」私は低い声で告げた。「個人的な復讐は許されない」

「離せ！」

「駄目だ」私は首を横に振って、もう一度言った。「君は、警察官としての義務を果たした。それだけで十分じゃないか」

「冗談じゃない！」

吐き捨て、智樹が腕を振るって私から離れようとした。その勢いは激しく、実質片足だけで体を支えていた私は、倒れそうになった。しかし何とか踏み止まり、智樹の肩に手を置く。

「膝を痛めた。車を運転できないから、警視庁まで送ってくれないか？　君も車だろう？」

「何言ってるんですか」智樹が目を見開く。

「仕事だよ。君も警視庁に行くだろう？　これから木戸の取り調べなんだから」

「取り調べ……」

「何かおかしいか？」私は薄く笑みを浮かべてみせた。「君は刑事だろう？　取り調べは当然の仕事じゃないか。それに、自分で取り調べをしなくても、事件の真相は知りたいだろう？　そのためには、特捜に戻るのが一番だ」

「謹慎中ですよ、俺は」

私は重森の顔を見た。彼は知らんぷり――私たちを完全に無視している。しかし、突然智樹の顔を見ると、「謹慎解除だ」とふいに告げた。

「え？」智樹が呆けたような声をあげる。

「聞こえなかったのか？　謹慎解除だ。たった今から特捜に参加しろ！」

重森が近づいて来て、智樹を頭の先からつま先までさっと見た。

「怪我はないようだな」

「はい。あの……」

「怪我してないんだったら、休んでる暇はない。まず、そちらのお節介野郎を本部まで送ってさしあげろ」

「誰がお節介野郎ですか？」私は思わず抗議した。

「十分お節介だ。この件は必ず問題にするからな」重森が脅す。

「手伝えと言ったのは管理官じゃないですか」

「知らないな」

何のつもりだ？　やはり真意が読めず、私は怒るよりも困惑してしまった。

その時、重森が突然ニヤリと笑った。


疲れた体に、智樹の車は最悪だった。足回りが硬く締め上げられているせいで、乗り心地がごつごつしていて、路面の凹凸をまともに拾って尻や背骨にダイレクトに伝える。私は基本的に車酔いはしないのだが、今日は本部に着くまで無事でいられるかどうか分からなかった。

「こんなやんちゃな車に乗ってるのか」常磐道に乗ると、私は気楽な話題を持ち出した。真面目な話をするには、もう少し時間が必要である。

「六十回ローンですよ」

「そんなに高いのか？」

「車両本体価格で三百万円ぐらいです」

三百万か……独身とはいえ、六十回ローンは相当きついだろう。ちらりと後ろを振り向くと、大きいバッグが二つ、シートに放り出してあるのが見えた。

「この車で移動してたのか？」

「車中泊でした」

「居心地が悪いだろうな。ところでこれ、ルノーの何ていうモデルだ？」

「ルーテシアのR．S．です」

「速そうだな」「R」が車名につくと、特別感が出る。

「本気出したら速いですよ。ちょっと非力ですけど、とにかく軽いですから」

「本気は出さないでくれ」私は頼みこんだ。雪は弱くなっているが、まだ降り続いている。油断はできないし、この乗り心地でさらにスピードが上がったら、本当に酔ってしまいそうだ。

「しかし、よく木戸に辿りついたな。どんな手を使ったんだ？」

「それは……俺にもいろいろ伝手(つて)がありますから」

「どんな?」

智樹が黙りこむ。これ以上は喋りたくないようだった——少なくとも、今は。私も口をつぐみ、シートに体重を預けた。

運転席に座る智樹からは、奇妙な熱が伝わってくるようだった。果たして彼は、今日の一件を自分の「手柄」と考えているのかどうか……そして私の頭の中では、一つだけ疑問がぐるぐると回っていた。

重森が投げた手錠。

彼はどうしてあんなことをした?

5

本来、容疑者は特捜本部に連行して取り調べるのが筋である。しかし重森は、木戸を一旦警視庁本部へ移送することにした。柏から北多摩署まで、圏央道(けんおうどう)を使えばそれほど時間はかからないが、やはり警視庁本部の方がずっと近い。それに今回、北多摩署特捜の主力になっている刑事たちは、ほとんどこちらに来ている。取り調べ担当もいるので、場所はどこでも問題ないわけだ。

とにかく一刻も早く、木戸の供述を聞きたいのだろう。

私はあくまで智樹にくっついているつもりだったので、支援課には戻らなかった。不満そうな表情を浮かべた芦田が、報告のために支援課に向かうことになる。

「何だかすみません」駐車場で一緒になったので、私は小声で彼に謝った。

「いや、まあ……お前のやり方には慣れてるけどな」

そんなに普段から迷惑をかけているのだろうか——かけているだろう。反省したが、慣れたやり方を変えるのは難しい。何らかの方法……酒でも奢って許してもらうしかない。

重森は、特捜に投入された係の取り調べ担当、警部補の橋田に細かく指示を与えた。橋田は四十五歳ぐらいのベテランで、今さら管理官から指示される必要などなさそうだったが、神妙な顔つきでアドバイスを受けている。重森は、本当は自分で取り調べをしたいのではないかと私は想像した。それぐらい、本部に戻ってからずっと、いきり立っている。この事件ではかなり苦労させられ、解決まで時間もかかったから、ここでテンションが上がるのも当然か。

橋田が取調室に消えると、重森はちらりと智樹を見た。

「俺にやらせて下さい」智樹が詰め寄る。

「駄目だ」重森が即座に却下する。

「謹慎解除で特捜に参加、と仰いましたよね」

「お前には、取り調べはまだ早い。もっと経験を積んでからだ——いや、そもそもお前は取り調べには向いていない。血の気の多い奴は、取調室で被疑者と向き合うより、現場で歩き回ってる方が性に合ってるだろう」

「お願いです。直接対決させて下さい」智樹が粘る。

「駄目だ」重森があっさり却下した。「お前は別室で待機」

それから、私にちらりと視線を送った。分かってるだろうな、とでも言いたげな感じ……どうやら私は、まだ智樹のお守りをしなければならないようだ。

私自身、もうしばらくはフォローが必要だと考えてはいたが。

智樹の怒りが頂点に達するのはこれから——木戸が益田殺害を自供するタイミングになるはずだ。果たして木戸は、どれぐらい粘るだろう。逮捕、移送される間に諦めの気持ちが強くなっていれば、自供は早いだろうが……この辺は、取調官のやり方次第だ。「順送り方式」で、今日の容疑——銃刀法違反についてまず徹底的に調べようとする人間もいるが、その背後に隠れた、より重大な容疑に先に突っこむ人間もいる。

橋田がどういうタイプなのかは分からない……真面目そうな顔を見た限り、順番を守って調べそうにも見えるが。

重森が歩き出す。智樹と私は取調室の前に残されたままだった。振り向いた重森が「早く来い！」と叫ぶと、智樹がようやく歩き出す。

「別室」は、取調室が並ぶ一角から少し離れた場所にある。横に広い、広さ十畳ほどの窓もない部屋。壁の二方にはずらりとモニターや電子機器が並んでおり、あとは折り畳み椅子がいくつかあるだけだった。捜査一課が使う取調室には全て、カメラとマイクが取りつけられており、ここはその様子を見守るための部屋である。既に刑事が二人待機し、膝の上で手帳を広げている。重森は、一番大きなモニターの前に、自分で椅子を持ってきて座った。智樹がその後ろ、重森の肩越しにモニターを覗ける位置に座る。私は二人から少し離れ、ドアを塞ぐポジションをキープした。智樹が怒り狂って飛び出して行こうとしたら、両手を広げてドアを塞ぐ。とはいえ、膝が心配だ。今日はだいぶ無理したので、今でもしくしくと痛む。バッグからサポーターを取り出し、ズボンを捲り上げて膝に装着した。きつい締めつけで、多少は痛みが軽減される。

取り調べはまだ始まっていなかった。

カメラは天井に取りつけられており、斜め前、上方から被疑者を写す格好になっている。取調官は、斜め後ろから映る。画面には、映像のほぼ中央、白いテーブルの上にかかる形で、日付と時刻——一秒ごとにカウントされる——が映っている。取調室に入った橋田は、まずコートを脱ぎ、丁寧に畳んで椅子の背に引っかけた。それを見る木戸の顔に苛立ちが募る。

木戸は既にダウンジャケットを脱いでいた。その下はグレーのスーツ。夏場はどうするのだろう、と私は不思議になった。背広姿でオフロードタイプのバイクに乗っていたら、かなり奇異な感じがする。冬、ダウンジャケットを着ている状態なら、それほど不自然ではないが。

橋田はまず、住所、氏名、生年月日などの人定から始めた。遠回りな感じはするが、初めての取り調べでは、こういう決まりきった手続きを省くわけにはいかない。

「君は、銃刀法違反で逮捕された。現行犯だが、事実関係に間違いはないね」

やはりそこから入るのか……これは長くなりそうだ、と私は覚悟を決めた。既に夕方、今日は長時間の取り調べはできないから、本番に入るのは明日以降になるだろう。

木戸が何か言ったが、マイクが拾えないぐらいの小声だった。

「もう少し大きな声で喋ってくれないかな」橋田が言った。彼の声は低く太く、よく通る。

「……拳銃を持っていたのは間違いありません」木戸の声は、辛うじて聞き取れるぐらいだった。

「その拳銃なんだが、これから弾道検査をすることになっている。元警官の君ならよく分かっていると思うが、弾道検査にはそれなりに時間がかかる。できたら、俺たちの手間を省いてくれないかな」

無言。木戸はうつむいたままで、カメラに映っているのは頭のてっぺんだけだ。この状態では、彼の様子——精神状態を読むのは不可能である。

橋田は淡々とした調子で続けた。相手の気持ちに訴えるやり方ではなく、理詰めで追い詰めていくのが得意なのかもしれない。

「どこで銃を手に入れたのか、教えてくれ。もちろん、銃を調べれば出どころは分かる。実際今、我々はある銃の存在を疑っているんだが、どうだろう。君が教えてくれれば、時間が大いに節約できる」

橋田は一気に核心に迫りつつある。口調はソフトだが、最短距離で攻めこもうとしているのだ。しかし木戸は依然として、何も言おうとしない。

「五年前、君は世田谷西署に勤務していた。当時の記録は全部取り寄せて揃えてある。私はまだ目を通していないが、内容は分かっている——要するに君は、勤務態度不良で実質的に馘になった。まず、その時の話をしようか」

橋田が両手を組み合わせ、テーブルに置いた。木戸がぴくりと反応して顔を上げる。まだ伏し目がちだが、反抗的な表情をしているのは分かった。

「馘にされて嬉しい人間はいない。君にもいろいろ言いたいことはあるだろう。今さらかもしれないが、五年前のことで何か言いたいことがあるなら、話を聴こう」

「……ない」

「だったら、納得してるのか？　反省して、今は真面目に働いていると？　実際、君はここ三年、無遅刻無欠勤で頑張っているそうじゃないか。警察官よりも、大型スーパーの仕事の方が向いているのかな」

短い時間で、勤務実態まで割り出したわけか……捜査一課のやることにはそつがない。

「トーアマートというのは、ずいぶん寛大——というか、緩い会社のようだな。普通の会社は、どこかを馘にされたような人間を雇わない。馘になったということは、何らかの問題があるからだ。特に警察を辞めさせられたような人間は、どこの会社でも敬遠するだろう。上手く潜りこんだようだな」

「俺は真面目にやってるだけだ」

「そうだな」橋田がうなずく。「無遅刻無欠勤は会社員の基本だろうが、大抵の人間は年に一回か二回は病気で休む。それもないんだから、自己管理はしっかりしていたじゃないか——そういう真面目さを、警察時代にも発揮していれば、馘にはならなかったぞ」

「俺は……警察は嫌いだ」木戸がぼそりと言った。

「肌に合わなかったか？　しかし高卒から六年は、結構頑張った方だろう。本当に合わなかったら、警察学校の段階で分かる」

「警察に、合わない人間がいたからだ」

「世田谷西署の地域課に、だな？」橋田がまた一歩突っこむ。何が言いたいか、私にははっきり分かった。当時世田谷西署の地域課にいた人間——益田。

「俺ははめられたんだ」木戸が顔を上げる。

「はめられた？　誰に？」

「分かってるんだろう？」

「いや、君の口から直接聞きたい」

「今更言えるかよ」

「その人は、もう死んでるからか？」

　木戸が身を震わせる。ついに核心の核心——今回の容疑の中心にたどり着いた。木戸が自分の喉に手をやり、上下にゆっくりと動かす。水でも欲しいのだろうか……取調室の中では喫煙はもちろん食事も許されないが、水に関しては取調官の裁量に任されている。決まった時間に食べなくても死にはしないが、水は飲まないと危ない。

　しかし橋田は、それを無視したようだった。これは一種の——軽い拷問かもしれない。喉の渇きをたっぷり味わわせることで、容疑者を追いこんでいく。それは次の瞬間、明らかになった。

「水を――」

「誰にはめられた?」

木戸の言葉に被せて橋田が言った。それで木戸も状況を把握したのだろう。がっくりうなだれ、肩が落ちてしまう。

「楽になれよ。君も、いろいろ辛い目に遭っただろう。警察官を辞めさせられたことも、まだ納得していないいんじゃないか? 不満が募(つの)るのも分かるよ」

「俺は……」

「何だ?」

「俺ははめられたんだ! 俺よりサボっている奴はいくらでもいた。俺は、見せしめになっただけなんだよ!」

画面を覗きこんでいた智樹が鼻を鳴らす。次いで立ち上がろうとしたが、近くにいた刑事が肩に手を置いて抑えた。よく見ると、彼の後ろには二人の刑事が並んで座っている。いつでも制止できる位置に陣取っているのだ、と分かった。

画面の中では、木戸が立ち上がりかけている。立ち会いの刑事が素早くフレームインしてきて、腕を摑んで座らせた。木戸がふてくされた表情を浮かべ、椅子に腰を下ろすと、左腕を椅子の背に引っかけ、体を斜めに倒した。

「ちゃんと座れ」

橋田がさらに低い声で命じた。木戸が反応し、ゆっくりと座り直す。その顔には、明らかな恐怖の表情が浮かんでいた。橋田の顔は見えないのだが、いったいどんな強面の顔つきをしたのだろう。

それから木戸は、ぽつぽつとだが事情を語り始めた。世田谷西署にいる時には、確かに仕事に身が入らなかった。警察の仕事が自分に合っているかどうか分からず、悩んでいたせいだ。しかし、違法行為には一切手を染めていない。ただ少しサボっていただけで、辞職に追いこまれたのは、他の署員に対する見せしめだったはずだ。そんなことで犠牲になるのは我慢できない……。

「話を戻そうか。今は、無事に就職して働いているんだろう？　三年間、無遅刻無欠勤で」橋田は無遅刻無欠勤を強調することで、木戸を持ち上げようとしているようだった。

「だからって……屈辱（くつじょく）は簡単に忘れられるものじゃないでしょう」

「いずれにせよ、真面目に仕事はしていたんだな？」

「そうですね」

「そんな男が、どうして銃なんか持っていた？　どこで手に入れた？　俺が今日どうしても知りたいのは、それだけなんだ」

沈黙の睨み合い。ここは、木戸にとっても正念場だ。簡単に喋れば、銃刀法だけでなく、もっと重い罪に問われる。かといって、この件に関してだけ黙秘を貫き、解放されることなどまずないのは、警察官としての経験から分かっているだろう。

橋田は、沈黙を無理に言葉で埋めるタイプの取調官ではなかった。相手が黙れば、供述を無理強いしない。沈黙に合わせて重い時間を耐え抜き、相手が口を開くのを待つのだろう。実際、取調室という閉鎖空間で、長時間一言も喋らずに耐え切れる人間は非常に少ない。

ノックの音がして、室内にいる刑事たちが一斉に——重森を除いて——振り返った。誰かが中に入ろうとしていて、ドアの前に陣取った私が邪魔になっている。私は立ち上がり、椅子を移動させてスペースを作った。

「管理官」

呼ばれて、重森が無言で立ち上がる。ドアのところにいた刑事は中に入らず、重森が外に出た。何と無礼というか……重森も、細かいことを気にしない男なのかもしれない。部下に呼び出される管理官など、聞いたこともない。

若い刑事が重森に紙を渡す。正式な調書などではなく、単なる一枚のペーパー。しかしそれを見た途端に、重森の顔色がさっと変わった。

「間違いないか？」若い刑事に確認した。

「トーアマートの人事担当者に確認しました。当時、木戸の採用を直接担当した人間だそうですから、間違いありません。三年前のことですから、記憶もはっきりしています」

「分かった。すぐに橋田に渡してやれ」

「失礼します」

ドアが閉まり、重森が先ほどまで陣取っていた席に戻った。ちらりと彼の顔を見たが、表情に変化はない。それほど大した情報ではなかったのだろうか。

画面に視線を戻す。橋田が振り向き、腕を伸ばして何か受け取った。先ほどの若い刑事が紙を渡したのだろう。一礼した橋田は、すぐに読み始めた。何が書いてあるかまでは、モニターでは確認できない……橋田の頭の動きから、二度読んだと分かった。橋田が顔を上げ、低い声で話を再開した。

「さて……五年前に警察を辞めてから、君はいくつかの仕事を転々とした。三年前にはトーアマートの入社試験を受けて、正式に採用されている。これがかなり異例なことは分かるな？　会社としては、できるだけ若い人を取りたいはずだ。君は、トーアマートを受けた時には二十六歳——この業界に入るには、結構歳を取っていた感じだな」

「だから？」

「どうして合格したと思う？　普通に考えれば、トーアマートのように規模が大きくて、ガバナンスを大事にする会社が、君のような形で警察を辞めた人間を採用するはずがない。何があったと思う？」

「知るかよ……人手不足だろう」

「ある人が口添え（くちぞ）したんだ。口添えじゃないな……頭を下げた」

木戸がすっと背筋を伸ばす。顔色はよくない。先ほどよりも蒼いぐらいだった。

「君は、追跡されていたんだ。君が辞めた後も気にかけて、まともに社会復帰できるように気を配っていた人がいた。一人の人間の行動を監視し続けるのは難しくない──君がトーアマートの採用試験を受けたことは、その人にはすぐに分かったんだな。その人は人事担当者に会い、事情を全て話して、採用に特別に気を遣ってくれるように頼みこんだ。その結果、君は今、あそこで働いているというわけだ」橋田が言葉を切る。「そんなことをした人は誰だと思う？」

「知るかよ」

「いや、分かってるだろう。君一人の力ではどうにもならない──就職できたのは不思議だと思わなかったか？」

木戸が黙りこむ。橋田は身を乗り出して、一気に畳みかけた。

「その人を——ある意味恩人と言ってもいいかもしれないその人を、君は殺したんじゃないか？」

智樹が立ち上がる。椅子が耳障りな音を立てて床を擦った。背後に控えた二人の刑事の隙をついてドアに突進する。私は立ち上がり、両手を思い切り広げた——かなり弱っている今の自分では抑止力にもならないと思ったが、智樹は困ったような表情を浮かべて立ち止まった。

「俺もそれなりに、壁になれるみたいだな」私は自嘲気味に言った。

「半分怪我している人を本物の怪我人にしたら、恥ずかしいでしょう」

憎まれ口を叩いて、智樹が自分の椅子に戻った。クソ、当たっているだけに何も言えない。ふと、重森がこちらを凝視しているのに気づく。目が合うと、ふいにニヤリと笑って目を逸らしてしまった。

何だか気にくわない……私は彼の後頭部を睨みつけながら、椅子に腰を下ろした。慌てて動いたのでずれた膝のサポーターを直してから、モニターに意識を集中させる。橋田は変わらぬ調子で、木戸を締め上げていた。

木戸は黙ったままうつ向いた。

「教えてやろう。世田谷西署にいた益田警部補だよ、益田警部補。知らない訳がないよな？」

反応は引き出せなかった——少なくとも声の反応は。しかし木戸は、明らかに動揺している。口がぽかりと開き、体から力が抜けていた。それはそうだろう。木戸は今、自分が歩んできたこの五年間が一気に崩れたように感じているに違いない。そして、大きな勘違いをしたまま、罪を犯してしまったことを意識したはずだ。

橋田がぐっと身を乗り出す。木戸はそれに気圧され、椅子に背中を押しつけた。

「君は、警察の規範に合わない人間だった。警察としては、そういう人間を組織に置いておくわけにはいかない。馘にせず、辞表を書かせたのは警察の優しさだぞ。君に辞表を書かせた人間——益田警部補も、当然苦しんだ。一人の人間を辞めさせるのは、簡単なことじゃないからな。しかし辞めさせてしまえば、その件はおしまい——ところが益田警部補は、そうは考えなかった。辞めさせたからには、次のことも考えなければならない。そのためにはいい仕事を紹介すべきだ——分かるか？　要するに益田警部補は、陰から君の面倒を見ていたんだ」

「そんなことは……そんなはずはない！」木戸が叫ぶ。「俺は何度も仕事を変わった。田舎に帰るわけにもいかなくて、ここで仕事を探して……」

「トーアマートに辿り着いた、と」橋田がさらりと言った。手元で裏返して置いた紙を取り上げ、もう一度目を通す。「益田警部補は、辞めた後も君の動向をずっとチェックしていた。ベテランの警察官にとって、そんなことは簡単だ。トーアマートはしっかりした会社で、仕事も安定している。だから真面目に働けば、君は立ち直れると確信していたんだ。それでトーアマートの人事担当者に面会を申しこみ、君の人柄を保証した――少しだけ嘘をついてね。警察を辞めたことをマイナス要因に捉えるかもしれないが、あれは家庭の事情でしょうがないことだった。複雑な問題があったからで、できたらその件については触れずに採用してやって欲しい、と」橋田が首を横に振った。「そもそも、君の人柄を保証するのはまずかったと思うけどね。怠慢な人間はどんな職場に行っても怠慢――しかし益田警部補は、土下座もする覚悟で必死に頼みこんだんだ。というわけで君は無事に就職して、それから三年、無遅刻無欠勤で通している。図らずも、益田警部補の期待に応えたことになる……というわけで、今回は残念だったな」

木戸ががっくりとうなだれ、そのまま額をテーブルに押しつける。それで辛うじて体を支えているようだった。

橋田は腕組みをして、ゆっくりと椅子に体重を預けた。待つ……話せるようになるまで待つだけの余裕が、橋田にはできたようだった。

智樹は前屈みになり、モニターを凝視していた。しかし重森たちは、早くも少しリラックスした気配を漂わせている。もはや山を越えた――次に木戸が口を開くのは、犯行を自供する時だと分かっているのだ。ベテランの刑事は、そういうタイミングを自然に読める。

これでいいだろう。

私も少し体の力を抜いた。智樹はずっと緊張したままだったが、それもいつまでも続かないだろう。特捜本部に戻されれば、これからは忙しい日々が待っている。木戸の自供を裏づけるための捜査が必要だ。

それは智樹にとっては辛い仕事になるはずだが、もう気負って爆発するようなことは許されない。

あくまで歯車の一つとして、特捜の仕事をこなすだけなのだ。しかしそれが、刑事というものである。

6

翌日、私はホテルに朝美を訪ねた。既にこの仮り暮らしに疲れているようだったが、もう少し我慢してもらわないと……せめてもの気晴らしにと、私は彼女をホテルのカフェに誘った。そもそも私の他に、梓と愛も一緒だったので、狭いシングルルームでは息苦しくて話もできない。

朝食ビュッフェの時間が終わったばかりなので店内はがらがらで、話がしやすかった。機嫌を取ろうと朝美が好きなスイーツのメニューを勧めたが、彼女は無言で首を左右に振って断った。結局四人とも、コーヒーを頼む。

梓と愛には、私が全て話すことであらかじめ了承してもらっていた。昨夜、私は木戸が完全自供する場面をこの目で見ていたのだ。最初から事件とかかわってきたこともあり、自分の口から説明する責任を感じていた。

気が重い仕事だったが。

カフェは、二階の高さまで窓がある明るい内装で、外には小さな池が見える。暖房はしっかり利いているのだが、窓に近い席に陣取ったせいか、寒さが容赦なく襲ってくる。大きな窓から入りこむ午前中の光の中で、朝美の疲れはさらにはっきりと浮かび上がった。

「寒くないですか？」私は訊ねた。

「大丈夫です」朝美の返事に力はない。

「ニュースはご覧になりましたね？」

「はい」

木戸逮捕の一報は、昨夜遅くに発表されていた。民放の十一時台のニュースにも間に合う時間。私は記者会見が始まる前に朝美に電話を入れ、その前には重森とも相談していた。被害者家族に逮捕の一報を伝えるのは、刑事の仕事の最高のカタルシスな

のだが、重森はその役目を私に譲る、と言ってきたのだ。こっちは全員忙しいから
な、というのが彼の言い分だったが、どうも本音を言っているようには思えない。

　私は、これから伺って事情を詳しく説明してもいい、と言ったのだが、朝美は断ってきた。少し気持ちを整理したいので……いえ、大丈夫です。これはいいことなんですから——と。

「新聞は読みましたか？」

「いえ」朝美が力なく首を横に振った。「何だか怖くて」

「分かりました」基本的な情報しか入っていないはずだ、と私はほっとした。昨夜のテレビのニュースは、極めて簡単な内容ばかりだった。朝刊ではもう少し詳しく伝えられていたが——各紙申し合わせたように社会面トップの扱いだった——それでも私の方が詳しく話せるだろう。

「まず、基本的な情報からです。益田警部補を殺した犯人は、世田谷西署でご主人の同僚——後輩だった若い男です」

　私は五年前のトラブルから話し始めた。勤務態度が悪かった木戸を、地域課のスタッフだった益田が諭して辞めさせたこと、しかし益田は木戸の将来を慮って、裏から就職に手を貸していたこと。

　朝美の肩が震え始める。うつむき、体が爆発しそうになるのを必死に耐えているよ

うだった。無言……これまでの経験から、朝美には大袈裟な慰めの言葉は必要ないことが分かっている。むしろ無言の時間が彼女を癒す。

ほどなく朝美が顔を上げ、コーヒーカップを持った。手の震えに耐えながら口元に運び、一口飲んで小さな溜息を漏らす。

「そんなことがあったんですね」

「まったくご存じなかったんですか？」

「ええ……家では基本的に、仕事のことは話さない人でしたから」

拳銃の件を除いては。皮肉な考えを何とか頭から押し出す。あれだけ重大な事件の揉み消しとなると、さすがに一人で抱えてはおけなかったのだろう。

「私はご主人と直接面識がありませんが、今までいろいろな人に話を聞いた限りでは、いかにもご主人らしい話だと思います。本来は、馘にした若い警官のことなど放っておけばいいんです。でもご主人は、自分が追いこんだ木戸という男の将来を、本気で心配していたんですよ。本来の仕事がある中で、無理に時間を作って、彼のその後をフォローしていたと思われます。私だったら、とてもそこまではできません」

「面倒見がいい人でしたから」

私は黙ってうなずいた。警察は基本的に「甘い」組織である。内輪で庇い合い、他の組織に比べれば先輩・後輩の関係も強固だ。しかし辞めて——特に不祥事で辞めてしまった人間まではフォローしない。むしろ、警察という結束力の強い組織に対する裏切り者として、積極的に切り捨てようとする。

そんな中で、益田の木戸に対するフォローは度を逸していた。ただ面倒見がいいだけで済まされる話ではない気もするが……私はこの件を、交番襲撃事件の隠蔽と何らかの関係があるのでは、と想像していた。ただし益田本人は、既に死んでいる。木戸は何か知っているかもしれないが、直接事情聴取する訳にはいかなかったから、確認しようもない。結局、益田が木戸の面倒を見ていた動機については分からないまま終わるだろう。

「木戸は、益田さんが裏で面倒を見ていることなど、まったく知りませんでした。三年前にはきちんと就職して、それ以来真面目にやっていたそうです。それが暗転したのは、半年ほど前でした」

偶然が不幸を呼んだ。

木戸は、仕事――新規出店の調査で太田市に赴(おもむ)き、そこでたまたま堀内と会ってしまった。同時期に同じ署で働いていた二人は、数年ぶりの再会を祝して久しぶりに盃(さかずき)を交わした。そして酔っ払った堀内が明かしたのが、五年前の交番襲撃事件の真相だった。

木戸はこの一件を聞いた時に、まず益田の顔を思い浮かべたという。重大犯罪を隠蔽した男が、偉そうに自分を説教して辞めさせた。絶対に許せない――。

「それで木戸は、ご主人を恐喝しようと決めたんです。必ずしも金が欲しかったわけではないと思います。トーアマートではそこそこの給料を貰っていましたし、趣味といえばバイクぐらいでしたから。バイクのローンの支払いは毎月ありましたが、トーアマートの給料の額からすると、大きなものではありませんでした。家賃も安かったようですしね……むしろ、ご主人を精神的に苦しめるためだけに、ゆすろうと考えたようです。ご主人に接触し、交番襲撃事件の真相を知っている、バラされたくなければ――と脅しました。ご主人はそれに屈して、何回か金を払っていたんです」

「主人は……そんなに弱い人ではなかったはずです」

「もちろんです」実際にどうなのかは分からないが、私は同意した。「ただ、この問題はご主人の――そしてあなたの人生を破壊する恐れがありました。ご主人としては、自分のこともそうですが、あなたを不幸にするのは我慢できなかったんでしょう」

「相談してくれれば……」

「恐喝に対する決定的な対処法は、警察に捜査させることしかありません。しかし被害届を出せば、五年前の交番襲撃事件の真相も明らかになってしまう。このまま金を払い続けるのがいいのか、自分の犯行が表沙汰になる方がましなのか、ご主人は天秤にかけたんだと思います。その結果、交番襲撃事件はあくまで隠蔽したままにすることに決めた。この判断について、私には何か言う資格はありません」

究極の選択だ……交番襲撃事件に関しては、益田は実行犯ではない。事件後に隠蔽工作を主導しただけである。しかし人が一人死んでおり、しかも警察官が勤務中の事件という事情もあるから、益田自身、実刑判決を受けていてもおかしくはなかった。定年が見えてきた年齢で、家族を残して刑務所に入ることを考えたら——それに息子の智樹の問題もある。自分が服役したら、現役の刑事である智樹は警察に居辛くなってしまうに違いない。居辛いどころか、すぐに警察を辞めるしかなくなるだろう。せっかく一家で三代目の警察官になったのに、自分のせいでキャリアが閉ざされたら息子に申し訳ない——何かと義理堅い益田は、家族に対してもしっかり義理を果たそうと考えたのではないだろうか。

しかし、恐喝は永遠には続かない。益田の方の金が尽きてしまうからだ。とはいえ、退職金がある。木戸は、「これからもしばらくは楽しめそうだな」と、いかにも退職金を狙っているとほのめかしていたという。益田にすれば、退職して初めてマイホームを手に入れるための重要な資金である。それまで狙われたらたまらないと思ったのだろう。

ここから先の話は、木戸の証言による一方的なものである。しかし私としては、信じない理由はなかった。

犯行の二日前、益田の方から木戸に連絡が入った。益田から電話があったのは初めてだったので木戸は警戒したが、「今後の金の話について具体的に話し合いたい」ということだったので、拒否する理由もなかった。

「交番の方へ来てくれないか」

益田は、木戸が予想してもいないことを言い出した。木戸はすぐに警戒した。益田が勤務する交番は、彼にすればホームグラウンドである。しかし逆に言えば、そこで危険な真似をする訳がない——そう判断して、会う時間のすり合わせをした。

益田は夜中を指定してきた。その時間なら交番には人もいないし、周辺の人通りも途絶えるので目立たない。

益田の言うことは理にかなっていたが、木戸は十分警戒して交番に赴いた。いざという時のためにナイフまで用意していたというが……結局それは使われることがなかった。

約束の時間に五分遅れて交番に着くと、益田はいつもと変わらぬ表情で彼を出迎えた。しかし益田は、すぐに拳銃を取り出し、逆に木戸を脅しにかかった。揉み合いになるうちに、木戸は銃を奪い取ったが、ひょんなタイミングでたて続けに二度、引き金を引いてしまい、そのうち一発が益田の頭を直撃した。

「しばらく動けなかった」と木戸は証言した。「目の前で人が死んでいて、しかも現場は交番だ。すぐに本署から誰かが飛んで来ると思ったが、誰も来ない。おかしいと思って調べてみたら、防犯カメラが壊されていた」

益田は、木戸を殺す覚悟を決めていたのだろう。交番が襲われ、緊急避難で襲撃者を撃ってしまった——というのはシナリオとして悪くない。襲撃をでっち上げるために、襲撃者が防犯カメラを壊したことにしたかったのだろう。

結果的に、これが木戸に有利に働いた——少なくともしばらくの間は。

警察は何者かによる交番襲撃事件と判断して捜査を始めた。しかし木戸にとって意外だったのは、益田から奪い取った銃が五年前の交番襲撃事件で使われた銃だと分かったことだった。益田が銃を始末したということは堀内から聞かされていたが、まさかそれからずっと持っていたとは想像もしていなかったのだ。山へ埋めるなり、海に捨てるなりすれば、簡単に証拠隠滅できたはずなのに。

木戸は堀内に連絡した。自分がやったことは明かさずに、銃のことを聞いたが、堀内はやはり、益田はとうに銃を処分したのだと思いこんでいた。それで堀内はパニックに陥った。ここで銃が使われたということは、五年前の事件も明るみに出るかもしれない。自分はもう駄目だ——焦った木戸は、堀内も始末すべきではないかと考え始めた。もしも堀内が自首でもしたら、自分の犯行もバレてしまう。

しかし、始末に迷っている間に、堀内が別のルートから捜査線上に浮かび、逮捕されてしまった。そして木戸自身にも、警察の手が迫ってきた。

木戸の自供内容を聞き終えた朝美は、ゆっくりと息を吐いた。それで完全に力が抜けてしまったようで、背中が丸まってしまう。

「大丈夫ですか？」私は思わず訊ねた。

「そうすると……結局、主人は預かった銃をどうしていたんでしょう？」

「それは分かりません。もしかしたら、職場でずっと保管していた可能性もあります。家には持って帰ってこなかったということですね……家は徹底的に探したんですよね？」

「はい。家に銃があったらと考えただけで怖かったので」

「普通の感覚です」私はうなずいた。「ご主人は、あなたが銃を怖がることを十分分かっていたんでしょう。ですから、家には銃を持ち帰らず、職場で保存していた可能性が極めて高い」

何故処分してしまわなかったかは謎のままだ。もちろん、そんな時間がなかった、ということも考えられる。益田はローテーション勤務で動いていたし、プライベートな時間に一人で動くような習慣もなかったのだろう。無趣味な人間は、職場と家の往復になりがちだ。そういう人間が、急に外へ出かける――しかも長時間というのは、極めて不自然な行為になる。結局、安全なところに捨てる時間もなく、職場でずっと保管し続けていたのではないだろうか。個人用のロッカーにでも隠してしまえば、基本的には見つからないはずだ。

もちろん、警察的には大問題だが。

「全て、ご家族のことを考えての行動だったと思います」

「そうかもしれませんけど……五年前にあんなことをしなければ、死ぬようなことはなかったんですよね？」

「後輩思いのご主人としては、咄嗟の判断だったんでしょう。同じような状況になったら、私も同じようにしないとは言えません。警察官にとって、後輩とは大事なものなんです。今回、恐喝に苦しんでいたのも、後輩――息子さんに対する思いがあったからだと思います。息子さんに迷惑をかけたくない、警察官の家系がこれからも続いて欲しいと、心の底から願っていたんでしょう」

前提が完全に間違っている。しかし私はどうしても、益田の行動を頭から否定する気にはなれなかった。私自身、世間の倫理というより警察官の倫理に搦め捕られているからかもしれないが。

「息子はどうしていますか？」

「まだ話されていないんですか？」私は逆に聞き返した。

「電話しようかと思ったんですが、話しにくくて……向こうからも連絡はありません」

「今は、特捜本部に復帰しています。きちんと仕事をしていると思います」

「それならいいんです」朝美がようやく安堵の息を吐いた。「ちゃんと仕事してくれれば……でも、大丈夫なんでしょうか？　父親があんなことをしていて、警察官として問題にされるようなことはないんですか？」

「基本的には、息子さんが自分から『辞める』と言い出さない限り、処分はないと思います」

「そんなものなんですか？」朝美が目を見開いた。

「はい。これまでにも、家族の不祥事で辞めた警察官はたくさんいます。でも大抵が、子どもが逮捕された親――そういうケースだったはずで、今回のような事件はほとんど例がありません。ただ警察としては、息子さんの仕事と今回の事件はまったく関係ないと判断するはずです」

　そう言ってはみたものの、自信はない。正式に処分されることはないにしても、柔らかく圧力をかけて辞職に追いこむ――益田が堀内にしたように――可能性はないでもない。

その際は、私が智樹をフォローして就職を世話してやるべきなのだろうか。しかしそれは警察官の仲間として？　それとも被害者家族のケアとして？

7

今後のことを朝美と相談するという梓を一人残して、私は愛と一緒にホテルを出た。愛はここの駐車場に自分の車を停めていたのだが、取り敢えずどこか外で食事をしよう、という話になった。昼食には少し早いが、混雑を気にせず食べるにはいいだろう。

「何が食べたい？」愛が訊ねる。

「何でもいいけど……」

「今日は、ちょっと刺激が強いものがいいかもね」愛がさらりと言った。

「どうして？」

「疲れたでしょう？　そういう時は、ピリッとした辛いもので気合いを入れたらいいんじゃない？」

「むしろ胃に優しいものをっていう発想はないのかね」

「ないわよ」愛が笑いながら言った。「弱っている時に自分を甘やかすのは、絶対プラスにならないでしょう。むしろ自分を虐(いじ)めるぐらいじゃないと」

リハビリをサボっている私を揶揄しているのか？　少しだけ嫌な気分になって、私は口をつぐんだ。

「ちょっと押してくれる？」私がむっとしているのに気づかないのか無視しているのか、愛がさらりと言った。

「どうして？」

「お店を検索するから」

そう言われれば、押さない理由はない。西新宿の歩道は人の流れが激しく、立ち止まっていたら邪魔になる。私が車椅子を押し、愛がスマートフォンで店を調べ始めた。すぐに「タイ料理は？」と提案する。

「ああ、まあ……いいよ」刺激的な辛さを想像すると、胃がしくしく痛むような気がした。だがここは、彼女が言う通り――胃に負担をかけるような刺激的な料理で気分転換するのもいいだろう。

車椅子では入りにくい店もあるのだが、この店は入り口がバリアフリーで、店員も親切に出迎えてくれた。すぐに椅子を一つどかして、テーブル席で向かい合って座れるように支度してくれる。こうやって座ると、車椅子の存在を忘れてしまう。

ランチメニューを眺め渡し、私はグリーンカレーを頼んだ。刺激的なものといえばこれ——ところが私をけしかけた愛は、パッタイを選んだ。

「それ、全然辛くない焼きそばじゃないか」思わず抗議してしまった。

「私は別に、刺激物を食べる必要はないから」

そう、怪我してからの愛は、精神状態が非常にフラットになった。怒らない、泣かない、慌てない。私がしばしばカリカリしてしまうのと対照的だった。

タイ料理店というのは、やけに早く料理が出てくることが多く、この店も例外ではなかった。注文してから三分も経たずに、まず私のグリーンカレーが到着。それから一分ほどで愛のパッタイもできあがった。彼女が箸を取り上げるのを見てから、グリーンカレーに口をつける。

タイ料理というのは、どうしてこんなに味が鋭角的なのだろう。辛さ、塩気、甘み——全てが日本人の舌の基準値を超えているような気がする。グリーンカレーは、最初濃密な甘さを舌に残し、すぐに辛さが追いかけてくる。何というか……甘さは辛さを中和するのではなく、むしろ増幅させるのだと、タイ料理を食べる度に実感する。

「しかし、辛いな」外は寒風が吹く陽気なのに、もう額に汗が浮かんできた。

「目玉焼きをいつ崩すかがポイントね。黄身で、少しは辛さが和らぐでしょう」

「今すぐ何とかしたいよ」

「そうすると、後が辛くなるわよ」

結局私は中盤で卵を崩したが、その時には舌はもう辛さに慣れてしまっていた。ただ汗が吹き出るばかり――食べ終えて一気にコップの水を飲み干し、すぐにお代わりをもらった。食後の飲み物も、あらかじめ頼んでおいたコーヒーではなく、アイスコーヒーにしてもらう。

ガムシロップとミルクをたっぷり加えた甘いコーヒーを口中で転がし、舌の痺れは何とか落ち着いた。

「どう？　少しは気合いが入り直した？」

「そもそも抜けてたかな？」

「そうね」愛があっさり認めた。「今回、何だかずっと調子がおかしかったじゃない」

「そうかな……」

「身内の話だし、いつもと状況が違っていたのは間違いないでしょう？」

「それは……そうだな。君はどう思う？　俺のやり方は間違っていたかな」

「分からない」愛が首をよこに振った。「この仕事で、やったことが正しかったかどうかなんて、何十年も経たないと分からないでしょう」

「そうだな」

いや、何十年経っても分からないかもしれない。親を殺された子どもが、立派に成人してからトラウマに襲われることだってある。支援する立場としては、どこまで責任を負えばいいか、まったく判断がつかなかった。敢えて言えば「永遠」だろう。

「本当にダメージ、受けてない？」

「いや……整理がつかないだけだ」

「難しい案件だったわね」

「これからじっくり考えるよ。自分がやったことが正しかったかどうか……答えは出ないと思うけど」

「私たち、何かある度に、答えが出ない疑問を溜めこむだけよね」

「こういう仕事、他にはないだろうな」

これまで手がけてきたいくつもの事件を思う。完全に満足がいったものなど、一つもなかったと言っていいだろう。それなのに何故この仕事を続けるのか――自分が被害者だから？　それ故他の犯罪被害者の気持ちも分かるから？

そんな考えは傲慢だ。

スマートフォンが鳴る。背広のポケットから取り出して確認すると、智樹だった。

「ごめん、この件、まだまったく終わっていないみたいだ」私は言い訳するように愛に言った。

「どうぞ」愛が笑みを浮かべた。「永遠、よね」

「ああ、いつでも永遠だ」

智樹も勝手な人間だ、と私は少しだけむかついていた。だいたい彼は、特捜に投入されて、今は余計なことをしている暇はないはずである。それが「話をしたい」と私を呼び出すなど……しかも世田谷西署へ。

世田谷西署の特捜に顔を出すと、沖田も西川もいなかった。犯人が逮捕されたので、追跡捜査係はもうお役御免ということだろうか。もう、次の獲物を追いかけているのかもしれない。

智樹は特捜の部屋にいた。何となく手持ち無沙汰な様子で、私を見るといきなり立ち上がる。顔には緊張の色があった。

「午前中、お母さんと会ってきたよ」私は先に切り出した。

「そうですか」

「電話してやれよ。山は越したけど、お母さんが本当に立ち直るのはこれからだぜ」

「そうなんですけど、昨夜から忙しくて」

「でも、俺に電話して呼びつける余裕はあるじゃないか」

「すみません」

智樹が素直に頭を下げた。これまでの刺々(とげとげ)しい態度はすっかり消え、妙に低姿勢だった。どちらが本当の姿なのだろう。

「何でこっちにいるんだ？」

「今回の事件、こっちの特捜ともつながってるじゃないですか。その調整役というか」

「冷静か？」

「はい？」

「座ろう」

言って、私は先に椅子を引いて座った。智樹は、長机で私の横に腰を下ろす。微妙に距離が空いている……彼の方で、何か後ろめたいことがあるのだな、と分かった。

「冷静か？」私はもう一度訊ねた。

「まあまあ、冷静です」

「まあまあ、じゃ困るな。君は、どうして特捜から外されていたか、分かってるだろう？　重森さんの判断は正しかったと思うよ。家族のことになったら、誰でも冷静ではいられないから。刑事の基本は、常に冷静でいることじゃないかな。実際、警察官が当事者になってしまったら、捜査から外されるのは暗黙の了解だ」

智樹が無言でうなずく。まだ気持ちは整理できていないはずだが、以前のように突然爆発するようなことはないだろう、と私は判断した。

「とにかく今後も、冷静にな。いろいろ考えるとむかつくこともあるだろうし、お父さんのことはショックだろうけど、だからこそ冷静でいないと。息子じゃなくて、刑事として処理してくれよ」

「分かってます。俺も……もう三十ですから」

「そうだな——あの車は、三十の男が乗るような感じじゃないけどな。もう少し落ち着けよ」

「車ぐらいいいじゃないですか」智樹が笑いながら抗議した。

「それで？　何でわざわざ俺を呼び出したんだ？」

「お忙しいところ、すみません」智樹がさっと頭を下げる。顔を上げると、真剣な表情を浮かべていた。「ここを離れられなかったので」

「それはいいけど……それに、君と会うのも仕事のうちだからね」

「フォローしてもらう必要は、今はないんですけど……今日は、警察官としてお詫びしたいことがあります」

私は警戒した。「警察官として」という言い方が引っかかる。急に居心地が悪くなり、私は体を揺らした。

「それで？　どういうことかな？」

「俺はずっと特捜を外されていて、一人で動いていたんですけど……」

「そうだな」

「何かおかしいと思いませんでしたか？」

「確かにおかしかった」私はうなずいて認めた。「一番おかしいのは、昨日の君の行動だ。特捜から外れていた君が、どうして木戸を追跡できた？　個人では、木戸の存在を割り出すのはまず不可能だったと思う。それとも君は、俺の想像を超えたスーパー刑事なのか？」

「いや……」今度は智樹が体を揺らす。「そういうわけじゃ……」

「どうして木戸の存在を割り出せた？　昨日、木戸を追跡できたのはどうしてだ？」

「それは……」

打ち明けるつもりでいたのだろうが、智樹の口は急に重くなってしまった。

「おいおい、呼びつけておいてそれはないだろう？　話したいことがあるから俺を呼んだんだろう？　何かヤバイ話でもあるのか？」

「ヤバイかどうかは分からないんですけど、何となく決まりが悪いというか」

「はっきりしないな。いい加減にしろよ」さすがに焦れて、私はきつい言葉をぶつけた。

「村野警部補には謝っておいた方がいいかなって……昨夜からずっと考えていたんですけど」

「何で俺に謝る？　確かに、散々面倒をかけられたのは間違いないけど」

「その件もすみません」智樹が深々と頭を下げた。

「――それ以外に何かあるのか？」だったら別にどうでもいいことで……この男の暴走にはだいぶ苛々させられたが、それに耐えるのも仕事のうちである。それに、どうしても我慢できないことではなかった。支援課の仕事では、もっと酷い目に遭ったこともいくらでもある。

「すみません」智樹がもう一度――今度は先ほどよりも深く頭を下げる。

「何なんだよ、いったい」私は呆れて言った。このままでは、いつまで経っても話が進まない。

「実は――」智樹がぽつぽつと話し出した。

すぐに私は、自分が騙されていた――あるいは利用されていたと知った。

8

乗りこむ、あるいは殴りこむ感じだった。喧嘩腰――智樹から話を聞いた時には頭に血が昇り、会ったらすぐに殴りつけてやろうと思っていたのだが……。

時間はいつでも、最良の鎮静剤になる。多くの被害者の傷は、時の流れとともに癒えていく。私の場合、電車に乗っている時間が怒りを沈静化させてくれた。これが警視庁本部に乗りこむだけなら、怒りは持続したままだっただろう。しかし北多摩署は遠い……小田急から南武線、多摩モノレールと乗り継いでいくうちに、怒りは鎮まってきた。こうなったら完全に落ち着いていこう——立川駅で降りてから、以前入ったことのあるドーナツ店に立ち寄った。どうして好きでもないドーナツを食べる気になったかは分からないが……歯に痛みが走りそうな甘いドーナツと一杯のコーヒーで、気分は少しやわらいだ。十分のロスになったが、焦ることはない。相手——重森は、今日は夜まで北多摩署にいるはずなのだ。

昨日の雪の影響がまだ残っているわけではないだろうが、モノレールを降りて歩き出した瞬間、私は空気に冷たい湿気が混じっていることに気づいた。まったく、春はまだまだ先のようだ……。

北多摩署へ足を踏み入れ、すぐに特捜に向かう。一階の副署長席付近は、記者たちで一杯だった。木戸は昨夜一晩を警視庁の留置場で過ごした後、今朝こちらに移送されてきたはずである。真相の解明にはまだ時間がかかる——副署長は、しばらくは報道陣の攻勢に悩まされるだろう。

夕方近く、特捜はざわつき始めている。いち早く戻って来て報告をする刑事たちが結構いるのだ。これでは話はできない——しかし、重森は私に気づくとすぐに立ち上がった。報告していた刑事に何か告げると、椅子の背に引っかけていたコートを取り上げる。外へ行くつもりだろうか……。

「ちょっと」

私の脇をすり抜ける時に、短く一言発する。素っ気なさ過ぎないか、とも思ったが、考えてみればアポを取っていたわけでもない。

重森は階段へ向かった。やはり外へ出るつもりか？　階段を使って降りると副署長席近くに出てしまうので、記者連中に見つかる可能性が高くなる……捜査一課の管理官なら、本部の一課担当記者には顔が知れているから、囲まれてしまうかもしれない。

重森は上へ向かった。階段を上がって、金属製のドアを押し開け、屋上に出る。彼が通り抜けたドアから寒風が吹き込み、私の顔を叩いた。

外へ出る前に、私はダウンジャケットのファスナーをきっちり上まで上げた。重森はと見ると、強い風に悪戦苦闘しながらコートのボタンを止めようとしている。これだけ風が強いと、押さえておくだけでも一苦労だろう。

「コーヒーは？」重森が唐突に言った。

「コーヒーが欲しかったんですか？」

「人に用事がある時は、コーヒーぐらい持ってくるのが普通だろう。警察官として――社会人としての基本的な礼儀じゃないか」

「失礼しました——聞きたいことがあるんですが」怒ってるのはこっちなんだが、と思いながら私は頭を下げた。

「答えられるかどうか分からないが」

「管理官しか答えられません」

「そうか」

ぽつりと言って、新青梅街道に面した側にぶらぶらと歩いて行く。手すりに手をかけ、遠くを見やった。何となく話しにくい雰囲気である。私は横に並んだが、そちらに見えるのは団地群ぐらいだった。この高さから見るのは初めてで、規模の大きさを改めて意識する。とにかく広い——同じようなサイズ、デザインの建物が延々と連なっている様は、日本が元気だった時代の名残り、という感じだった。

「北海道出身の俺は、こういう光景を見て、東京を実感したね」

「北海道にも団地ぐらいあるでしょう」

「団地があるようなところで育たなかったからな。広尾町(ひろおちょう)って知ってるか？」

「名前ぐらいは」それも曖昧だ。

「十勝(とかち)の一番南の方だよ。俺が育った頃には人口は一万人を超えていたけど、今は七千人ぐらいかな。昔は鉄道もあったけど、それもなくなった。まあ、不便なところだよ。仕事といえば畑か酪農ぐらい。三階建てより高い建物なんか、ほとんどない街だった」

「ええ……」

重森は私を見もせず、煙草を取り出した。屋上も禁煙のはずだが、黙って火を点ける——実際にはかなり苦労していた。ようやく火が点くと、美味そうに煙を吸いこむ。

「管理官、煙草なんか吸ってましたっけ」

「特捜が立つと禁煙する——ここ十年ほどはずっとそうしてる」

「それで、事件が解決すると解禁、ですか」

「ああ」

「だったら、この十年で関わってきた特捜事件は、全部解決してるわけですよね？打率十割じゃないですか」

「俺が凄い訳じゃない」重森が鼻を鳴らす。「偶然もあったし、恵まれてただけだ。おかげで、まったく禁煙できない……実は俺も、三代続いた警察官の家系なんだ」

「そうなんですか？」話が急に飛んで、私は混乱した。

「ジイさんは、道警本部で警備畑を歩いた。親父は外勤警察官で、あちこちを転々として——結局、十勝での勤務が一番長かったから、俺も基本的には広尾で育った。一足先に警察官になった兄貴は、今道警の捜査二課にいるよ」

「重森さんも、道警に勤めればよかったじゃないですか」

「何となく、兄貴と一緒というのはやりにくくてな」重森が苦笑した。「それで俺は、東京へ出て来た」

ここでようやく、先ほどの話とつながってくるわけだ。私が何も言わずにいると、重森が風に吹き飛ばされそうな低い声で続ける。

「まあ、東京というのは……もちろん、知識がまったくなかったわけじゃない。ただ、テレビなんかで見るだけだった世界が目の前に現れた時には、びっくりしたな。警察学校に入った時にも、休みの度にあちこちに出かけて、早く東京に慣れようとした。ところが、初めて配属されたのが、よりによって千代田署だったんだ」

「ああ……東京の真ん中も真ん中ですね」千代田署は、日比谷地区や有楽町地区を管轄している。都内に十九ある、いわゆる「大規模署」の一つで、その中でも特に重要な拠点とされている。歴史の長い繁華街を管内に持つことから、まさに「都会の中の都会」の警察署のイメージだ。

「あんなところで警察官人生を始めてみろよ。北海道出身の人間にはギャップが大き過ぎて、毎日気を失いそうになっていた。それでも俺は頑張ったよ。何しろ三代目だからな。ジイさんも親父も警察官人生を全うして、兄貴は現役バリバリで活躍していた。俺だけが脱落するわけにはいかなかったんだよ」

「ええ」この話がどこに転がっていくか分からず、私は適当に相槌を打った。

「警察官の世襲がいいか悪いかは、俺には分からん。ただ一つ言えるのは、親に恥をかかせるわけにはいかないという意識が強いことなんだ。特に同じ県警内で受け継いで来た場合は……分かるな？」

「それは、何となく分かります。若いうちにヘマすると、親がまだ現役だったりしますしね。そうでなくても、親と一緒に仕事をした先輩の監視の目が光っていたりする」

「ああ。益田の場合がまさにそうだな」

「彼の場合、本人ではなく親が問題を起こしたわけですが」

「五年前の事件は、俺の係には直接関係ないんだが……大問題だぞ」

「それは分かります」

マスコミは、五年前の事件をほじくり返して騒ぎ立てている。警察サイドはあまり事情を漏らしていないのだが、記事の作りようはあるだろう。これから週刊誌に記事が載り始めるはずで、どんなことが書かれるのかを想像するとぞっとした。

「もちろん、益田警部補のやったことは許されない。本来なら厳しく処分されるべきだ。本人が亡くなってしまった以上、処分もできないわけだが」

「まさか、息子に責任を押しつけるつもりじゃないでしょうね」

「そういうことはしない」重森が断言した。「親の犯罪は子どもには関係ない。マスコミの連中は勘ぐって取り上げるかもしれないが、警察として、『関係ない』という姿勢は崩さない」

「監察辺りは、そうは考えないかもしれませんよ」

「監察とはもう話をしている。公的には追及できないという話だが、奴も事情は聴かれるだろう。五年前には、奴ももう警察官になっていたんだから、確認されるのは当然だ」

「その間、捜査へは……」

「特捜には引き続き参加させる」重森が再び断言した。

風が強いせいか、煙草が灰に変わるスピードが早い。重森は最初の一吸い以来ほとんど煙草を口にしていなかったのに、もうフィルターの近くまでが灰になっていた。コートのポケットから携帯灰皿を取り出して煙草を押しこみ、すぐに新しい煙草に火を点けた。チェーンスモーカーなのだろうか……だったら、特捜ができる度に禁煙するのも難しいはずだが。

「俺を騙しましたね？」私はようやく本題を切り出した。

「人聞きの悪いことを」重森が喉の奥で笑った。

「騙した、が悪いなら、利用したんですね」

重森が無言で私を見た。返事もせず、うなずきもしない。しかし彼の目を見れば、私の指摘が当たっていることは明らかだった。

「おかしいと思っていたんです。益田巡査部長は優秀ですか？」

「ああ。今俺の下にいる若手の中では、最有望株だな。すぐにカッとなるのが弱点だが、そういうのは経験を重ねれば落ち着く。結婚でもすれば、特に変わるだろう。情けないことに、今は彼女もいないようだが」

私はうつむき、苦笑してしまった。警察官はさっさと結婚すべし——というのは昔から言われていることで、早く身を固めてこそ一人前という考え方は今でも主流だ。そうなると、私などまったく立場がないのだが……今とは違う人生もあったかもしれない。事故に遭う前、愛とは結婚について真剣に話し合い始めていたのだから。

「優秀なのは、一緒に回っていて分かりました。粘りもありますよね」

「最近の若い奴にしては珍しいよ。俺は、あいつは失いたくない……優秀な人間は手元において、しっかり育ててやりたいと思っている」

「分かります。でも状況的に、今回の特捜に参加させるわけにはいかなかった。身内の事件は担当させないのが鉄則ですし、カッとなりやすい性格なのは間違いないですからね。それで、俺を彼につけて監視させた——そこまではいいと思います。支援課の仕事でもありますから。でも、裏で益田部長に情報を流していたのはいただけません。カッとなりやすい人間をわざと暴走させるようなものじゃないですか」

「お前の言う通りで、奴を特捜に参加させるわけにはいかなかった。それはルールだから。警察官はルールを守ってなんぼだ」

「当然です」

「しかし、個人的にはな……俺はどうしても、あいつを逮捕の瞬間に立ち会わせたかった。敵討ちじゃないが、そうしないと奴も溜飲が下がらなかっただろう。同僚が逮捕しても満足できないというか……当然だろう？」

「それは分かります。でも厳密に言うと、あなたがやったことは明らかに規則違反です。特捜に関係ない人間に情報を流していたんですから」

「俺が流したわけじゃない」重森が煙草をくわえ、盛んにふかした。先が赤くなり、火の粉が飛んでいく。

「誰かにやらせたにしても、同じことでしょう。まったく、滅茶苦茶ですよ。俺には彼を捜せと言っておきながら、裏では情報を流していたんですから。何かあった時に、支援課ときちんと連携していたというアリバイを作るために、俺を利用したんでしょう？」

「何かまずいか？」

「まずいでしょう」私は真顔でうなずいた。「だいたい俺は、人に利用されるのは気に入りません」

「支援課も捜査一課の役にたったんだから、そこは喜んでもらわないと」

結局智樹は、容疑者に関する情報を特捜から刻々と入手していたのだった。そもそも最初に姿を消した時――五年前の事件の真相について知らされた時の様子からして、不自然だった。半ば謹慎中の身だったのに同僚と呑みに行き、そこでたまたま電話がかかってきて真相を知らされる――普通の警察官なら、呑んでいる席でこんな重大な話を簡単に漏らすようなことはしない。

あそこから既に、仕組まれていたのだ。表立って智樹を動かすわけにはいかないが、情報は流す。もしかしたら重森は、単独で動く智樹が、何か重要な情報を摑んでくると期待していたのかもしれない。

「犯人を割り出した情報まで、流していたんですね？」

「逮捕の瞬間に立ち会わせないと、意味がないだろうが」

「彼は危うく殺されるところだったんですよ。怪我でもしていたら、今頃大問題だ。管理官の首が飛ぶぐらいじゃ済まなかったでしょう」

「お前も、えらく官僚主義的だな」重森が鼻で笑った。「そんなことじゃ、満足の行く被害者支援なんかできないだろう」

「どんなやり方をしても、この仕事では満足しないんですよ。被疑者を逮捕すれば百点をもらえる捜査一課とは違うんです」

「自分に厳し過ぎないか？」

「実際にやってみれば実感できますよ。支援課に異動されますか？」

「断る」重森が即座に言った。「俺は捜査一課一筋で五十歳まできた。今更変えるつもりはない」

「そうですか……まあ、いいんですけど、釈然としませんね」

「だろうな」重森が認めた。

「管理官」私は彼の方へ体を向けた。「俺を……支援課を便利屋みたいに使うのはやめてもらえませんか？　俺たちの仕事は、被害者のためにあるんです」

「益田だって被害者家族だぞ。そう言っていたのはお前だろうが」重森が指摘した。

それはそうだ。警察内部の話とはいえ、私たちも被害者家族として智樹に接してきたのは間違いない。しかし、何となく釈然としないというか……最初から事情を明かしてくれればよかったのだ。子飼いの優秀な刑事のために、少しだけ芝居をしてくれ、と。そうすれば私も、もう少し上手く立ち回れたかもしれない。

「益田が危険な目に遭ったことは、認めるんですね？」

「あれはこっちのミスだ」重森がうなずく。「まさか、あいつが現場に一番乗りして、木戸と対峙することになるとは思ってもいなかった。しかしあいつは、無事に乗り越えたじゃないか。その件については、あんたに礼を言わないといけないな」

「俺は、荒事は苦手なんですよ。思い出すと、今でも泣きそうになります」

「何言ってる」重森がにやりと笑った。「お前は、もともとそんなタマじゃないはずだ。捜査一課時代の武勇伝は知ってるぞ」

「昔の話ですよ……結局、今回の件は全て隠蔽だった、ということですよね」

重森の顔がさっと青褪めた。「あれは隠蔽ではない」と短く言ったが、声に力はない。

「黙っていてあげてもいいですよ」

「何だと」重森が目を見開く。

「隠蔽に手を貸す、と言っているんです。謹慎させていた人間に情報を流し、現場に来させた――これがばれると、益田部長は表彰対象から外れるでしょう」

犯人逮捕の現場にいたことは極めて重要で、手錠をかけた人間は表彰の対象になる。誰がどの手錠を使っているかは分かっているのだ――たぶん重森は、智樹の手錠を持ち歩いていて、それを渡したのだ。私の言葉が効いたのか、重森がたじろぐ。それを見て私は、譲歩することにした。

「まあ……無事に解決したんだし、益田も立ち直ると思いますから、黙っています。ただし、何らかの見返りは欲しいですね」

「賄賂(わいろ)でも要求するつもりか？」

「飯でも奢って下さい」

「それぐらいなら――」

「うちの人間も何人か招待して下さいよ。同じように迷惑を被ったんですから。何だったら、支援センターの人間も」

「おい……」重森が目を見開く。「俺が自由に使える金がどれぐらいあるか、知ってるのか？」

「そういう事情は分かりません――特捜が一段落したら、招待をお待ちしています」

「お前も、結構図々しいな」

「これぐらいのワル、警視庁の中にはいくらでもいるでしょう。だいたい管理官も、相当のワルですよ……では、美味い飯と酒を楽しみにしています」

踵を返して歩き出す。こんなことをすべきではないと思ったが……つい笑みが浮かんでしまった。

警察官は庇い合う。それがマイナスになることもあるのだが、今回はどうだったのだろう。

規則なんてクソ食らえ、と私は思った。一人の刑事――一人の被害者家族が立ち直ろうとしているのだから。

本書は文庫書下ろしです。
この作品はフィクションであり、実在する
個人や団体などとは一切関係ありません。

|著者|堂場瞬一　1963年茨城県生まれ。2000年『8年』で第13回小説すばる新人賞受賞。警察小説、スポーツ小説などさまざまな題材の小説を発表している。著書に「刑事・鳴沢了」「警視庁失踪課・高城賢吾」「警視庁追跡捜査係」「アナザーフェイス」「刑事の挑戦・一之瀬拓真」などのシリーズのほか、『埋もれた牙』『Killers』『社長室の冬』『ランニング・ワイルド』『1934年の地図』『犬の報酬』『絶望の歌を唄え』『砂の家』『焦土の刑事』など多数。2014年に刊行された『壊れる心　警視庁犯罪被害者支援課』は本書へと続く人気文庫書下ろしシリーズとなっている。

影の守護者(かげのしゅごしゃ)　警視庁犯罪被害者支援課(けいしちょうはんざいひがいしゃしえんか)5

堂場瞬一(どうばしゅんいち)

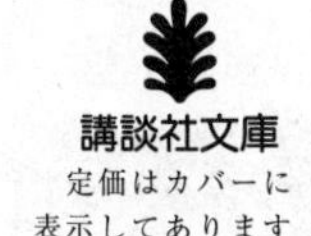

講談社文庫

定価はカバーに
表示してあります

2018年8月10日第1刷発行

発行者——渡瀬昌彦
発行所——株式会社　講談社
東京都文京区音羽2-12-21　〒112-8001
電話　出版　(03) 5395-3510
　　　販売　(03) 5395-5817
　　　業務　(03) 5395-3615

Printed in Japan

デザイン—菊地信義
本文データ制作—講談社デジタル製作
印刷———大日本印刷株式会社
製本———大日本印刷株式会社

ISBN978-4-06-512535-9

講談社文庫刊行の辞

二十一世紀の到来を目睫に望みながら、われわれはいま、人類史上かつて例を見ない巨大な転換期をむかえようとしている。

世界も、日本も、激動の予兆に対する期待とおののきを内に蔵して、未知の時代に歩み入ろうとしている。このときにあたり、創業の人野間清治の「ナショナル・エデュケイター」への志を現代に甦らせようと意図して、われわれはここに古今の文芸作品はいうまでもなく、ひろく人文・社会・自然の諸科学から東西の名著を網羅する、新しい綜合文庫の発刊を決意した。

激動の転換期はまた断絶の時代である。われわれは戦後二十五年間の出版文化のありかたへの深い反省をこめて、この断絶の時代にあえて人間的な持続を求めようとする。いたずらに浮薄な商業主義のあだ花を追い求めることなく、長期にわたって良書に生命をあたえようとつとめるところにしか、今後の出版文化の真の繁栄はあり得ないと信じるからである。

同時にわれわれはこの綜合文庫の刊行を通じて、人文・社会・自然の諸科学が、結局人間の学にほかならないことを立証しようと願っている。かつて知識とは、「汝自身を知る」ことにつきていた。現代社会の瑣末な情報の氾濫のなかから、力強い知識の源泉を掘り起し、技術文明のただなかに、生きた人間の姿を復活させること。それこそわれわれの切なる希求である。

われわれは権威に盲従せず、俗流に媚びることなく、渾然一体となって日本の「草の根」をかたちづくる若く新しい世代の人々に、心をこめてこの新しい綜合文庫をおくり届けたい。それは知識の泉であるとともに感受性のふるさとであり、もっとも有機的に組織され、社会に開かれた万人のための大学をめざしている。大方の支援と協力を衷心より切望してやまない。

一九七一年七月

野間省一